Jutta Mehler, Jahrgang 1949, hängte frühzeitig das Jurastudium an den Nagel und zog wieder aufs Land, nach Niederbayern, wo sie während ihrer Kindheit gelebt hatte. Seitdem schreibt Jutta Mehler Romane und Erzählungen, die vorwiegend auf authentischen Lebensgeschichten basieren. Im Emons Verlag erschienen Ihre Kriminalromane »Saure Milch«, »Honigmilch«, »Milchschaum«, »Magermilch«, »Milchrahmstrudel« und »Eselsmilch«.

JUTTA MEHLER

Milchschaum

NIEDERBAYERN KRIMI

Fanni Rots dritter Fall

emons:

Bibliografische Information der Deutschen Nationalbibliothek
Die Deutsche Nationalbibliothek verzeichnet diese Publikation
in der Deutschen Nationalbibliografie; detaillierte bibliografische
Daten sind im Internet über http://dnb.d-nb.de abrufbar.

© Hermann-Josef Emons Verlag
Alle Rechte vorbehalten
Umschlagfoto: Ioni Laibaroes / buchcover.com
Umschlaggestaltung: Tobias Doetsch
Druck und Bindung: CPI – Clausen & Bosse, Leck
Printed in Germany 2012
Erstausgabe 2011
ISBN 978-3-89705-803-3
Niederbayern Krimi
Originalausgabe

Unser Newsletter informiert Sie
regelmäßig über Neues von emons:
Kostenlos bestellen unter
www.emons-verlag.de

1

Fanni hatte wieder einmal selbst Schuld. Sie hatte Schuld, dass ausgerechnet sie es war, die den toten Pfarrer fand, weil sie ihre Handschuhe auf dem Grabstein abgelegt und dann dort liegen gelassen hatte.

»Typisch«, schimpfte Hans Rot, »vergesslich, schludrig, unkonzentriert. Ich frage mich, was in deinem Kopf so vor sich geht. Du hast doch den ganzen Tag nichts weiter zu tun, als dich um dich selbst zu kümmern, und nicht einmal das kriegst du hin. Wieso hast du die Handschuhe überhaupt ausgezogen bei der Kälte?«

»Ich musste mich schnäuzen«, verteidigte sich Fanni. »Ich hol sie schnell. Bin gleich wieder da. Such dir inzwischen einen Platz in der Gaststube und bestell dir ein Bier.«

Sie eilte davon. Schon nach wenigen Schritten aber drosselte sie das Tempo.

Fanni hatte keine Eile. Ganz im Gegenteil, der Abstecher zurück zum Friedhof kam ihr sehr gelegen. Damit konnte sie Zeit schinden.

Ein Grüppchen säumiger Trauergäste kam ihr entgegen und hielt auf das Dorfwirtshaus zu. Fanni bedachte sie mit einem Nicken, sie nickten zurück.

Mit einem Mal war der Birkenplatz leer.

Wohin haben sich denn alle so schnell verlaufen?, überlegte Fanni und musste dann spöttisch über ihre eigene Frage lachen.

In warme Stuben natürlich.

Sie selbst hatte eiskalte Füße, obwohl sie in plüschgefütterten Stiefeln steckten.

Kein Wunder, dachte Fanni. Dickwanst musste ja sämtliche Totengesänge aus dem Lobgottes herunterleiern. Nichts hat er uns erspart am Grab. Nicht mal den Kirchenchor, dabei hat der doch während der Totenmesse schon mehr als genug Performance gehabt. Aber Elsie Kraft musste ja noch »Jesus lebt« trillern. Jesus lebt – schön, aber die Toten sind trotzdem tot, mausetot.

Ja, Fanni hatte schlechte Laune, extrem schlechte Laune sogar.

Sie hasste Beerdigungen. Es machte sie krank, zusehen zu müssen, wie ein Mensch, der zuvor noch gelacht, geweint, gesprochen hatte, der zu Besuch gekommen oder dem man im Supermarkt über den Weg gelaufen war, mit Erde zugeschaufelt wurde.

Sie hatte versucht, sich vor dieser Beerdigung zu drücken. Aber damit war sie bei Hans Rot nicht durchgekommen.

»Wenn der Bürgermeister zu Grabe getragen wird«, hatte ihr Mann kategorisch verkündet, »dann geht da die Gemeinde geschlossen hin. Auch die Fanni Rot!«

Und Fanni hatte pflichtschuldigst ihren schwarzen Mantel, den Leni »Allerheiligenstandarte« nannte, aus dem »Schrank für in Misskredit geratene Kleidung« im Keller geholt.

Die Kranzniederlegungen waren es schließlich, sinnierte Fanni, die sämtliche Birkdorfer Gemeindemitglieder an den Rand des Erfrierungstodes gebracht haben. Die haben glatt – sie sah auf ihre Uhr –, glatt eine Stunde gedauert. Feuerwehr, Waldbesitzerverein, Trachtenverein, Schützenverein …

»Ist doch klar«, hatte Hans Rot geflüstert, als Fanni bei der achten Kranzniederlegung verzweifelt die Augen zum Himmel verdrehte, »das ist doch klar, dass der Bürgermeister sämtlichen Vereinen der Gemeinde angehören muss.«

… CSU-Ortsgruppe, VDK, Bergwacht …

»Ich wusste gar nicht, dass Birkdorf einen Bergrettungsdienst unterhält«, hatte Fanni zurückgeflüstert, »man kommt doch hier überall mit einem Fahrzeug der Ambulanz hin.«

Sie hatte hinter sich leises Lachen vernommen und mit einem schnellen Blick erkannt, dass es von ihrem Nachbarn Böckl kam, von Böckl, dem Jäger und Büchsenmacher. Richtig. Hatte nicht Böckl neulich erst erzählt, dass er auf seinen Jagdausflügen kaum mehr einen Schritt zu Fuß gehen müsse? Im Geländewagen mit Allradantrieb zum Hochsitz, und »Peng«.

Fanni betrat den Friedhof durch das Haupttor. Sie blieb einen Moment stehen und blinzelte. Noch wenige Minuten zuvor dicht an dicht von schwarz gekleideten Gestalten umringt, starrten die Grabsteine jetzt nackt und einsam von ihren Sockeln.

»Mir war bis heute nicht klar«, murmelte Fanni, »was Birkdorf für eine große Gemeinde ist.«

Sie konnte Hans Rots Antwort auf diese Weltfremdheit geradezu in ihrem Kopf hören:»Meine Güte, Fanni, um Birkdorf herum liegen doch jede Menge Weiler, die zur Gemeinde gehören. Welcher fiele denn da meinem Fannilein ein?«

»Erlenweiler, Buchenweiler, Altfleck«, zählte Fanni auf, während sie den gekiesten Hauptweg des Birkdorfer Friedhofs entlangging – und Birkenweiler natürlich.

Seit Jahrzehnten lagen sich Birkdorf und Birkenweiler wegen einer Namensänderung in den Haaren.

»Wir sind und bleiben Birkdorf«, sagten die Birkdorfer, »wir haben die meisten Einwohner, deshalb heißen wir auch Dorf und nicht Weiler. Die ganze Gemeinde ist nach uns benannt. Egal, ob einer in Altfleck oder Birkenweiler wohnt, seine Postanschrift lautet ›Birkdorf, Altfleckstraße, oder eben Birkenweilerstraße, Nummer sowieso‹. Außerdem steht auf unserem Dorfplatz die größte Birke vom ganzen Landkreis.«

»Die Birke zählt kein bisschen«, konterten die Alteingesessenen aus Birkenweiler. »Unsere Häuser liegen mitten in einem ganzen Wald gestandener Birken, alter Birken, älter als Birkdorf.«

Seit der soeben beerdigte Bürgermeister vor zwei Jahren vorgeschlagen hatte, die Leute von Birkenweiler sollten ihren Ort in Laubholzweiler umbenennen, hatten sich die Fronten verschärft und der Bürgermeister war bei den Birkenweiler-Leuten schwer in Ungnade gefallen. Fanni fragte sich, wie viele aus Birkenweiler wohl zu seiner Beerdigung gekommen waren. Hans Rot würde es wissen.

Plötzlich hielt sie mitten auf dem Hauptweg an. Wo hatte sie eigentlich während der Beerdigung gestanden?

Das Grab des Bürgermeisters lag im ältesten Segment gleich neben dem vier Meter hohen Kreuz, das von jedem Winkel des Friedhofs aus zu sehen war. Zwei Gräberreihen dahinter stand das Leichenhäuschen mit Platz für zwei aufgebahrte Tote.

Aufgebahrt werden sie heutzutage nicht mehr, korrigierte sich Fanni. Und man sagt vielleicht auch nicht mehr Leichenhaus. Sie nahm sich vor, Hans Rot zu fragen, wie man heutzutage dazu sagte.

Aber zuerst musste sie ihre Handschuhe finden.

Wir sind mit dem ersten Drittel des Leichenzugs auf den Friedhof gekommen, rekapitulierte Fanni.

Sie hätte sich ja viel lieber weiter hinten in den Zug eingereiht, aber ihr Mann hatte nach vorn gedrängelt. Fanni konnte ihm nicht entwischen, denn er hielt sie am Arm gepackt.

So ist er halt, dachte Fanni, immer vorne dran, wenn sich eine Möglichkeit bietet, sich in Szene zu setzen. Aber wehe, ein bisschen Stil ist gefragt, da stellt er sich ganz hinten an. Hans Rot, grummelte Fanni, kennt schier jeden im Umkreis von zehn Kilometern. Ulrich Zankl, den verstorbenen Bürgermeister von Birkdorf, hat er sogar privat und persönlich gekannt! Hans kennt auch Anna Eder, die Oberbürgermeisterin von Deggendorf – nicht ganz so persönlich allerdings. Alois Schraufstetter, den Kommandanten der Deggendorfer Feuerwehr, kennt er und den Wirt von Schaching sowieso. Aber komme ihm bloß keiner mit Namen wie Newton, Kant, Böll, die sind Schall und Rauch für ihn.

Fanni peilte das Friedhofskreuz an und befand es von der Stelle am Hauptweg, an der sie soeben stehen geblieben war, als viel zu weit entfernt.

Ich stand bei der Beerdigung näher dran und ein Stückchen weiter rechts davon, dachte sie und ging weiter.

Weil sich Hans im Friedhof vom Trauerzug ausgeklinkt hat, erinnerte sich Fanni, weil er, statt mit der ganzen Gemeinde den Hauptweg entlangzuziehen, etliche Abkürzungen über Nebenwege genommen hat, sind wir ziemlich nah ans Grab des Bürgermeisters herangekommen. Unsere Position befand sich zwei Gräberreihen davor, höchstens drei.

Sie begann in der dritten Reihe mit der Suche nach ihren Handschuhen.

Jeweils nach drei, vier Schritten innehaltend las sie die Namen auf den Grabsteinen, denn sie musste das Grab von Erna Saller finden. Die Goldbuchstaben hatten sich in Fannis Hirn geradezu eingeschmolzen, und sie würden auf dunklem Granit sicher leichter zu entdecken sein als schwarze Handschuhe.

»Weber«, »Praml«, »Hübler« … Fanni querte einen Seitenweg: »Hönig«, »Kundler«.

Kundler!, natürlich, hier lag Frau Kundler bestattet.

Vergangenen Herbst ist ihre Beerdigung gewesen, entsann sich Fanni. Und Hans Rot befand sich in jenen Oktobertagen wegen dieser Beerdigung schwer in der Zwickmühle. Er hatte Vera versprochen, am Einheitstag, der in diesem Jahr auf einen Mittwoch fiel, nach Klein Rohrheim zu kommen – samt Fanni, versteht sich – und bis zum Wochenende zu bleiben. Doch dann war Frau Kundler gestorben und sollte am Donnerstag, den 4. Oktober, beerdigt werden.

»Kruzitürken, Kreuzdonnerwetter«, hatte Hans Rot geflucht, »dass alles aber auch so saudumm zusammenkommen muss. Die Kundlers sind quasi unsere Nachbarn. Wir müssen zur Beerdigung, wir können uns da nicht drücken.«

»Hans Rot hat neben Ihrem Sarg Spalier gestanden, und er hat es trotzdem geschafft, die Dampferfahrt mit dem Klein Rohrheimer Kegelclub nicht zu versäumen, das nennt man Organisationstalent«, sagte Fanni zur toten Frau Kundler.

Ihr Blick fiel auf einen Strauß frischer weißer Lilien, der in einer dunkellila Porzellanvase steckte.

Geschmackvoll, dachte Fanni.

Insgesamt war das Grab auffällig gut gepflegt.

Herr Kundler muss die Lilien gerade eben erst gebracht haben, überlegte Fanni, sonst würden sie längst die Köpfe hängen lassen bei dem Frost heute.

Kundler verwöhnt seine tote Frau nachgerade, stellte Fanni fest, ohne zu bemerken, wie absurd dieser Gedanke war.

Drückt ihn ein schlechtes Gewissen?, fragte sie sich. Fühlt er sich schuldig, weil sich das Herzleiden seiner Frau vor drei Jahren drastisch verschlechterte, als sie erfahren musste, dass er ihr jahrzehntelang eine uneheliche Tochter verschwiegen hatte, die er aber regelmäßig besuchte? Fühlt er sich als Verräter, weil diese uneheliche Tochter mitsamt ihrem vermutlich unehelichen Kind nach Frau Kundlers Tod zu ihm zog?

»Ich hoffe«, sagte Fanni zu der toten Frau Kundler, »Sie sind toleranter als unsere Nachbarn vom Erlenweiler Ring. Selbst Frau Praml, die sich für modern hält, krächzt mit ihrer Kreissägenstimme: ›Beleidigend, beleidigend, beleidigend.‹ Fühlen Sie sich beleidigt, Frau Kundler?«

Fanni schüttelte anstelle der Toten den Kopf und ging weiter.

»Gruber«, »Klein«, »Saller«. Fanni pflückte die Handschuhe vom Grabstein und zog sie an.

Der nächste Querweg gab ein schmal eingerahmtes Blickfeld auf die Begräbnisstätte des Bürgermeisters frei. Die Kränze darauf bildeten einen stattlichen, recht bunten Hügel, Spruchbänder raschelten im Wind. Vor dem Kranzberg befand sich ein kleiner schwarzweißer Buckel.

Fanni verengte die Augen. Dieser zweite Hügel sah aus wie ein riesiges Kissen, weiß mit schwarzen und goldenen Mustern.

Sie machte ein paar Schritte darauf zu.

Im nächsten Augenblick bereute sie es. Aus dem Kissen ragten schwarze Schuhe, rosige Patschhändchen und ein dunkler Haarschopf.

Fanni stolperte einen Schritt zurück, als ihr klar wurde, dass das, was sie für ein Kissen gehalten hatte, der Birkdorfer Pfarrer Winzig war.

Seine Fleischmassen bauschten das weiße Chorhemd und das schwarz-goldene Messgewand zu einem Polster. Pfarrer Winzig war seit Jahren fettleibig im besten pathogenen Sinn. Fanni hatte sich hie und da gefragt, wann ihn der Schlag treffen würde.

Hatte es ausgerechnet heute sein müssen?

Soll ihn doch finden, wer will, dachte Fanni. Sie wollte auf der Stelle weg hier. Hastig drehte sie sich um.

»Ich habe nichts gesehen, gar nichts«, flüsterte sie und kniff die Augen zu. Doch auch das konnte die Stimme, die nun in ihrem Kopf laut wurde, nicht mundtot machen.

He, Fanni Rot! Hast du komplett den Verstand verloren? Was wenn ihn der Schlag bloß gestreift hat, nicht getroffen? Vielleicht lebt er noch, der Herr Pfarrer. Vielleicht erholt er sich wieder, wenn er schnell genug in eine Stroke Unit gebracht wird.

Stroke Unit! Hatte nicht Frau Praml neulich behauptet, die Stroke Unit vom Klinikum Deggendorf und die vom Bezirkskrankenhaus Mainkhofen machten sich gegenseitig Patienten streitig?

Egal, Fanni! Sieh zu, dass er Hilfe bekommt – schnell!

Fanni dachte an ihr Handy, das sie selten irgendwohin mitnahm, und schon gar nicht auf Beerdigungen.

Frau Fanni lernt halt nicht aus Erfahrungen! Los jetzt, Bewegung!

Sie begann zu rennen, hastete über die Kieswege zurück auf den Birkenplatz hinaus und keuchte ins Dorfwirtshaus, wo die Trauergäste bereits ihre Knödel in Soße tränkten. Niemand nahm Notiz von ihr. Fanni schlüpfte auf den leeren Platz neben ihrem Mann und zupfte ihn am Ärmel.

»Wo bleibst du denn so lang?«, murrte er. »Dein Essen wird kalt.«

»Der Pfarrer liegt vor dem Grab«, flüsterte Fanni.

Hans Rot schüttelte unwillig den Kopf und grunzte: »Es ist der Bürgermeister, und er liegt *im* Grab. Iss was Warmes, damit dein Hirn wieder auftaut.«

Fanni seufzte. »Der Bürgermeister liegt im Grab, und der Pfarrer ist davor zusammengebrochen.«

Hans Rot hörte auf zu essen. Fanni beschrieb das Bild, das sie noch deutlich vor Augen hatte.

Ihr Mann legte sein Besteck beiseite, zog das Handy aus der Innentasche seines Jacketts, stand auf und hastete aus der Gaststube.

So macht man das, Fanni!

Fanni starrte auf die Fettränder an den Fleischscheiben auf ihrem Teller. Nach einer Weile kam Hans zurück, eilte an seinem Platz am Tisch vorbei, beugte sich von hinten über die Schulter des Schützenvorstandes und flüsterte mit ihm.

Fanni konnte sich nicht erklären, wie es auf einmal kam, aber plötzlich fielen ringsum Gabeln und Messer klappernd auf halb leer gegessene Teller, und sämtliche Schützen eilten hinaus. Sie blieb einsam an dem Tisch zurück, der für den Schützenverein reserviert gewesen war. Einige der Trauergäste hoben die Köpfe von ihrem Leichenschmaus und sahen Fanni neugierig an.

Da verdrückte sie sich.

Weil ihr Mann den Autoschlüssel in der Tasche stecken hatte, ging sie die drei Kilometer nach Erlenweiler zu Fuß, auf dem Radweg an der Landstraße entlang, die von der Kreisstadt Deggendorf an diversen Dörfern und Weilern vorbei zum Bogenberg führte. Von dieser Hauptverkehrsstraße zweigten mehr oder weniger breite Nebenwege ab. Einer davon war der Erlenweiler Ring, so genannt, weil das Sträßchen vor den letzten beiden Häusern (dort wohnten Beutels und Webers) einen Kreis beschrieb, um dann wieder in sich selbst zu münden. Die Rots wohnten am Erlenweiler Ring Nummer 8.

Auf dem letzten Stück der Strecke nach Hause begann sich Fanni zu fragen, wieso ihr der Sanka nicht längst entgegengekommen war.

War wohl nicht mehr nötig!

Fanni nickte. Falls es der Schlaganfall nicht zuwege gebracht hat, ist es dem Frost gelungen, Pfarrer Winzig den Garaus zu machen, dachte sie.

Und warum? Weil Fanni Rot alles dadurch verzögert hat, dass sie ihr Handy grundsätzlich zu Hause in der Schublade lässt – wider alle Vernunft!

Fanni schlug die Haustür zu und hoffte, damit auch das Gedankenflüstern auszusperren. Sie schälte sich aus dem Mantel, zerrte die Stiefel von den Füßen, tappte auf Socken in die Küche und schaltete den Wasserkocher ein.

Drei Stunden später hatte Fanni einen Aufsatz mit dem Titel »Wahrnehmung und Verhalten« sorgfältig durchgelesen, den Leni ihr neulich mitgebracht hatte. Fannis älteste Tochter wusste, dass ihre Mutter den Geheimnissen des menschlichen Körpers gern auf der Spur war. Während der Lektüre hatte Fanni die ganze Kanne Tee leer getrunken.

Später hatte sie ihren schwarzen Mantel wieder im »Schrank für in Misskredit geratene Kleidung« verstaut, die Spülmaschine ausgeräumt und die Zimmerpflanzen gegossen.

Am Erlenweiler Ring gingen die Straßenlaternen an. Fannis Magen meldete sich mit leisem Knurren. Sie drapierte zwei Scheiben Vollkornbrot, ein Stückchen Ziegenkäse und fünf Oliven auf einen Teller. Als sie sich das Glas Rotwein einschenkte, das sie dazu trinken wollte, kam ihr Mann nach Hause. Er roch nach Schnaps.

2

Die Schützen hatten auf den ersten Blick gesehen, dass der Pfarrer tot war, und Hans Rot hatte sich ein weiteres Mal mit der Rettungsleitstelle in Verbindung gesetzt. Ein Sanka sei nun doch nicht vonnöten, ein Notarztwagen ebenso wenig, hatte er erklärt und hinzugefügt, den Tod des Pfarrers könne auch Dr. Wieser bescheinigen.

Dr. Wieser betrieb in Birkdorf gleich neben der Sparkasse eine Praxis für Allgemeinmedizin und hatte eben mit der Abendsprechstunde beginnen wollen, als ihn der Vorstand des Schützenvereins wegholte. Von seiner Praxis zum Friedhof waren es nur fünf Gehminuten, denn in Birkdorf lag alles erfreulich nah beieinander: Dorfwirtshaus, Kirche, Edekageschäft, Schule, Kindergarten, Magistrat, Sparkasse, Arztpraxis, Friedhof.

Fünf Mann halfen Dr. Wieser dabei, den Pfarrer auf den Rücken zu legen. Fünf Mann starrten in das blutverkrustete Gesicht des Toten. Fünf Mann hörten ein Rascheln, blickten auf und sahen Togo-Franz den Hauptweg hinuntereilen.

»Togo-Franz?«, unterbrach Fanni den Bericht ihres Mannes.

Er sah sie vorwurfsvoll an. »Selbst Fanni Rot wird doch wohl schon von dem Gastpriester aus Westafrika gehört haben, der im Pfarrhof wohnt und den alle Togo-Franz nennen, weil niemand seinen wirklichen Namen aussprechen kann.«

Natürlich hatte Fanni von ihm gehört. Sie hatte ihn sogar schon gesehen. Sie wusste auch, warum der Gastpriester Franz und nicht Hans, Sepp oder Max genannt wurde. Frau Praml hatte es ihr erklärt. Frau Praml war genauestens darüber informiert, denn Frau Praml gehörte dem Birkdorfer Frauenbund an. Außerdem war sie eine Busenfreundin von Elsie Kraft, der Starsopranistin des Kirchenchors.

Togo-Franz war zu seinem Namen gekommen, weil er einerseits aus Togo stammte und andererseits eine Abhandlung über Franz von Assisi schrieb. Frau Praml kannte sogar den Titel der Denkschrift: »Der Sonnengesang des heiligen Franz von Assisi«.

»Wieso ist Togo-Franz weggerannt?«, fragte Fanni.

Hans Rot zuckte die Schultern. »Wer weiß, was in so einem Heiden vorgeht.«

»Er ist katholischer Priester«, hielt Fanni ihrem Mann vor.

»Na und!«, fuhr der auf. »Meinst du, ein bisschen Seminarschule kann einem aus dem Busch die Flausen austreiben?«

Fanni begann sich zu fragen, wieso ihr Mann so schlecht gelaunt war. Sensationen wie die heutige, er selbst mittendrin, das war doch sonst ganz nach seinem Geschmack.

Er konnte sich nicht genug in den Vordergrund manövrieren!

Fanni hätte beinahe aufgelacht. Der tote Pfarrer hatte Hans Rot die Schau gestohlen. Alle Mann hatten statt seines Entdeckers den toten Pfarrer angestarrt, wohl weniger weil der tot war, sondern weil dabei Blut geflossen sein musste.

»Wieso war das Gesicht des Pfarrers blutverkrustet?«, fragte Fanni.

»Mit dem Kopf auf eine Kante aufgeschlagen, als er zusammenbrach, meint Wieser«, antwortete ihr Mann missmutig.

»Aber da war doch alles mit Kränzen gepolstert«, wandte Fanni unvorsichtigerweise ein.

»Himmelkreuzdonnerwetter, Fanni!«, schrie Hans. »Fang jetzt bloß nicht an, dämliche Anschauungen zum Besten zu geben. Interessiert niemanden, absolut niemanden. Der katholische Frauenbund kniet geschlossen in der Kirche und betet für unseren Pfarrer. Aber meine Frau hockt zu Hause zwischen ihren Kriminalromanen und spielt Sherlock Holmes. Meine Frau muss sich nämlich nicht ins gesellschaftliche Leben unserer Gemeinde einbringen. Meine Frau muss keine sozialen Kontakte pflegen. Fanni, du bist ein Soziopath.«

Jesus, dachte Fanni, wo hat der Hans das Wort her?

Fortbildung.

Ja, natürlich, je weniger Arbeit im Kreiswehrersatzamt anfällt, desto öfter werden Rot und Co. zu allen möglichen Kursen geschickt.

Und dort merkt er sich genau, was er seiner Frau bei passender Gelegenheit an den Kopf werfen kann.

Fanni sah ihren Mann an und registrierte seinen triumphierenden Blick. Dieser anmaßende Blick wurmte sie auf einmal dermaßen, dass sie etwas tat, was sie in all den Jahrzehnten ihrer Ehe mit Hans Rot noch nie getan hatte.

Statt die Wogen zu glätten, pustete sie mitten hinein: »Der Frauenbund betet fürs Seelenheil des Pfarrers? Wozu das denn, ich dachte immer, der Klerus sitzt bereits zu Lebzeiten im Fahrstuhl zum Himmel.«

»Du kapierst überhaupt nichts, Fanni!«, schrie Hans zurück. Dann stürmte er aus dem Zimmer und schlug die Tür hinter sich zu.

Toll gemacht, Fanni. Jetzt hängt der Haussegen schief.

Fanni lachte freudlos auf. Segen! Ihre Ehe mit Hans Rot war von Anfang an einzig und allein von Kalkül gesegnet gewesen.

Sie hatte Hans vor gut dreiunddreißig Jahren geheiratet, weil sie schwanger war – schwanger von Dr. Heimeran, Professor für Mikrobiologie. Sieben Monate später hatte sie Zwillinge geboren.

Hans Rot wusste bis heute nicht, dass Fanni zwei Kuckuckseier in sein Nest gelegt hatte. Was Fanni da begangen hatte und immer noch beging, das war fortgesetzter Betrug – starrköpfig gesehen jedenfalls.

Als Buße hatte Fanni über all die Jahrzehnte Hans Rots Macken hingenommen, und die waren nicht immer leicht zu ertragen gewesen.

Er war Leni und Leo ein guter Vater!

Ein sehr guter, gab Fanni zu. Und die beiden mögen ihn, so wie er ist. Sie legen nicht alles, was er sagt und tut, auf die Goldwaage.

Das nennt man Toleranz, Fanni Rot!

Davon hatte ich auch mal eine ganze Menge, dachte Fanni. Scheint mir abhandengekommen zu sein.

Und was nun, Fanni? Zwergenaufstand? Fanni-Lügenhäuptling gräbt das Kriegsbeil aus?

Fanni schüttelte den Kopf, ging ins Bad und machte sich zum Zubettgehen fertig. Durch den Glaseinsatz in der Wohnzimmertür konnte sie erkennen, dass Hans Rot es sich mit einer Flasche Bier vor dem Fernsehapparat bequem gemacht hatte.

Morgen früh würde er seinen Kaffee schlürfen, und er würde so tun, als gäbe es seine Ehefrau überhaupt nicht. Gewissermaßen blieb ihm gar nichts anderes übrig, denn Fanni hatte sich, seit die Kinder aus dem Haus waren, angewöhnt, erst gegen zehn zu frühstücken. Bis Mittag würde dann der Ärger begraben sein – verschüttet unter Neuigkeiten, Klatsch, Geschwätz, Scherereien.

Als Fanni am nächsten Morgen um kurz nach halb zehn zum Postkasten hinausging, um die Zeitung zu holen, die sie gewöhnlich las, während sie ihr Müsli löffelte, ließ sie ein schrill kratzendes »Guten Morgen, Frau Rot« zusammenfahren.

Eisenfeile auf Wellblech! Die Stimme gehörte Frau Praml. Fanni seufzte und drehte sich zum Nachbargrundstück um.

Seit Frau Praml im vorigen Jahr dem Frauenbund beigetreten war, passte sie Fanni mehr oder weniger regelmäßig ab, um ihr zu erzählen, »was Sache war«.

Vor wem sonst hätte Frau Praml damit wichtigtun können. Die anderen Frauen in der Nachbarschaft wussten längst, »was Sache war«, weil sie selbst dem Frauenbund angehörten, und die Männer kommunizierten auf eigenen Kanälen.

Nur Fanni erschien jeden Morgen unbeschrieben wie ein Fetzen Rohzellstoff vor ihrer Haustür.

»Sie werden es wohl schon wissen«, rief Frau Praml.

Fanni trat näher an den Zaun und dankte einer Wolke dafür, dass sie eilig davonwehte und eine Schneise aus Sonnenlicht am Zaun entlang aufblinken ließ. Was heute Sache war, würde etwas Zeit in Anspruch nehmen.

»Pfarrer Winzig«, sagte Fanni.

Sie musste sich immer auf die Unterlippe beißen, wenn sie den Namen aussprach, weil der Pfarrer alles andere als winzig gewesen war. Erst letzte Woche hatte ihn Hans Rot auf hundertzwanzig Kilo geschätzt. Und die Damen vom Frauenbund mästen ihn täglich weiter, hatte Fanni gedacht, aber an diesem Tag besonnen den Mund gehalten.

»Unser lieber, herzensguter Herr Pfarrer«, krächzte Frau Praml.

Hört sich nach Elsie Kraft an, dachte Fanni. Aus Frau Pramls Erzählungen hatte sie geschlossen, dass die erste Sopranistin des Chors mit der amtierenden Vorsitzenden des Frauenbundes um die Gunst des Pfarrers rivalisierte und dabei deutlich vorne lag. Fanni erinnerte sich an einen Ausspruch des Pfarrers, den ihr Frau Praml einmal zitiert hatte: »»Elsie singt wie ein Engel, und ihre Milchweckerl schmecken wie Manna.««

»Unser Licht im Dunkel«, machte Frau Praml weiter.

Amtierende Vorsitzende, vermutete Fanni. Aus diversen Rundschreiben des Frauenbundes kannte sie Rosie Hüblers Vorliebe für Metaphern.

»Wir beten stündlich für ihn und dafür, dass wir ihn bald beerdigen dürfen«, sagte Frau Praml.

»Die Frist liegt bei drei Tagen, soviel ich weiß«, erwiderte Fanni.

Frau Praml sog scharf die Luft ein. »Sie wissen *es* doch noch nicht!«

Was für ein *Es* hat sie nun wohl auf Lager?, fragte sich Fanni.

»Unser geliebter Herr Pfarrer (Elsie Kraft?) ist noch gestern Abend in die Gerichtsmedizin nach München überführt worden.«

Nun war es an Fanni, die Luft scharf einzuziehen. Frau Praml freute sich sichtbar über die plötzlich intensivierte Aufmerksamkeit und ließ sich nicht lange bitten.

»Dr. Wieser hat sich nicht getraut, einen Totenschein auszustellen, weil er nicht wusste, was er als Todesursache angeben sollte. Er und der halbe Schützenverein haben deutlich gesehen, dass Pfarrer Winzig eine blutende Wunde am Kopf hatte. Deswegen wollte sich der Doktor absichern. Er sagt, vom bloßen Hinschauen kann kein Mensch feststellen, woran unser Herr Pfarrer letztendlich gestorben ist. Er könnte gestolpert und so unglücklich gefallen sein, dass er an seiner Kopfverletzung starb, er könnte aber auch einen Schlaganfall erlitten und sich die Kopfwunde erst zugezogen haben, als er zusammenbrach. Verstehen Sie, Frau Rot?«

»Vernünftiger Mann, unser Dr. Wieser«, meinte Fanni dazu.

Frau Praml stöhnte auf. »Wieser ist ein Sadist, wie kann er unseren Leitstern zerstückeln lassen?«

Amtierende Vorsitzende, mutmaßte Fanni. Laut sagte sie: »Ich kann mir vorstellen, dass sich Dr. Wieser strafbar gemacht hätte, wenn er die Todesursache bloß geraten hätte.«

Frau Praml blieb ungerührt. Deshalb fügte Fanni an: »Wir wollen doch alle wissen, weshalb unser lieber Herr Pfarrer verschieden ist.«

»Nicht um einen solchen Preis«, widersprach Frau Praml. »Hochwürden Winzig sollte in Frieden ruhen – unversehrt wie eine Schneeflocke auf dem Grönlandeis.«

»Das wird er«, nickte Fanni um Ernsthaftigkeit bemüht. Sie überkreuzte die Arme vor der Brust. »Kalt.«

»Wärmer als gestern«, bemerkte Frau Praml.

Klartext: Fanni Rot, du bleibst hier stehen und palaverst mit mir!

Fanni unterdrückte einen Seufzer und ließ den Blick über den Erlenweiler Ring schweifen. An der Einmündung zur Hauptstraße tauchte eine Gestalt auf.

»Rosie«, sagte Frau Praml neben ihr deutlich überrascht.

»Rosie?«

»Rosie Hübler, unsere Vorsitzende«, äußerte Frau Praml im selben Ton, in dem sie ihrem Sohn erklärte, dass man zur Sonntagsmesse nicht im Fußballdress erschien.

Jetzt erkannte auch Fanni die eilig näher kommende Frau Hübler.

Als die amtierende Vorsitzende des Birkdorfer Frauenbundes auf Höhe des Kundler'schen Hauses kam, begann sie zu winken.

»Sie will zu mir«, sagte Frau Praml erstaunt.

Prima, dachte Fanni, ich überlass ihr liebend gern meinen Platz hier am Zaun. Sie wandte sich ihrer Haustür zu. Aber Frau Praml hatte offenbar nicht vor, sie ungeschoren verschwinden zu lassen.

»Wollen Sie nicht heute Nachmittag in der Marienkapelle in Birkenweiler mit uns Frauenbundfrauen für Pfarrer Winzig den Rosenkranz beten?«, rief sie ihr nach.

Das wollte Fanni keinesfalls, den Rosenkranz nicht und mit den Frauen vom Frauenbund erst recht nicht.

Sie drehte sich um und sah Frau Praml vorwurfsvoll an. »Sie werden doch nicht zulassen, dass eine nicht zugehörige Person die Intimität des Frauenbundes stört?«

Es klappte. Ein Schatten, wie ihn nur schlechtes Gewissen zustande bringt, legte sich über Frau Pramls Stirn.

Fanni machte sich davon.

Bevor sie die Haustür hinter sich zuschlug, hörte sie, wie sich die beiden Frauen begrüßten.

Rosie Hübler, dachte Fanni, die rechte Hand des Pfarrers, seine Stütze, sein Sprachrohr. Was treibt sie schon am Morgen von Birkdorf herüber nach Erlenweiler zur Praml?

Meine Güte, Fanni, wenn der Pfarrer übern Jordan geht, hat der Frauenbund Hochsaison. Trauerfeiern, Gedenkstunden, Andachten ... Und überleg mal, was dafür alles gebastelt werden muss: Blumengestecke, Kerzenhalter, Lichterkränze, Erinnerungsheftchen ... Jede einzelne Frauenbundfrau muss da ihr Bestes geben!

Fanni ging aufs Klo, weil sie von dem kleinen Fenster über dem

Waschbecken aus einen freien Blick auf die Stelle am Zaun hatte, wo sie Frau Praml verlassen hatte. Sie wollte sich Rosie Hübler einmal bewusst anschauen. Die Frau, die das Vertrauen des Birkdorfer Pfarrers genossen hatte und die so gut wie sämtlichen Frauen aus der Gemeinde vorschreiben konnte, wie sie diesen oder jenen Nachmittag zu verbringen hatten – betend, bastelnd, Kuchen backend.

Rosie Hübler und Frau Praml befanden sich auf dem gleichen Fleck, auf dem Fanni eben noch mit ihrer Nachbarin gestanden hatte, und steckten die Köpfe zusammen.

Wieso flüstern die?

Plötzlich wandte sich Rosie Hübler um und warf einen argwöhnischen Blick auf Fannis Haustür. Auch Frau Praml musterte den Rot'schen Eingang. Sie hatte die Stirn gerunzelt und wirkte anklagend.

Habe ich versäumt, die Spinnweben von den Dachsparren über der Tür zu kehren?, dachte Fanni.

Dann würde Frau Praml nicht anklagend dreinschauen, sondern hämisch!

Fanni nickte. Was hatte sie verbrochen?

3

Am 3. März schlug in Birkdorf ein Sprengsatz aus Informationen ein, der den kompletten Frauenbund, den Pfarrgemeinderat und viele fromme Kirchgänger traumatisierte.

Ein Trupp Kriminalbeamter aus Straubing hielt den Pfarrhof besetzt. Kommissare durchschnüffelten das Pfarrbüro, drangen in sämtliche Räume vor, machten nicht einmal vor dem Schlafzimmer des Pfarrers halt. Einer fand in der Küche Elsie Kraft, wo er sie stante pede verhörte.

Fünf Minuten danach wusste der gesamte Frauenbund, was den Polizeiapparat auf den Plan gerufen hatte: Hochwürden Winzig war erschlagen worden!

Im Laufe das Tages überholten sich die Nachrichten gegenseitig. Das meiste von dem, was herumgeredet wurde, stimmte. Im Hinhören und Zusammenreimen erwiesen sich die Birkdorfer als unschlagbar:

Pfarrer Winzig ist an einem Hieb auf den Hinterkopf gestorben.

Hinterkopf – wieso? Ist ihm nicht das Blut übers Gesicht geströmt?

Schon, aber die Tatwaffe hat seinen Hinterkopf getroffen. Sie hat seinen Schädel eingedrückt und eine Wunde hinterlassen, die aber unter dem dichten Haarschopf des Pfarrers so gut wie unsichtbar war. Aus dieser Wunde ist das Blut oberhalb der Ohrmuscheln entlang, die Wangen herunter und bis zum Kinn geflossen. Das Blut hat sich verteilt und verschmiert, bis nicht mehr festzustellen war, woher es eigentlich kam.

Was denn für eine Tatwaffe?

Ein schwerer Gegenstand, rund oder oval, aber mit einer großen Zacke außen dran.

Ein Ei mit Zacke? So ein Ding gibt's nicht.

Ei mit Zacke! Was ganz Alltägliches wird das gewesen sein, ein Hammer vielleicht.

Quatsch, wer rennt schon mit einem Hammer über den Friedhof?

Na, ein Pfarrermörder halt.

Minder fromme Kirchgänger tuschelten hinter vorgehaltener Hand:

Lang hätte Pfarrer Winzig sowieso nicht mehr gelebt, fettleibig, wie er war.

Ja, ja, so ein enormes Übergewicht verursacht Bluthochdruck, Herzschwäche, Thrombosen ...

Er war noch keine fünfzig.

Fettsucht kann einen schon mit zwanzig umbringen.

Elsie Kraft war eine ganze Stunde lang im Pfarrhaus befragt worden. Sie war als Pfarrer Winzigs Haushälterin angemeldet, kochte für ihn, machte seine Wäsche und sein Bett. In diesem ganz privaten und persönlichen Bereich des Pfarrers hatte Elsie die amtierende Frauenbundvorsitzende komplett aus dem Feld geschlagen, auch wenn Rosie demonstrativ den antiken Isfahan im Pfarrbüro saugte und das Badezimmer des Pfarrers mit Schimmel-Ex behandelte, auch wenn sie noch so viele Kuchenstücke für Hochwürden auf die Kredenz im Wohnzimmer stellte.

Elsie Kraft sagte aus, sie habe den Pfarrer zum letzten Mal lebend gesehen, als sie am Grab des Bürgermeisters »Jesus lebt« sang. Wie nach jeder Beerdigung sei der Pfarrer daraufhin mit den Ministranten auf dem Hauptweg zum Friedhofstor geschritten.

Dazu aufgefordert erzählte Elsie Kraft dem Kommissar, sie nehme an, dass die Gruppe quer über den Birkenplatz geradewegs auf die Kirche zu und dort direkt zur Sakristei gegangen sei, um sich die Chorhemden und, soweit es den Pfarrer betraf, das Messgewand auszuziehen. Sie selbst habe noch Weihwasser auf den Sarg des Bürgermeisters gesprenkelt, sei dann durch den Nebenausgang des Friedhofs geeilt und an der Südseite des Birkenplatzes entlang zum Dorfwirtshaus gelaufen, wo eine warme Gaststube auf die Trauergäste wartete. Sie sei eine der Ersten gewesen, die dort ankamen.

Mehr aber war von Elsie nicht zu erfahren gewesen. Auf die Frage, wieso Pfarrer Winzig in vollem Ornat noch mal ans Grab des Bürgermeisters zurückgekehrt war, antwortete sie, dass sie keinen Schimmer habe. Und als Antwort auf die Frage, warum Pfarrer Winzig wohl erschlagen worden war, brach sie in Tränen aus.

Nach Elsie sprach der Kommissar mit dem Gastpriester, der ein

Zimmer im ersten Stock des Pfarrhauses bewohnte. Dabei erfuhr der Beamte, dass der junge Geistliche Yawovi Agbouibo hieß, aus Togo kam und seit Winzigs Tod dessen Pflichten übernommen hatte. Dazu gehörte auch, sich von Elsie Kraft das Bett machen und den Wäschekorb leeren zu lassen. Dazu gehörte es, übersüße Aufläufe und fette Fleischstücke aus Elsies Töpfen zu verspeisen, dazu gehörten Milchwecken von Elsie und Butterhörnchen von ihrer Rivalin Rosie Hübler.

Pfarrer Winzig war noch keine zehn Tage tot, aber Fanni, die Togo-Franz im Pfarrbrief abgebildet sah, schien es, als hätten Elsie und Rosie bereits sichtliche Erfolge darin erzielt, ihn zu mästen.

Kaum hatte der Kommissar Togo-Franz seinen Verpflichtungen zurückgegeben, machte in Birkdorf die Runde, was zwischen den beiden gesprochen worden war.

Kein einziger Birkdorfer kam umhin zu bemerken, wie verdächtig sich Togo-Franz während der Unterredung mit dem Kommissar gemacht hatte: Der Gastpriester erwähnte angeblich mit keiner Silbe, dass er auf dem Friedhof gewesen war, als die Schützen den Tod des Pfarrers feststellten.

Warum?

»Kann er sich denn nicht denken, dass es längst herausgekommen ist, wie er Fersengeld gab? Der halbe Schützenverein hat ihn leibhaftig über den Gottesacker rennen sehen«, fragten die Unschlüssigen verwundert.

»Vogel-Strauß-Politik«, antworteten die Überzeugten. »Er war's, er hat unseren Pfarrer erschlagen, und jetzt steckt er den Kopf in den Sand.«

Kein einziger Birkdorfer hielt sich indes mit der Frage auf, wie der Inhalt des Gesprächs zwischen dem Beamten und Togo-Franz durch die Wände des Pfarrhofs sickern konnte. Jedem war klar: Elsie hatte gelauscht.

Zu Fanni gelangte das Gros der Neuigkeiten mit gut vierundzwanzigstündiger Verspätung.

Frau Praml klingelte sie am Dienstag, den 4. März, vom Hemdenbügeln weg, um sie ihr aufzutischen.

»Lieber Himmel, wenn er ihn erschlagen hat«, stöhnte Frau Praml und presste beide Hände auf den Mund.

»Togo-Franz?«, fragte Fanni nach.»Den Pfarrer Winzig?«
Frau Praml nickte mit vor Entsetzen geweiteten Augen.
»Wie kommen Sie bloß auf so was?«, fragte Fanni.

»Er war doch auf dem Friedhof zur ... zur Tatzeit ... die Schützen haben ihn doch gesehen ... kurz darauf jedenfalls.« Fanni biss die Zähne zusammen, um keinen unbedachten Laut entwischen zu lassen. Würde Frau Praml und mit ihr der gesamte Frauenbund auch sie verdächtigen, falls sie erführen ... *Ganz Birkdorf wird mit dem Finger auf dich zeigen! Aber damit nicht genug! Die Kripo wird sich fragen, ob du vielleicht mit Pfarrer Winzig eine Rechnung offen hattest!*

»Meine Güte, Frau Praml, der Friedhof ist riesig«, sagte Fanni hastig, »und ganz leer ist er eigentlich nie. Birkdorfer, die ihre verstorbenen Angehörigen besuchen wollen, gehen ständig aus und ein. Größtenteils unbemerkt, weil all die Grabsteine die Sicht verstellen.«

Frau Praml nickte, überzeugt sah sie nicht aus. Postwendend kam ihr Einwand:

»Aber warum hat er es dann nicht zugegeben? Er hätte doch sagen können, dass er da war. Wissen Sie«, fuhr sie nach einer kleinen Pause fort, »ich bin ja nicht ausländerfeindlich, überhaupt nicht, aber ...«

Fanni ließ die Kreissägenstimme, die sich – so weit das bei Kreissägen möglich ist – zu einem Flüstern gesenkt hatte, an ihren Ohren vorbeirauschen. Sie wollte nicht in Neuauflage hören, was ihr Mann und seine Vereinsbrüder regelmäßig predigten:»Die Ausländer sollen mal schön bleiben, wo sie sind. Hier will sie keiner haben. Sie machen einen Haufen Ärger und kosten den Steuerzahler eine Menge Geld.«

Fanni fiel ein Kommentar ein, den ein Deggendorfer Stadtrat vor vielen Jahren von sich gegeben hatte. Der Ausspruch war sogar auf die Titelseiten überregionaler Blätter gelangt. Den genauen Wortlaut hatte sie vergessen, aber sie erinnerte sich, dass von dem »Problem freilaufender Asylanten« die Rede gewesen war.

Und nun war ein freilaufender Gastpriester aus Togo unter Mordverdacht geraten.

Fannis Konzentration heftete sich auf die Szene, die sich auf dem Friedhof abgespielt haben musste, nachdem die Schützen den Tod des Pfarrers festgestellt hatten.

Sie umringten ihn. Sie flüsterten miteinander. Sie sahen Togo-Franz vorbeigehen. In welcher Entfernung? Hätte Togo-Franz die Gruppe am offenen Grab des Bürgermeisters auffallen müssen? Wenn ja, musste er diese Menschen nicht für trauernde Angehörige halten und betreten vorübereilen?

Fanni dachte darüber nach, ob es nicht vielleicht eine ganz einfache Antwort auf die Frage gab, warum Togo-Franz versäumt hatte zu erwähnen, dass er nach der Beisetzung des Bürgermeisters bis zum Auffinden des toten Pfarrers auf dem Friedhof geblieben war?

Natürlich, es gibt eine ganz verblüffend einfache Antwort! Togo-Franz kam nicht auf den Gedanken, dass es eine Rolle spielen könnte!

»Womöglich hat sich der Kommissar bei Togo-Franz gar nicht erkundigt, wohin er nach der Beerdigung gegangen ist«, sagte Fanni zu Frau Praml.

»Natürlich hat er das«, teilte ihr Frau Praml im Brustton der Überzeugung mit. »El… jemand hat es deutlich gehört.«

»Hm«, machte Fanni, »und Togo-Franz hat geantwortet, er war nicht auf dem Friedhof, sondern – wo?«

Frau Praml drucksste ein bisschen herum, dann gab sie zu: »Es war nicht zu verstehen, was er dazu gesagt hat. Er spricht doch so schlecht deutsch. Togo-Franz ist ja mit einem afrikanischen Dialekt aufgewachsen. Französisch soll er können, heißt es. Aber das nützt ihm bei uns in Bayern genauso wenig.«

Fanni drückte ihre Fingerspitzen gegen die Schläfen. Was zum Teufel hatte sie nicht mitbekommen? Sie argwöhnte, ziemlich dumm dazustehen mit ihrer Frage, aber sie stellte sie trotzdem: »Wie kommt Elsie Kraft darauf, dass Togo-Franz nicht geantwortet hat: ›Ich bin auf dem Friedhof gewesen.‹?«

Frau Praml sah sie genauso geringschätzig an, wie Fanni befürchtet hatte. »Weil er dann verhaftet worden wäre.«

Fanni, du stehst mit einem Fuß im Gefängnis.

Frau Pramls Gesichtsausdruck bekam plötzlich etwas Hinterhältiges. »Aber in einem haben Sie recht, Frau Rot. Togo-Franz war nicht der Einzige, der sich noch am Friedhof aufhielt, während alle anderen schon beim Dorfwirt saßen.«

Fanni wurde mulmig.

Frau Praml bohrte den Blick in ihre Augen. »Waren nicht Sie es, die entdeckt hat, dass Pfarrer Winzig vor dem Grab des Bürgermeisters kauerte?«

Fanni antwortete mit trockenem Mund: »Ich bin ihm aber gar nicht nahe gekommen, habe mich schleunigst aufgemacht, Hilfe zu holen.«

Frau Pramls Ton war eindeutig mokant, als sie erwiderte: »Wirklich gescheit, dass Sie das gemacht haben, Frau Rot. Sonst könnte man glatt auch Sie verdächtigen, unseren Pfarrer erschlagen zu haben. Sie waren ja wohl nie gut auf ihn zu sprechen.«

Fanni hatte genug. Genug von Frau Praml, genug vom Frauenbund und mehr als genug vom toten Pfarrer Winzig. Sie sah demonstrativ auf die Uhr. »Meine Güte, Frau Praml, ich muss die Kartoffeln aufsetzen, die Karotten schälen, den Kohlrabi schneiden, das Fleisch anbraten. Wissen Sie, bei uns gibt's heute Pichelsteiner, das mag mein Mann so gern.«

Frau Praml wandte sich der Haustür zu. Fanni hatte sie mit voller Absicht nicht ins Wohnzimmer gebeten, denn wenn Frau Praml erst einmal saß, war sie kaum mehr zu vertreiben. »Setzen Sie die Kartoffeln nur auf«, hätte sie womöglich gesagt und sich ein Kissen in den Rücken geschoben.

Nun drückte sie die Klinke und öffnete die Tür. »Dann beeilen Sie sich mal, Ihr Mann kommt ja immer pünktlich auf die Minute.«

Sie stand bereits mit einem Fuß draußen, als sie sich noch einmal umdrehte. »Die ganze Gemeinde kommt heute Abend in der Pfarrkirche zu einer Gedenkfeier für Pfarrer Winzig zusammen – bis er beerdigt werden kann, wird es noch eine Weile dauern, sagt die Polizei. Sie kommen doch auch, Frau Rot.«

Die Aussicht, den Abend in einer eng besetzten Kirchenbank verbringen zu müssen, jagte einen Schauer durch Fanni. Das gab ihr die zweckdienliche Notlüge ein. Sie hustete tief aus beiden Lungenflügeln und putzte sich die Nase.

»Ich weiß nicht recht, Frau Praml. Seit Tagen lässt mich die Erkältung, die ich mir bei der Beerdigung vom Bürgermeister geholt habe, nicht los. Vielleicht sollte ich mich lieber früh mit einem Halswickel ins Bett legen.«

Frau Praml lächelte Fanni an, und dieses Lächeln trug mehr als eine Spur von Anzüglichkeit. »Das wird wohl das Beste sein«, meinte sie. »Unter Leute gehen Sie ja sowieso nicht gern, Frau Rot.« Damit strebte sie ihrem Grundstück zu.

Da hat sie aber mal recht!

Soll sie doch. So ist es eben. Ich frag mich allerdings selbst manchmal, warum.

Weil du eine Soziopathin bist, Fanni.

Wie Frau Praml vorhergesagt hatte, kam Hans Rot pünktlich um zwölf. Der Eintopf stand fertig auf dem Herd. Fanni hatte ihn bereits am Vortag aus der Tiefkühltruhe geholt und ihn bloß erwärmen müssen. Alle paar Monate machte sie Pichelsteiner in größerer Menge – damit sich der Aufwand lohnte – und fror Zwei-Portionen-Pakete davon ein.

»Pichelsteiner, es gibt nichts Besseres, wenn's draußen kalt ist«, freute sich Hans Rot.

Fanni hatte ihren Mann richtig eingeschätzt. Sein Ärger schien verflogen. Er zeigte sich sogar besonders guter Laune.

»Jetzt kriegt der alte Klein doch noch, was er verdient«, vermeldete er mit vollem Mund.

»Bauer Klein?«, fragte Fanni dümmlich.

Hans nickte mit dem Kopf in Richtung Klein-Hof, der oberhalb der Wiese hinter dem Haus der Rots lag. »Sie hätten ihn damals schon einsperren sollen.«

Fanni schluckte. »Als seine Schwiegertochter totgeschlagen wurde? Aber das war doch der …«

»Der hat Mirza bloß eine gelangt …«

Mit einem Stein in der Faust und Mordabsichten im Kopf, dachte Fanni, hielt aber den Mund.

»… das kann ja mal vorkommen«, fuhr Hans Rot fort. »Eine Schande, dass er dafür so lange sitzen muss. Von Rechts wegen hätte der alte Klein aus dem Verkehr gezogen gehört, er ist der Bandit, der Schweinehund, der Schurke.«

Warum hassen sie den alten Klein bloß so – Hans und noch so einige aus Erlenweiler?, fragte sich Fanni, wie sie es schon oft getan hatte.

Wie immer gab sie sich die gleiche Antwort: Weil Klein ein ungehobelter Kerl ist, der kein Blatt vor den Mund nimmt, der niemandem schöntut (außer Fanni Rot, die aber selbst einen denkbar schlechten Leumund genießt).

Weil Klein aus der Reihe der Vorzeigebürger tanzt. Das macht man nicht.

Weil Klein einen Sohn gezeugt hat, der debil ist, das macht man auch nicht.

Weil er zugelassen hat, dass dieser Sohn eine Prostituierte aus Tschechien heiratete, das macht man schon gar nicht (er hätte dem Kretin lieber den Hals umdrehen sollen).

Wer trägt also die Schuld daran, dass einer der ehrenwerten Erlenweiler Bürger Kleins Schwiegertochter erschlug? Klein natürlich – logisch, oder?

Und zu allem Überfluss: Was tat Klein, kaum war die eine Hure unter der Erde? Er ließ zu, dass die nächste in Erlenweiler anrückte und sich auf dem Hof einnistete. Und Olga kam nicht mal allein, sie kam samt ihrem Bankert.

»Gibt's noch was?«, fragte Hans Rot und hob seinen leeren Teller an. Fanni schöpfte Eintopf darauf, und dabei fiel ihr ein, was ihr Mann eingangs gesagt hatte: »Klein kriegt, was er verdient.«

Sie hakte nach.

Hans Rot schob ein großes Fleischstück in den Mund und schmatzte: »Diesmal geht der Alte in den Knast, weil er es war, der unsern Pfarrer erschlagen hat – er und kein anderer.«

Während ihr Mann weiteraß, dachte Fanni darüber nach, ob Bauer Klein den Pfarrer überhaupt gekannt hatte. Jeder in Erlenweiler wusste, dass Klein seit dem Tod seiner Frau keine Kirche mehr betrat. Bäuerin Klein war vor gut zehn Jahren gestorben, lang bevor Pfarrer Winzig seinen Dienst in Birkdorf angetreten hatte.

»Hätte Bauer Klein für die Tat nicht ein klitzekleines Motiv haben müssen?«, fragte Fanni ihren Mann.

Hans Rot schnaubte: »Er hat nicht bloß ein Motiv gehabt, er hat den Mord sogar angekündigt. Hast du das vergessen? Ein Jahr ist es jetzt her oder vielleicht ein bisschen länger, da hat sich das Flittchen vom Klein-Hof in den Kopf gesetzt, ihren Bankert taufen zu lassen. Das Balg war schon fünf Jahre alt. So ein Witz. Kinder werden im ersten Lebensjahr getauft, und damit basta. Aber Pfarrer Winzig hätte es gemacht. Er hätte das tschechische Balg getauft, weil er als Priester dazu verpflichtet ist. Freilich – Pfarrer Winzig hat Bedingungen gestellt. Er hat verlangt, dass der alte Klein wieder regelmäßig in die Kirche geht und dass er sich künftig in der Kirchengemeinde nützlich macht. ›Ich finde schon eine passende Aufgabe für den alten Gotteslästerer‹, hat ihm der Pfarrer ausrichten lassen. Da ist der Alte ausgerastet – fällt es dir jetzt wieder ein?«

Fanni erinnerte sich.

Klein hatte getobt.

Zu Recht, wie Fanni meinte. Es stand dem Pfarrer nicht an, Klein zu erpressen. Der Pfarrer hatte das Kind vorbehaltlos zu taufen.

So wie Fanni dachten allerdings die wenigsten. Erlenweiler stand geschlossen hinter dem Pfarrer. Klein sah sich in die Enge getrieben, aber nachgeben kam für ihn nicht in Frage.

Zu Recht, fand Fanni erneut.

Leider hatte Klein wie so oft den Fehler gemacht, seine Wut laut hinauszuposaunen. Gift und Galle hatte er in Richtung Pfarrer Winzig gespuckt. Da waren auch Sprüche wie »Die fette Sau mach ich fertig« oder »Ich schlag dem Pfaffen den Schädel ein« darunter gewesen.

Aber das wollte nichts heißen, Klein war halt so, er schimpfte und fluchte gern.

Alles hatte sich in Wohlgefallen aufgelöst, als sich Olga mit dem Pfarrer vom Bogenberg in Verbindung setzte, der sofort zusagte, das Kind zu taufen, ohne weitere Fragen oder gar Forderungen zu stellen. Damit gab es für Bauer Klein auch keinen Grund mehr, Pfarrer Winzig an die Gurgel zu springen.

»Meine Güte, Hans«, sagte Fanni, »wenn der Klein jeden umgebracht hätte, dem er schon mal Erwürgen, Abmurksen, Massakrieren und sonst was angedroht hat, dann wären Erlenweiler und Birkdorf längst ausgerottet.«

Ihr Mann sah sie böse an. »Falsch! Bauer Kleins nächste Nachbarin und erklärte Busenfreundin, Fanni Rot, würde noch leben.«

Wie Bauer Klein steht auch sie in Verdacht, den Birkdorfer Pfarrer erschlagen zu haben!

Fanni räusperte sich. »Es wird, so scheint es, wie wild beschuldigt und verdächtigt. Dass ich es war, die den Toten entdeckt hat, macht auch mich bereits zur potenziellen Mörderin.«

Hans Rot sah von seinem Teller auf. »Wer weiß denn, dass du ihn entdeckt hast?«

Fanni starrte ihren Mann verblüfft an. »Du hast nicht …?«

»Natürlich nicht«, antwortete Hans Rot. »Bis jetzt hat mich keiner gefragt, woher ich wusste, dass der Pfarrer auf dem Friedhof zusammengebrochen war. Und ich habe es wohlweislich für mich behalten. War doch klar, dass man dich verdächtigen würde.«

Fanni schnappte nach Luft. »Als Mörderin?«

»Meine Güte, Fanni«, rief Hans Rot ungehalten. »Jetzt tu doch nicht so naiv. Du hattest ein Motiv – was sag ich, zehn Motive.«

»Mo… Mordmotive?«, stotterte Fanni.

»Seit Winzig Pfarrer von Birkdorf ist«, erklärte Hans Rot schulmeisterlich, »hast du kein gutes Haar an ihm gelassen.« Er begann an den Fingern aufzuzählen: »Winzig sollte erst mal seine Fresssucht in den Griff bekommen, bevor er unseren Kindern vorhält, was falsch und was richtig ist.

Winzig hat da wohl was missverstanden, er soll Gott dienen, nicht ihn ersetzen wollen.

Winzig wäre als Gefängniswärter besser platziert – und so weiter und so fort.«

»Zehn Mordmotive«, wiederholte Fanni und hätte beinahe gelacht.

Ihr Mann stand auf und verließ das Haus. Es war höchste Zeit, wieder ins Büro zu fahren.

Fanni seufzte, blieb am Tisch sitzen und resümierte: Pfarrer Winzig ist ermordet worden. Fragt sich, von wem. Der Frauenbund verdächtigt den Gastpriester aus Togo. Hans Rot – sicherlich unterstützt von seinen Vereinsbrüdern – verdächtigt Bauer Klein. Irgendwie ist durchgesickert, dass ich die Leiche gefunden habe. Also werde auch ich verdächtigt. Aber ich war's nicht, und ebenso wenig war's Bauer Klein.

Halt, Fanni Rot! Jeder kann es gewesen sein, solange kein Beweis für seine Unschuld erbracht ist – Togo-Franz, Bauer Klein, die Messdiener, Elsie Kraft, Frau Praml, du natürlich …

Fanni musste grinsen, wurde aber schnell wieder ernst.

Wer war es wirklich?, fragte sie sich.

Es wurde Zeit, mit Sprudel zu telefonieren.

4

»Stell dir vor«, sagte Sprudel.
»Stell dir vor«, sagte Fanni.
Da mussten sie lachen.
»Du zuerst«, sagte Sprudel.
»Du zuerst«, sagte Fanni.
Sie lachten lauter, krakeelten eine Weile hin und her, bis Fanni verlangte:
»Du fängst an!«
»Also gut«, lenkte Sprudel ein. »Ich wollte dich eben anrufen und dir sagen, dass ich übermorgen nach Birkenweiler komme.«
Das haute Fanni um. »Dein nächster Besuch war doch erst für Mai geplant, wenn Hans mit dem Kegelclub nach Istanbul fährt?«
»Geschäfte«, sagte Sprudel, »wichtige Angelegenheiten führen mich überraschend nach Birkenweiler.«
Fanni fiel kein einziger Grund ein, der jemanden geschäftlich nach Birkenweiler führen konnte.
Sie fragte Sprudel, was es hier so Dringendes für ihn zu tun gab, und erfuhr: Vor einiger Zeit war in Birkenweiler eine alte Dame gestorben, die dort ein Haus und etliche Hektar Wiesengrund besaß. Sie hatte ein Testament hinterlassen, in dem Sprudel als Erbe eingesetzt war.
»Du hast nie erwähnt, dass in Birkenweiler Verwandte von dir wohnen«, beschwerte sich Fanni.
»Ich hatte selbst keine Ahnung«, sagte Sprudel. »Aber ich werde schon herausfinden, wie ich mit Erna Saller verwandt bin und warum ich noch nie etwas von ihr gehört habe.«
»Erna Saller?«
»So heißt die Verstorbene.«
Fanni lachte leise.
»Kanntest du sie?«
»Ich kenne ihren Grabstein«, antwortete Fanni, »und das bringt mich zu dem, was hier passiert ist.«
Sprudel hörte schweigend zu, während sie berichtete. Abschlie-

ßend beklagte sich Fanni: »Die Leute hier bringen es glatt fertig, schon wieder den alten Klein zu verdächtigen.«

Aus dem Telefonhörer kam ein Glucksen. »Da wird es doch höchste Zeit, wieder ein wenig Detektiv zu spielen, Miss Marple.«

»Wie lange kannst du bleiben?«, fragte Fanni.

»So lange ich mag«, erwiderte Sprudel. »Vorerst habe ich für die Erbschaftsangelegenheit drei Wochen veranschlagt. Zeit genug, nebenher ein paar Ermittlungen anzustellen.«

Fanni nickte zögernd. Als ihr einfiel, dass Sprudel sie nicht sehen konnte, sagte sie: »Fünfzehn Arbeitstage.«

»Hm«, meinte Sprudel, »ich werde meinen Nachbarn bitten, vier Wochen lang ein Auge auf mein Häuschen hier zu haben. Und dann sehen wir weiter. Bis bald, Fanni. Ich … ich kann es kaum erwarten.«

»Bis übermorgen«, sagte Fanni und achtete darauf, dass die Verbindung unterbrochen war, bevor sie hinzufügte: »Ich kann es gar nicht erwarten.«

Bereits einen Tag später wussten der Frauenbund, der Schützenverein, der Kirchenchor, der Gemeinderat und somit ganz Birkdorf mit sämtlichen Weilern ringsum, dass der Erbe von Erna Sallers Anwesen demnächst hier ankommen würde. Frau Praml erzählte es Fanni.

»Es ist eine Schande. Eine bodenlose Ungerechtigkeit«, krächzte sie.

Fanni stellte ihr die Zuckerdose hin. Sie hatte nicht umhinkönnen, ihre Nachbarin ins Esszimmer zu bitten, weil Frau Praml um drei Uhr nachmittags mit einem Teller voll Nougatkringel aufgekreuzt war und gerasselt hatte: »Ach, Frau Rot, Sie haben doch diese tolle Maschine, mit der man so wundervolle Latte macchiatos zubereiten kann.«

Fanni seufzte. Frau Praml hatte sie als ihr Publikum auserwählt und beabsichtigte offensichtlich, die Auftritte von Tag zu Tag mehr auszudehnen.

»Es ist eine Gemeinheit! Elsie und Rosie hätten das Saller-Anwesen erben müssen. Jede die Hälfte.«

»Wer?«, fragte Fanni.

»Elsie Kraft, unsere Sopranistin, und Rosie Hübler, unsere Frauenbundvorsitzende«, dozierte Frau Praml, als hätte sie eine ganze Klasse begriffsstutziger Schüler vor sich.

»Wieso das denn?«, erkundigte sich Fanni.

Frau Praml verdrehte die Augen zum Himmel. Fanni konnte sie geradezu denken hören: Herrgott, wie kannst du nur so viel Unwissenheit zulassen?

Sie hatte den Latte macchiato ausgetrunken und den restlichen Milchschaum ausgelöffelt. Fanni nahm das leere Glas und ging in die Küche, um es noch mal zu füllen. Frau Praml übertönte das Klacken und Brummen der Espressomaschine, ohne die Stimme heben zu müssen.

»Erna Saller selbst konnte ja leider keine Kinder bekommen. Sie hatte aber zwei Schwestern, die allerdings lange vor ihr gestorben sind. Ernas Schwestern bekamen sehr wohl Kinder.«

Dann schwieg sie still. Als Fanni ins Wohnzimmer zurückkehrte, sah Frau Praml sie auffordernd an. Fanni sagte folgsam: »Elsie Kraft und Rosie Hübler sind Cousinen, Erna Sallers Nichten.«

»Richtig!« Frau Praml klatschte in die Hände. »Sie sind ein Schlauberger, Frau Rot.«

Schlauberger?

»Es gab«, fuhr Frau Praml fort, »auch noch drei Neffen. Einer ist bei einem Unfall umgekommen, einer hat sich erhängt, und einer ist an einem Nervenleiden gestorben. Bleiben genau zwei rechtmäßige Erben für das Saller-Anwesen.«

»Aber Frau Saller hat ein anders lautendes Testament hinterlassen«, sagte Fanni unbesonnen.

Frau Praml stutzte, schien jedoch dann zu der Ansicht zu gelangen, dass Fanni den einzig logischen Schluss gezogen hatte, und sagte: »Sie nicht.«

Fanni schwieg vorsichtshalber.

»Vor zwei Monaten, bei der Testamentseröffnung, hat sich herausgestellt, wie die ganze Sache gelaufen ist«, erklärte Frau Praml. »Das Saller-Anwesen stammt – wie der Name sagt – von den Sallers. Das waren Ernas Schwiegereltern. Als sich mit den Jahren zeigte, dass Erna und ihr Mann keine Kinder bekommen würden, haben die alten Sallers von ihrem Sohn verlangt, die Erbfolge so zu regeln, dass nichts, absolut nichts der Familie seiner Frau zufallen sollte. Ernas Mann muss eine Zeit lang ziemlich in der

Zwickmühle gesteckt haben. Die Nichten und Neffen waren ihm vermutlich egal, aber seine Frau wollte er nicht unversorgt zurücklassen, falls er vor ihr starb. Rosie nimmt an, er hat sich von einem Anwalt beraten lassen, denn von selbst wäre er bestimmt nie auf diesen Nacherben-Dreh gekommen. Jedenfalls hat er in seinem Testament bestimmt, dass ihn seine Frau zwar beerbt, dass aber nach deren Tod das Vermögen wieder an die Saller-Linie zurückfällt.«

Frau Praml verschnaufte.

Fanni wagte einzuwenden:»Dort gehört es doch auch hin – oder?«

Frau Praml hob lehrerhaft den Zeigefinger.»Bürokratisch gesehen vielleicht, moralisch gesehen sicher nicht.«

Weil Fanni wieder schwieg, fragte Frau Praml:»Sie wissen es nicht?«

Fanni schüttelte den Kopf. Was würde das *Es* denn nun wieder sein?

Frau Praml sagte es ihr.»Die alten Sallers hatten bloß zwei Kinder: den Buben, der in den Kriegsjahren die Erna geheiratet hat, und ein Mädel, Anna. 1945 – sie war noch keine zwanzig – ist die Anna abgehauen und hat nie wieder von sich hören lassen.«

Fanni wartete auf die Pointe.

Frau Praml steuerte bereits darauf zu:»Wer waren also die Einzigen, an die sich die Erna und ihr Mann im Alter halten konnten? Ernas Nichten! Und glauben Sie mir, Frau Rot, Elsie und Rosie haben sich liebevoll um die beiden gekümmert. Erna litt – schon als ihr Mann noch lebte – stark unter Arthritis, und deshalb ging ihr im Haushalt nichts mehr von der Hand. Aber Elsie und Rosie waren immer da, sie haben gekocht, gebügelt, geputzt …«

Wie zum Teufel, fragte sich Fanni, bringen es die beiden fertig, auf so vielen Hochzeiten gleichzeitig zu tanzen – Saller-Haushalt, Pfarrhaushalt, Frauenbund, Kirchenchor und dazu noch die eigene Familie?

Power, Fanni, Engagement, Einsatz, soziale Kompetenz.

Fanni horchte auf, als der Name Sprudel an ihr Ohr drang. »… Annas Bankert, der in seinem ganzen Leben noch nie etwas von Birkenweiler und seiner dortigen Verwandtschaft gehört hat, erbt jetzt das Saller-Anwesen.«

Fanni presste beide Hände auf den Mund, um nicht laut herauszuprusten.

Bankert!

Frau Praml missverstand die Geste. »Sehen Sie, Frau Rot, nun ist Ihnen klar, wie niederträchtig Ernas Mann gehandelt hat. Nach dem Tod seiner Eltern hätte er noch gut zwanzig Jahre lang Zeit gehabt, das Testament wieder zu ändern.«

Fanni nickte abwesend.

Offensichtlich hatten bisher weder Frau Praml noch eine der anderen Frauen den Namen des Saller-Erben mit dem Namen des Kommissars in Verbindung gebracht, der vor ein paar Jahren – im Verein mit Fanni Rot – bei der Aufklärung der Mordtat an Mirza Klein aus Erlenweiler die Hauptrolle gespielt hatte.

Sobald aber Sprudel leibhaftig auftauchte, würde Frau Praml dahinterkommen, dass es sich um ein und dieselbe Person handelte.

Sie hatte den zweiten Latte macchiato geleert, machte aber keine Anstalten, aufzustehen und zu gehen.

Fanni wartete.

Frau Praml zupfte unschlüssig am Tischtuch, schob die Zuckerdose hierhin und dorthin. Plötzlich sah sie Fanni streng an. »Woher wussten Sie eigentlich, dass Pfarrer Winzig tot war, wenn Sie überhaupt nicht in die Nähe gekommen sind? Er hätte doch vor dem Grab des Bürgermeisters knien können, um für ihn zu beten.«

Das war also der Grund für die Nugatkringel! Frau Praml wollte sich hier einschleichen und der mordverdächtigen Fanni Rot auf den Zahn fühlen!

Pfarrer Winzig hat sich nur hingekniet – unter Ächzen und Stöhnen –, wenn es unumgänglich war, dachte Fanni. Und auch dann nur auf einen dick gepolsterten Schemel. Er hätte sich nie freiwillig auf den Boden begeben, auf gefrorenen schon gar nicht.

Diese Antwort, so wahr sie auch ist, würde ich mir verkneifen!

»So, wie der Pfarrer da kauerte, schien es nicht, als würde er beten«, sagte Fanni lahm. »Mir kam irgendwie der Gedanke, der Schlag hätte ihn getroffen. Deshalb bin ich Hals über Kopf ins Dorfwirtshaus gelaufen, um Hilfe zu holen.

Ein Schlag hat ihn sehr wohl getroffen!

Frau Praml zog die Augenbrauen hoch. »Sind Sie nicht ein bisschen überstürzt davongerannt, Frau Rot? Also ich an Ihrer Stelle wäre erst mal zu dem geknickten Bäumchen hingegangen und hätte nachgesehen, woran es krankt.«

Geknicktes Bäumchen?

»Man könnte Ihnen wirklich vorwerfen, Sie hätten sich nicht ganz hasenrein benommen, Frau Rot.«

Du sitzt in der Bredouille, Fanni!

Fanni erhob sich abrupt. »Der Pfarrer kauerte am Boden. Und ich habe bei seinem Anblick nicht über mein Image nachgedacht.«

Frau Praml erhob sich ebenfalls. Sie wirkte konsterniert.

Du könntest das ausbügeln, indem du sie ablenkst! Ihr beispielsweise erzählst, dass jener Kommissar Sprudel von damals Erna Sallers Erbe ist! Das stellt sich ja sowieso bald heraus!

Verstockt entschied sich Fanni, den Mund zu halten.

Soll die Praml doch selbst darauf kommen. Sie tut ja sowieso nichts anderes, als ihre Nase überall hineinzustecken.

Sei nicht dumm, Fanni! Jede Heimlichkeit macht dich nur noch mehr verdächtig!

Fanni knirschte innerlich mit den Zähnen. Verdächtig, pah! Außerdem konnte sie später ja immer noch behaupten, der Name »Sprudel« für sich hätte auch bei ihr keine Assoziation bewirkt.

Wenn du dich da nicht verstrickst.

Wer kann denn wissen, dass ich mich an ihn erinnere?

Fanni hatte nicht mit Hans Rot gerechnet.

»Dein Polizistenfreund hat das Saller-Anwesen geerbt«, blaffte er nach einem tiefen Schluck aus seinem Bierglas, bevor er sich über das Kotelett hermachte, das ihm Fanni zum Abendessen gebraten hatte.

Hans Rot hatte denkbar schlechte Laune. Das hatte Fanni bereits dem Knall entnommen, mit dem er beim Nachhausekommen die Tür ins Schloss fallen ließ.

Sie legte ihr Besteck weg. »Polizistenfreund?«

»Der, mit dem du dich damals zusammengetan hast, um den alten Klein reinzuwaschen.«

Mit Fanni ging der Gaul durch. »Verdammt noch mal, warum kannst du dir nicht endlich eingestehen, dass der Bauer Mirza nicht erschlagen hat?«

Ihr Mann grunzte und säbelte an seinem Kotelett. Nach einer

Weile sah er listig auf. »Er wird keinen leichten Stand haben in Birkenweiler – der Herr Kommissar.«

»Wer sagt denn, dass er hier Wurzeln schlagen will?«, fing Fanni an

– *Vorsicht, Fanni!* –

und fuhr fort: »Dafür gibt's weiß Gott bessere Orte.«

Fanni, du redest dich um Kopf und Kragen!

»So, welche denn?« Die Frage stand blitzschnell im Raum, und Fanni schien es plötzlich, als hätte sich Hans Rot in ein Inquisitionstribunal verwandelt.

Fanni, halt den Schnabel!

Aber Hans Rot ist so verbohrt, so engstirnig.

Er macht sich Sorgen! Sorgen um dich, um das Zusammenleben mit dir, um deinen Ruf in einer Gemeinschaft, die ihm sehr wichtig ist! Und was tust du? Du provozierst ihn noch und noch!

Aber er tut nichts anderes, als mich anzuschnauzen.

Das ist seine Art, mit der unbestimmten Furcht umzugehen, die ihm irgendwo im Nacken sitzt!

Und was ist mit mir? Muss ich der Container sein, in den er seine Ängste schütten darf?

Du bist schließlich diejenige, die sie auslöst!

Fanni machte einen störrischen Strich aus ihrem Mund. Was wenn ich einfach hier wegziehe? Leni würde mir zu dem Schritt gratulieren und mir beim Packen helfen.

Vera würde deine Exkommunizierung beantragen und eine Selbsthilfegruppe für erwachsene Scheidungskinder gründen.

Soll sie doch.

Und Leo?

Fanni musste widerwillig lächeln. Leo würde sagen: Ob eine Entscheidung gut oder schlecht ist, kann ebenso wenig beantwortet werden wie die Frage, ob weiß besser ist als schwarz.

Fanni lächelte breiter. Ja, so würde er sprechen, Orahwak, der Oberdruide von World of Warcraft.

Hans Rot fuchtelte mit seiner Gabel vor ihrer Nase. »He, hallo, hier spielt die Musik – allerdings keine lauschige. Du hättest wirklich die Klappe halten sollen. Hab ich dir nicht des Langen und Breiten erklärt, warum es besser ist, nicht damit hausieren zu gehen, wer den toten Pfarrer gefunden hat?«

»Ich bin damit nicht hausieren …«, begann Fanni. Hans unterbrach sie. »Der halbe Landkreis fragt sich, ob du Winzig nur gefunden oder auch erschlagen hast.«

Schlechte Karten, schlechtes Renommee, schlechter Stand! Deshalb hat er gar so schlechte Laune!

Fanni schüttelte den Kopf und begann die Teller abzuräumen. »Möchtest du ein Mon Chérie zum Nachtisch, Hans?«

5

Wie angekündigt traf Sprudel am Donnerstag, den 6. März, in Birkenweiler ein.

Der strenge Frost, der vor kaum zwei Wochen Pfarrer Winzigs Blut an die Kante des Bürgermeistergrabs gefrieren ließ, hatte inzwischen seine Kräfte aufgebraucht. Das Thermometer zeigte an diesem Morgen zehn Grad plus.

Sprudel rief gegen zwei Uhr mittags bei Fanni zu Hause an. »Darf ich dich nach Birkenweiler einladen? Kleine Führung durch mein Anwesen mit anschließendem Kaffeeklatsch im Wintergarten gefällig?«

»Wär nett«, erwiderte Fanni. »Aber ich hätte den Fuß noch nicht hinter deinen Gartenzaun gesetzt, schon würden sich sämtliche Birkdorfer ihren Reim darauf machen.«

Sprudel seufzte. »Also wie immer konspirative Treffen tief drin im Böhmerwald.«

»Im Bayerischen«, berichtigte Fanni.

»Soviel ich gehört habe, liegt in den Hochlagen noch Schnee«, gab Sprudel zu bedenken.

»Ich hätte da so eine Idee«, sagte Fanni.

Sprudel stöhnte.

»Lieber Sprudel«, fuhr Fanni ungerührt fort, »schau doch mal aus einem Fenster deines Anwesens, einem, das dir Aussicht nach Westen gestattet. Was kannst du sehen?«

»Einen lang gestreckten bewaldeten Hügel mit ein paar Felszacken oben drauf«, kam die prompte Antwort.

»Prima«, lobte Fanni. »Am Fuß dieses Hügels führt ein mit einem Sperrschild gekennzeichneter Forstweg entlang. Wir treffen uns dort, wo sich dieser Weg zum zweiten Mal gabelt.«

»Fanni, wenn unsere Autos gemeinsam von einer gesperrten Straße abgeschleppt werden sollten, ist für die Birkdorfer der Fall klar.«

»Von deinem Haus aus«, entgegnete Fanni, »ist es zu Fuß gar nicht weit. Mein Auto steht fast täglich an dieser Stelle – mit einem Berechtigungsschein an der Windschutzscheibe.«

Sprudel gab sich geschlagen. »Ich mach mich sofort auf den Weg, und du erklärst mir dann, was dich täglich dorthin treibt.«
Fanni versprach es ihm.

Es war purer Zufall gewesen, dass Fanni die Eremitage – wie sie den Ort, an den sie Sprudel führen wollte, anfangs getauft hatte – für sich entdeckte. Schon bald schien ihr jedoch der Begriff »Eremitage« zu aufgeblasen, und sie begann ihr Walddomizil nur noch »das Hütterl« zu nennen.

Mitte der Achtziger, nachdem zuerst Fannis Vater und bald darauf ihre Mutter gestorben waren, hatte Fanni deren Eigentumswohnung (die Mieteinnahmen gewährten ihr seither eine gewisse Unabhängigkeit von Hans Rot) und ein Waldstück bei Birkenweiler geerbt, das (Fanni wusste nicht, wann und wieso) in den Besitz von ihrem Vater gelangt war.

Mehr als ein Jahrzehnt lang hatte Fanni gar nicht richtig realisiert, dass ihr ein Fichtenwald gehörte, bis – zwei Jahre war das nun her – ein Anruf von der Forstbehörde kam.

Fannis Wäldchen läge, sagte der Amtsrat, in den Forstwald eingebettet wie eine Erbse. Mit großzügiger finanzieller Unterstützung der EU sollte dieser Forstwald nun durch Wirtschaftswege erschlossen werden. Einer dieser Wege würde Fannis Wäldchen im unteren Teil queren, an dessen nördlicher Grenze entlang bergwärts führen und ganz oben bei den Felsen ein kleines Segment herausschneiden. Er bat Fanni um ihre Zustimmung für die Baumaßnahme und bot ihr an, den gesamten Wegverlauf mit ihr abzuschreiten.

Dabei entdeckte Fanni das Hütterl.

Forstarbeiter hatten das kleine Holzhäuschen in längst vergangenen Tagen zum Aufwärmen benutzt, hatten ihre Brotzeit darin verzehrt oder hatten sich hineingeflüchtet, wenn ein Gewitter aufzog. Die Hütte war nun seit Langem verwaist, weil die Forstbehörde heutzutage mobile Unterkünfte für die Arbeiter bereitstellte, die nur ein paar Schritte entfernt auf sie warteten. Sie lag ganz oben im Forstwald, auf einem winzigen Plateau, das wie ein Ohrläppchen in Fannis Wäldchen hineinragte.

Nachdem Fanni mit dem Amtsrat zweieinhalb Stunden lang in den Wäldern umhergestreift war, stimmte sie der Baumaßnahme unter der Bedingung zu, dass die Forstbehörde dieses Ohrläppchen (samt Hütte, versteht sich) gegen das Segment eintauschte, das der Wirtschaftsweg aus Fannis Grund und Boden herausschneiden würde.

Und so kam Fanni zu diesem Hütterl.

Nachdem die Wirtschaftswege im vergangenen Herbst fertiggestellt waren, konnte man bis auf wenige Meter heranfahren. Fanni brachte den ganzen Oktober und den halben November damit zu, das Hütterl zu renovieren und einzurichten.

Bevor sie damit anfing, musste sie den Boden bereiten, der Hans Rot von ihrem Tun ablenken sollte; denn Fanni wollte nicht, dass er von ihrem Hütterl erfuhr. Ihr elterliches Erbe verwaltete Fanni ganz allein, je weniger ihr Mann darüber wusste, desto lieber war es ihr – ein kleines Zipfelchen Selbstständigkeit.

Anfang Oktober sagte sie zu Hans Rot: »Wenn ich nicht bald was unternehme, werde ich fett.«

Fanni wog seit ihren Studientagen neunundvierzig Kilo, und das hatte sich nur während ihrer Schwangerschaften kurzzeitig geändert.

Sie ließ sich von dem brüllenden Gelächter ihres Mannes nicht kirre machen. »Ich habe mich entschlossen«, verkündete sie, »ab sofort regelmäßig joggen zu gehen. In Birkenweiler gibt es einen neuen Forstweg, der eine weite Schleife durch den Wald zieht, gerade das Richtige für mich.«

»Meinst du den Wirtschaftsweg, der von EU-Geldern durch den Forstwald gebaut worden ist?«

Fanni nickte zufrieden. Ihr Mann hatte längst vergessen, dass sie dort ein Waldstück besaß.

Hans Rot runzelte die Stirn. »Muss es dieser abgelegene Buckel sein, wo du joggen willst? Lauf halt einen Kreis um Erlenweiler.«

Darauf hatte Fanni bloß abfällig geschnaubt.

»Stur, wie immer«, sagte Hans Rot, verschwand im Keller und kam mit einer Dose Pfefferspray zurück. »Dann nimm wenigstens das mit auf deine Exkursionen.«

Am folgenden Tag hatte Fanni auch Frau Praml das Jogging-Märchen aufgetischt und dann heimlich eine ganze Kiste voll Werkzeug in ihren Wagen gepackt.

Sprudel breitete die Arme aus, als Fanni an der Weggabelung aus dem Auto stieg. Sie lief auf ihn zu, schmiegte sich eine halbe Sekunde lang an ihn, entwischte ihm aber, bevor er sie festhalten konnte, und schulterte ihren Rucksack.

Fanni lotste Sprudel zu einem Trampelpfad, der sie – anders als der Wirtschaftsweg – im direkten Anstieg zum Hütterl führen würde.

Dieser Fußweg war Fannis Werk.

Nachdem sie das Hütterl zu ihrer Zufriedenheit hergerichtet hatte, war sie schier täglich mit dem Auto zu dieser Weggabelung gefahren und dann zu Fuß weitergelaufen. Mit der Zeit hatten ihre Trittspuren einen schmalen Steig geschaffen.

Er führte durch das anfangs flache Waldstück zu einem kleinen Rinnsal, querte es und stieg dann leicht an. Ein bemooster Felsbrocken markierte die Stelle, wo der Pfad einen Knick machte, einige Meter weit südlich verlief und dann Richtung Osten zu einer Gruppe stämmiger Fichten zurückkehrte. Fanni hatte auf diese Weise eine sumpfige Mulde unterhalb des Felsens umrundet. Hinter den Fichten begann der Pfad dann steil bergwärts zu steigen – sehr steil. Dort, wo er in das Plateau mündete, auf dem das Hütterl lag, musste man sich an jungen Bäumen und Farnbüscheln festhalten, um die Kante überwinden zu können.

Das Hütterl stand in der südwestlichsten Ecke des Plateaus, auf dem sich der Wald sehr licht zeigte. Fannis Fußweg lief quer über die Ebene wie ein Vektor auf die Eremitage zu.

Wenn sie es darauf anlegte, konnte Fanni den Anstieg von der Weggabelung zum Hütterl in einer halben Stunde schaffen, wobei sie allerdings gehörig außer Atem geriet. An diesem frühlingshaften Donnerstag brauchten sie und Sprudel doppelt so lang dafür.

Nach dem ersten, noch recht ebenen Drittel des Wegstücks kannte Sprudel das Ziel ihrer kurzen Wanderung und die Umstände, die Fanni in den Besitz des Hütterls gebracht hatten. Sie hatte ihm alles erzählt, ohne ein einziges Mal stehen bleiben und verschnaufen zu müssen.

Auf dem Marsch durch das zweite Drittel, das sanft anstieg, erfuhr Fanni, weshalb Sprudel keine Ahnung davon gehabt hatte, dass ein Teil seiner Wurzeln in Birkenweiler lag.

»In dem kleinen Dorf zwischen Rosenheim und Kufstein, in dem ich aufgewachsen bin, hatte ich mehr Verwandte, als ich zählen konnte«, berichtete er. »Doch keiner hat mir je erklärt, dass sie alle aus der väterlichen Linie stammten. Ich habe wohl auch nie viel nachgefragt. Schon als kleines Kind sagte man mir, dass meine Großeltern den Krieg nicht überlebt hätten, damit gab ich mich zufrieden.«

Sprudel machte Halt und atmete ein paarmal tief durch. Dann bat er Fanni zum x-ten Mal, doch ihn den Rucksack tragen zu lassen. Sie lehnte zum x-ten Mal ab, drängte Sprudel, weiterzuerzählen.

»Das ist schon alles. Meine Mutter hat nie ein Wort davon gesagt, dass sie aus einer niederbayerischen Familie stammte. Warum, darüber kann ich nur Vermutungen anstellen.«

Sprudel legte für einen Moment die Hand auf Fannis Schulter und drückte sie sanft. »Ein Liebesdrama, nehme ich an: Tochter aus gutbürgerlichem Haus verliebt sich in Fremdling aus ominösem Bergdorf. Weil ihre Eltern strikt gegen diese Verbindung sind, brennt sie bei Nacht und Nebel mit ihrem Auserwählten durch und bricht unwiderruflich alle Brücken hinter sich ab.«

Das letzte Drittel des Weges – den Steilanstieg – legten sie schweigend zurück.

Fanni sinnierte darüber, wie das Schicksal Sprudel über diverse Einsatzorte in Oberbayern als Dienststellenleiter nach Straubing geführt hatte, wo er fast ein Jahrzehnt lebte, ohne zu ahnen, wie nah der Heimatort seiner Mutter lag.

Als sie auf wenige Meter an die Hütte herangekommen waren, begann Fanni nervös an den Trägern ihres Rucksacks zu zupfen. Was wenn Sprudel das Hütterl als alberne Bruchbude bezeichnete, so wie es Hans Rot tun würde, bekäme er die Eremitage je zu Gesicht?

Für einen Rückzug war es nun zu spät. Hinter einer ausladenden Buche tauchte bereits das graue Schieferdach der Hütte auf.

»Das Dach und die Wände von dem Blockhäusl sind stabil, das können S' mir glauben, Frau Rot«, hatte der Forstamtsrat Fanni versichert. »Die Schieferplatten hat einer meiner königlich-bayerischen Vorgänger extra anliefern lassen. Die rühren sich keinen Millimeter vom Fleck und lassen kein Tröpferl Regen durch. Von den

Bohlen, aus denen das Häusl gebaut wurde, ist keine einzige angefault. Sie sind derart kunstgerecht zusammengefügt, dass nicht mal bei Sturm ein Luftzug reinkommt. Die Bausubstanz ist eins a, wirklich. Nur innen, da hapert's.« Fanni hatte ihr Bestes getan, damit es drinnen nicht mehr haperte. Sie angelte den langen Schlüssel aus ihrer Hosentasche und schloss auf. Die Eingangstür aus schweren, grob zusammengefügten Holzplanken schwang nach außen und gab – zwischen einem gemauerten Kamin und der östlichen Hüttenwand – einen schmalen Eingangsbereich frei. Fanni winkte Sprudel hinein. Er trat auf den Fleckerlteppich, der ein Stückchen in die Wohnstube ragte, blieb dort stehen und blickte in das einzige Zimmer der Eremitage.

Rechts beim Fenster standen sich zwei cremefarbene Polstersessel gegenüber. Auf dem niedrigen Tisch zwischen ihnen prangte eine silberne Kaffeekanne samt Zuckerdose und Milchkännchen. Fanni fragte sich, ob Sprudel das antike Service wiedererkannte. Er hatte es vor Jahren auf einem Mosaiktischchen in Fanni Esszimmer bewundert.

Links vom Eingang – in der Nordostecke – lag eine Matratze auf einem Holzrahmen. Darüber war eine Patchworkdecke gebreitet, und darauf häuften sich Kissen in kunterbunter Vielfalt. Schräg vis-à-vis der Liegestatt – an der Westwand der Hütte – stand ein Küchenherd, der sich mit Holz befeuern ließ. Die Kochplatten waren auf Hochglanz gewienert. Holzscheiter stapelten sich in einem Weidenkorb in der Ecke. Daneben steckten Reisigbündel, zum Anheizen vorgesehen, in einem hohen Kupferkessel, in dem sich das Muster der Patchworkdecke spiegelte.

Nahe am Herd stand ein funkelndes dreibeiniges Stahlgestell, das eine ausladende blaue Emailschüssel trug. Die Gerätschaft musste als Spüle dienen. Darunter harrte ein leerer Emailkrug. Wo er gefüllt werden konnte, war nicht schwer zu erraten, denn draußen, bei der Buche, befand sich ein kanariengelb lackierter Pumpschwengel.

An sämtlichen Wänden des Hütterls zogen sich Borde entlang, beige und blaue. Auf dem Fußboden der Wohnstube lagen – wie zufällig fallen gelassen – vier Schaffelle, drei helle und ein dunkles. Der Boden selbst bestand aus breiten Holzdielen und glänzte wie Samt.

Sprudel starrte in dieses Zimmer, das so viel Frieden, so viel Balance ausstrahlte, und seufzte.

Fanni entwischte ein leises Schniefen.

Sprudel wandte sich ihr zu.

»Du findest es abscheulich«, sagte Fanni.

Sprudel zog sie in seine Arme und flüsterte in ihr Ohr: »Es ist wunderschön. Es ist liebenswert, geschmackvoll, sympathisch. Es ist zauberhaft. Es ist wie du, Fanni.«

Fanni begann zu strahlen. Sie entschlüpfte Sprudel geschwind und begann an seinem Jackenärmel zu zerren. »Komm doch rein.«

»Warte«, sagte Sprudel, kniete sich hin und öffnete seine Schnürsenkel. Auf Strümpfen betrat er die Stube. Aufatmend tat es ihm Fanni gleich. Sie selbst hatte den Boden, den sie mit so viel Mühe per Hand geschliffen und dann viele Male mit einem speziellen Öl getränkt hatte, noch nie in Schuhen betreten.

In der Ofenecke hingen zwei Paar dicke Wollsocken. Fanni reichte ihm die größeren.

»Du hast ein wahres Wunder vollbracht«, staunte Sprudel. »Ich kann mir lebhaft vorstellen, wie der Raum ausgesehen hat, als du ihn zum ersten Mal betreten hast.«

»Schmutzig, heruntergekommen, abstoßend«, gab Fanni zu.

»Wie hast du die Möbel hergeschafft?«, fragte Sprudel.

»Der Herd stand schon da«, antwortete Fanni, »verdreckt, aber intakt. Die Holzliege gab es auch – und die Borde.«

Sie zeigte aus dem einzigen Fenster. »Auf dem Wirtschaftsweg kann man bis zu der großen Föhre dort drüben fahren. So habe ich die Matratze, den Tisch und die Sessel herschaffen können.«

Sprudel wanderte in der Stube umher. Er berührte dies, strich über das.

»Leider konnte ich nicht alles so renovieren, wie es sich gehört«, sagte Fanni. »Die Borde zum Beispiel waren viel zu grob gehauen, als dass ich sie einfach hätte abschleifen können. Mir blieb nichts anderes übrig, als sie mit Stoff zu beziehen, der sich halbwegs abstauben lässt.«

Sprudel fuhr mit der Hand über ein blaues Bord, dessen Bezug wie imprägniert wirkte, und warf einen schnellen Blick auf die Titel der Bücher, die dort aufgereiht standen.

»Die Wände«, fuhr Fanni fort, »waren das größte Problem. Sämtliche Bohlen steckten voller Nägel, Reste von alten Kalenderblättern klebten daran, Namen waren eingeritzt, und in der Nähe des Herdes war alles rußgeschwärzt. Am liebsten hätte ich alle vier Wände mit hellem Holz verkleidet. Aber Hammer und Säge gehören nicht gerade zu den Werkzeugen, mit denen ich gut umgehen kann. Beißzangen ebenso wenig. Trotzdem habe ich es geschafft, die Nägel herauszuziehen. Und dann bin ich den Wänden mit Ätznatron zu Leibe gerückt – eine ganze Woche lang. Anschließend habe ich alles mit Bienenwachs versiegelt.«

»Unglaublich.« Sprudel fuhr mit den Fingerspitzen über eine der Bohlen.»Fühlt sich an wie Seide und«, er hatte die Hand an seine Nase geführt,»riecht wie Honig.«

»Mitte November«, berichtete Fanni,»hatte ich alles fertig. Ich war richtig stolz auf mein Werk, deshalb bin ich so oft es ging hergekommen. Und so hat sich ergeben, dass meine Jogging-Schwindelei auf einmal Wahrheit wurde. Ich habe mir nämlich angewöhnt, den Wagen an der Weggabelung unten abzustellen und den Rest des Aufstiegs durch den Wald zu laufen – kam meiner Kondition sehr zugute.«

»Du hast mich doch schon im letzten Jahr auf unseren Wanderungen zum Rachel und zum Falkenstein ständig abgehängt«, schmunzelte Sprudel.

Fanni nickte grinsend und deutete auf einen der Sessel.

Sprudel setzte sich. Er rückte hart an die linke Armlehne, sodass Fanni neben ihm noch Platz gehabt hätte. Sie blinzelte zwei Augenblicke der Versuchung weg und ließ sich in den zweiten Sessel gegenüber fallen.

Sprudel seufzte.»Ich nehme an, wir haben zu tun, Miss Marple«, sagte er resigniert,»Denkarbeit vermutlich.«

Fanni nickte. Im nächsten Moment sprang sie wieder auf. Während sie ihren Rucksack öffnete, rief sie Sprudel zu:»Niemand sollte mit leerem Magen Denkarbeit leisten.«

Sie förderte eine Thermoskanne und eine Plastikbox zutage und stellte beides auf den Tisch.»Ein wärmendes Feuerchen würde den Denkprozess zusätzlich fördern.«

Während Fanni Teller und Tassen von einem beigefarbenen Bord herunterholte, heizte Sprudel den Holzofen an.

6

Sie saßen sich gegenüber – vertraut, verbündet, vereint.

»Wer?«, sagte Fanni.

»Warum?«, sagte Sprudel.

»So funktioniert es nicht«, sagten beide gleichzeitig.

»Beginnen wir ganz am Anfang«, schlug Sprudel vor. »Was ist passiert?«

»Pfarrer Winzig ist erschlagen worden«, antwortete Fanni trocken, »vor dem offenen Grab des Bürgermeisters, nach dessen Begräbnisfeier.«

»Weshalb«, überlegte Sprudel, »kam Pfarrer Winzig zurück ans Grab? Oder war er etwa noch da?«

»Keinesfalls«, erwiderte Fanni. »Die ganze Gemeinde hat gesehen, wie der Pfarrer mitsamt seinen Ministranten den Friedhof verlassen hat.«

»Gut«, nickte Sprudel. »Aber wie kommt es dann, dass er in vollem Ornat aufgefunden wurde? Warum hat er sich nicht umgezogen?«

»Er kam nicht dazu«, bot Fanni an.

»Er kam nicht dazu«, nahm Sprudel den Faden auf, »weil ihn auf dem Weg zur Sakristei jemand aufgehalten hat.«

»Das hätten die Ministranten mitbekommen. Inzwischen würde der gesamte Landkreis wissen, wann und warum sich der Pfarrer von seinen Messdienern getrennt hat und zum Friedhof zurückgekehrt ist.«

»Richtig, Miss Marple«, gab Sprudel zu. »Aber wenn der Pfarrer mit seinen Ministranten in die Sakristei hineingegangen wäre, dann hätte er dort als Erstes das Messgewand abgelegt – oder etwa nicht?«

Fanni schwieg und brütete vor sich hin.

»Ähem«, machte Sprudel, »würden Sie mich in Ihren Gedankengang einweihen, Miss Marple?«

Fanni fuhr auf. »Ich kann es mir nur so vorstellen«, begann sie langsam, »dass die Ministranten, nachdem sie den Friedhof verlassen haben, viel schneller gelaufen sind als der Pfarrer. Sie waren möglicherweise schon in der Sakristei, als Pfarrer Winzig noch die letzten Meter auf dem Birkenplatz zurücklegte. In diesem Fall hätten sie *nicht* mitgekriegt, wenn jemand an ihn herangetreten wäre und ihn – nennen wir es ›abgefangen‹ hätte. Die Buben haben womöglich herumgealbert und erst nach geraumer Zeit bemerkt, dass der Pfarrer abhandengekommen ist.«

»Nicht schlecht«, lobte Sprudel. »Glücklicherweise lässt sich ja recht einfach nachprüfen, ob der Pfarrer hinterherhinkte und auf dem Weg zur Sakristei verschüttging.«

Fanni nickte. »Die Aussagen der Ministranten könnten das klären.«

Sprudel trank einen Schluck Kaffee und sah nachdenklich aus dem Fenster. »Ich werde mit meinen ehemaligen Kollegen Kontakt aufnehmen, damit wir Einblick in die Vernehmungsprotokolle bekommen. Ich hoffe, die lassen mich noch mitspielen – am Rande wenigstens.«

Fanni lächelte. Sprudel und sie, gemeinsam auf der Spur eines Täters. Mit Erfolg?

Plötzlich zuckte sie zusammen. »Warum wurde Pfarrer Winzig zuerst ans Grab des Bürgermeisters entführt und nicht gleich an Ort und Stelle erschlagen?«

»Vielleicht«, meinte Sprudel vorsichtig, »ist die Entführungstheorie doch ein wenig weit hergeholt. Der Pfarrer hat ja aus allen möglichen Ursachen plötzlich umkehren und zum Friedhof zurückeilen können. Vielleicht hat er sein Portemonnaie verloren, oder er wollte in der Friedhofskapelle nach dem Rechten sehen.«

Fanni schüttelte vehement den Kopf. »Pfarrer Winzig hat seine Fleischmassen nie ohne zwingenden Grund irgendwohin bewegt. Wäre ihm was abhandengekommen, dann hätte er seine Messdiener ausgeschickt, es wiederzubeschaffen. Um die Friedhofskapelle kümmert sich der Frauenbund, um das Leichenhaus vermutlich der Friedhofsgärtner ...«

Sprudels Miene drückte noch immer Zweifel aus.

Da sagte Fanni: »Und bedenke eines, Sprudel. Der Pfarrer ist weder in der Kapelle erschlagen worden noch an einer beliebig anderen Stelle des Friedhofs. Er lag tot vor dem Grab des Bürgermeisters! Wäre es nicht geradezu sträflich, diesem Umstand nicht einiges Gewicht beizumessen?«

Sprudel dachte lange nach, bevor er antwortete: »Es wird wohl nicht schaden – zumal wir keine bessere haben –, einmal von der Theorie auszugehen, der Täter habe Pfarrer Winzig ans Grab des Bürgermeisters verschleppt, um ihn exakt an jener Stelle zu töten.«

Fanni nickte zufrieden.

Sprudel sagte: »Aber wozu?«

»Wozu was?«

»Warum soll der Täter das gemacht haben? Er ist damit ein großes Risiko eingegangen, beobachtet zu werden.«

»Es war ihm wichtig, ein Zeichen zu setzen«, entgegnete Fanni. »Und der Zeitpunkt war günstig. Alle Welt befand sich im Dorfwirtshaus beim Leichenschmaus.«

»Ein Zeichen setzen«, wiederholte Sprudel.

Sie schwiegen, tranken Kaffee und aßen Linzer Schnitten dazu.

»Wer hatte die Gelegenheit, Pfarrer Winzig zu erschlagen?«, fragte Sprudel schließlich.

»Die ganze Gemeinde«, antwortete Fanni, »jeder einzelne Birkdorfer.«

»Sie saßen doch alle im Dorfwirtshaus«, wandte Sprudel ein.

»Da saßen sie«, sagte Fanni nachdenklich. »Wie ein Wald, der durchaus komplett erscheint, obwohl hier ein Baum fehlt und dort. Jeder hätte für kurze Zeit verschwinden können, ohne dass es aufgefallen wäre.«

»Schön«, sagte Sprudel, »der Täter sitzt also am Wirtshaustisch vor einem Glas Bier, er murmelt etwas wie ›So ein Bier läuft durch wie nix‹ und steht auf. Doch statt zur Toilette zu gehen, macht er sich davon und erschlägt Pfarrer Winzig am Grab des Bürgermeisters.«

»Das kann er aber nur, wenn der Pfarrer dort auf ihn wartet«, entgegnete Fanni.

»Er könnte den Pfarrer zuvor um dieses Treffen gebeten haben«, machte Sprudel weiter. »Der vergaß es zuerst, auf dem Weg zur Sakristei fiel es ihm aber wieder ein – er kehrte um. Wer war denn zur Tatzeit auf dem Friedhof?«

»Alle möglichen Leute könnten da gewesen sein«, antwortete Fanni.

»Ja, wo waren die Birkdorfer zur fraglichen Zeit denn nun?«, stöhnte Sprudel. »Im Wirtshaus oder auf dem Friedhof?«

emons: verlag **Tel. 0221 · 569 77-0 · info@emons-verlag.de**

Bitte senden Sie mir das aktuelle Verlagsprogramm zu

Ich möchte den Newsletter von emons: per E-Mail erhalten

Ich habe Interesse an Krimis aus folgender Region:

Besuchen Sie uns auch auf www.facebook.com/EmonsVerlag

Name

Straße

PLZ/Ort

E-Mail

emons: verlag
Lütticher Straße 38

50674 Köln

... fette beute

»Du weißt doch selbst«, entgegnete Fanni, »wie Beerdigungen auf dem Dorf vor sich gehen. Beim Begräbnis des Bürgermeisters lief alles wie immer. Elsie Kraft hat nach all den Litaneien, Ansprachen und Kranzniederlegungen ›Jesus lebt‹ gesungen. Beim letzten Ton ist der Pfarrer vorgetreten, hat den Wedel ins Weihwasser getaucht und ihn über dem offenen Grab geschwenkt. Die Ministranten haben es ihm nachgemacht, und daraufhin ist die Gruppe geschlossen abgezogen. Nach den Ministranten traten die Chorsänger ans Grab, weil die am nächsten standen. Dann waren die Verwandten dran. Die Vereinsvorstände, die nach den Kranzniederlegungen ebenfalls in der Nähe des Grabes stehen geblieben waren, reihten sich hinter den Verwandten ein. Denen folgte der Rest der Gemeinde. Jeder, absolut jeder, der den Weihwasserwedel aus der Hand gab, eilte in Richtung Ausgang. Viele nahmen den Nebenausgang, weil sie damit den Weg zum Wirtshaus abkürzen konnten.«

Fanni schwieg einen Moment, dann fügte sie hinzu: »Eigentlich müsste der Friedhof leer gewesen sein, nachdem alle dem Bürgermeister die letzte Ehre erwiesen hatten. Die gesamte Trauergesellschaft war wohl viel zu durchgefroren, als dass dieser oder jener noch das Grab von Angehörigen aufsuchen wollte. Wir hatten ja bereits eine gute Stunde in der Kälte gestanden.«

Sie verflocht ihre Finger. »Der Friedhof war aber nicht leer. Fragt sich, wie viele wieder zurückkamen oder – andere Möglichkeit – wie viele sich, statt am Grab des Bürgermeisters vorbeizudefilieren, hinter Grabsteinen versteckt hielten?«

Fanni sah Sprudel an, löste die Hände voneinander, drehte die bloßen Handflächen nach oben, wie um zu zeigen, dass sie nichts zu bieten hatte, und sagte: »Keines von beidem lässt sich beantworten.«

»Dann fragen wir halt so«, sagte Sprudel, »wissen wir von jemandem, der sich nach der Beerdigung auf dem Friedhof aufhielt?«

»Togo-Franz«, erwiderte Fanni.

»Fanni Rot«, schmunzelte Sprudel.

Fanni schnitt ihm eine Grimasse.

»Ist dieser Fanni Rot außer dem toten Pfarrer etwas aufgefallen?«, fragte er.

Fanni begann den Kopf zu schütteln, hielt plötzlich inne und starrte Sprudel an. »Ich habe auf Frau Kundlers Grab frische weiße Lilien gesehen!«

»Lilien morden nicht«, entgegnete Sprudel trocken.

»Versteh doch, Sprudel«, ereiferte sich Fanni, »die Lilien können noch keine halbe Stunde in der Vase gesteckt haben, es war doch so frostig an diesem Tag ...«

»Ah«, machte Sprudel und verneigte sich. »Kompliment, Miss Marple!« Nachdenklich fuhr er fort: »Jemand, der Frau Kundler Lilien mitgebracht hat, war nachmittags – so zwischen zwei und drei Uhr etwa – auf dem Friedhof. Aber wer sagt uns, dass derjenige nicht schon während der Beerdigung des Bürgermeisters da war, sich am Defilee beteiligt und mit den anderen den Friedhof verlassen hat?«

Fanni ließ den Kopf hängen. »Niemand.«

»Merkwürdigerweise«, setzte sie nach einer Pause hinzu, »war Kundler aber eben nicht beim Begräbnis des Bürgermeisters. Er wäre mir aufgefallen – und, ja, Böckl hat es auch erwähnt. ›Der Kundler geht ab‹, hat er gesagt, ›ob er es wohl wieder mit den Bronchien hat?‹«

»Würde außer dem Ehemann sonst noch jemand Blumen auf Frau Kundlers Grab stellen?«, fragte Sprudel.

»Ihr Sohn«, antwortete Fanni. »Aber der lebt in Australien, und wenn er zu Besuch hier wäre, hätte ich das erfahren – von Frau Praml.«

»Vielleicht hat Frau Praml eine Idee, von wem die Lilien stammen könnten«, überlegte Sprudel. »Falls nicht doch Kundler selbst ... Lohnt es sich, nachzufragen?«

Fanni nickte. »Frau Praml schöpft aus dem kollektiven Wissen des Frauenbundes. Diese Quelle ist nicht zu unterschätzen.«

»So schwach die Spur auch ist«, resümierte Sprudel, »wir sollten sie schon deshalb verfolgen, weil wir keine andere haben.«

»Wir haben ja noch Togo-Franz«, sagte Fanni, »der war nach dem Begräbnis definitiv auf dem Friedhof. Die Schützen haben ihn gesehen, als sie dem Pfarrer zu Hilfe kommen wollten.«

»Welches Motiv könnte man ihm unterstellen?«, fragte Sprudel.

Fanni zuckte die Schultern.

Sprudel straffte sich und sagte mit Nachdruck: »Wir müssen uns mehr Informationen besorgen, Fanni. Vor allem sollten wir uns ein

Bild vom Opfer machen. War Pfarrer Winzig beliebt? Was hat er in seiner Freizeit gemacht? Hatte er Freunde? Feinde? Und wir müssen mit Togo-Franz reden«, fügte er nach kurzem Zögern an.

Fanni feixte. »Das wird nicht ganz einfach sein. Togo-Franz kommt aus Westafrika und spricht nur sehr unzulänglich Deutsch. Wie steht's bei dir mit afrikanischen Dialekten, Sprudel?«

»Extrem schlecht«, gab Sprudel zu.

»Er soll allerdings auch ganz passabel Französisch können«, sagte Fanni. »Wie sieht's damit bei dir aus?«

Sprudel begann zu strahlen. »Endlich können sich die Kurse an der VHS einmal bezahlt machen.«

Fanni musste lachen, doch Sprudel fragte ernst: »Wie komme ich an diesen Gastpriester heran? Im Beichtstuhl?«

Fanni schüttelte den Kopf. »Die Beichte ist ein Sakrament, da gelten ... Regeln. Das Beste wäre, wenn sich außerhalb der Kirche ein ganz zufälliges, zwangloses Gespräch herbeiführen ließe.«

Sprudel klappte seine Wangenfalten in Richtung Ohren.

Fanni furchte nachdenklich die Stirn. Plötzlich sprang sie auf. »Sehen wir uns doch mal seinen Terminkalender an.«

Sie griff in ihren Rucksack und angelte einen Packen Papier heraus. »Ich bringe immer ein wenig Altpapier mit hierher, es hilft, wenn das Holz nicht richtig anbrennen will.«

Sie klaubte und raschelte herum, bis sie ein eng bedrucktes Faltblatt fand. Triumphierend wedelte sie damit vor Sprudels Nase herum. Es handelte sich um den Pfarrbrief für März.

Zwei grauhaarige Köpfe beugten sich über die Liste der kirchlichen Anzeigen.

»März«, murmelte Fanni, »heute ist der 6. Morgen ist Freitag, der 7., hier schau: von neun bis elf Sprechstunde. Da muss Togo-Franz im Pfarrbüro für Fragen und Anliegen zur Verfügung stehen. Um zwei Uhr muss er dann eine Seniorenmesse halten und am Abend einen Ehevorbereitungskurs. Ich würde die Seniorenmesse empfehlen.«

Sprudel schnitt eine Grimasse. »Sagtest du nicht ›außerhalb der Kirche‹?«

»Du musst ihn nach der Messe am Kirchenportal abpassen«, entschied Fanni.

Sie machten den Abwasch gemeinsam. Sprudel pumpte Wasser aus dem Brunnen bei der Buche, füllte es in einen Topf und stellte ihn auf den Herd, damit es sich erwärmte.

Fanni packte inzwischen die Thermoskanne und die Plastikbox, die vier Linzer Schnitten enthalten hatte, in ihren Rucksack. Dann stellte sie Teller und Tassen in die Spülschüssel. Als das Wasser im Topf auf dem Herd handwarm war, goss sie es darüber.

Fanni spülte, Sprudel trocknete ab und räumte das Geschirr aufs Bord zurück.

Nachdem alles wieder dort stand, wo es hingehörte, das Spülwasser die paar Heidelbeerstauden neben der Hütte wässerte (was ihnen, wie Fanni hoffte, guttat) und das Geschirrtuch zum Trocknen aufgehängt war, zogen sie ihre Schuhe an.

Fanni schloss die Tür ab und reichte Sprudel den unförmigen Schlüssel. »Der ist für dich. Komm her, so oft du magst.«

Sprudel nahm den Hüttenschlüssel wortlos entgegen. Er wagte offenbar nicht zu sagen, was er dachte, doch es stand ihm ins Gesicht geschrieben: Ich würde am liebsten für immer hierbleiben – mit dir.

Fanni nahm ihn bei der Hand und führte ihn von der Hütte weg auf die Steilstufe jenseits des Plateaus zu. Nach ein paar Schritten blieb Sprudel stehen und schaute zurück. Die Südseite der Eremitage war bereits völlig von der Buche verdeckt. Der Ostgiebel mit der Eingangstür darunter lugte noch halbwegs hervor, nur die Nordseite lag frei einsehbar da.

»Da steht ja noch ein Häuschen«, sagte er.

Fanni folgte seinem Blick auf den telefonzellengroßen Verschlag, der sich an die Nordwand der Hütte lehnte, und gluckste. »Ein Plumpsklo, Sprudel, nur für Notfälle zu empfehlen.«

7

Daran, wie Hans Rot ins Haus polterte, merkte Fanni, dass er schon wieder schlechte Laune hatte. Erstaunlich, denn Hans kam direkt vom Vereinsheim. Er war nach Dienstschluss vom Büro aus gleich dorthin gefahren, weil einer der Vereinsbrüder Geburtstag feierte und deshalb warmen Leberkäs mit Kartoffelsalat spendierte.

Der Kartoffelsalat, der Leberkäs und etliche Pils hatten Fanni jene freien Stunden geschenkt, die sie mit Sprudel in ihrer Hütte verbracht hatte.

Hans Rot warf seinen Schlüsselbund so heftig auf die Anrichte, dass er rasselnd darüber hinwegschlitterte und auf der anderen Seite in die Bodenvase fiel. »Kreuzkruzitürken!«

Fanni zuckte zusammen. Das Hütterl, dachte sie, jemand hat Sprudel und mich im Hütterl beobachtet.

Jetzt wird's stürmisch, Fanni!

»Du musst morgen früh um zehn zur Polizei, eine Aussage machen«, schnappte Hans Rot.

»Aus… Aussage«, stotterte Fanni, während sie sich vom Sofa erhob. »Worüber?«

»Ja, verflucht, wer hat denn einen toten Pfarrer entdeckt?«, blaffte Hans Rot. »Böckls Jagdhund vielleicht?«

Fanni verbiss sich das Lachen. Hans war aufgebracht, weil sie von der Polizei befragt werden sollte. Fürchtete er, man würde sie kurzerhand einsperren?

Könnte gut sein, wenn man bedenkt…

»Da zitiert mich doch heut früh so ein Wicht von Kommissar vor seinen Schreibtisch«, schimpfte Hans Rot, »und gibt keine Ruh, bis ich ihm sag, wer den toten Pfarrer als Erstes gesehen hat.«

Fanni beugte sich über die Bodenvase, um den Schlüsselbund herauszuangeln. »Dieser Kommissar hat sicherlich sämtliche Schützen vor seinen Schreibtisch zitiert.«

»Schon«, gab Hans Rot zu, »aber die haben ja nicht gewusst, wer den Pfarrer gefunden hat. Von mir jedenfalls nicht.«

»Von mir auch nicht«, versicherte ihm Fanni.

Hans Rot nickte grimmig. »Elsie, das Großmaul.«

»Elsie Kraft?«

»Wer sonst?«, kam die barsche Antwort. »Kirchenliederjodeln ist der doch längst nicht genug. Sie muss auch noch jede Menge Klatsch in die Welt setzen.« Hans Rot riss die Kellertür auf, stiefelte die Treppe hinunter und kam mit einem Sechserpack Bier wieder herauf.

Fanni sah ein, dass aus ihrem Mann im Moment nichts weiter herauszuholen war. Sie musste die losen Fäden selbst verknüpfen. Also setzte sie sich mit ihrem Glas Wein an den Esszimmertisch und dachte über Elsie Kraft nach.

Woher wusste Elsie ...?

Sie hat dich nach der Beerdigung verspätet ins Dorfwirtshaus kommen sehen. Als publik wurde, dass der Pfarrer tot aufgefunden worden ist, hat sie zwei und zwei zusammengezählt und mit dem Ergebnis nicht hinterm Berg gehalten! Frau Praml hat sie es vermutlich als Erstes gesteckt!

Richtig, Elsie saß beim Leichenschmaus in der Gaststube. Sie muss gesehen haben, wie ich hineinstürmte. Sie hat beobachtet, wie Hans aufstand, wie er mit dem Vereinsvorstand sprach und wie daraufhin der Schützenverein geschlossen das Wirtshaus verließ. Elsie Kraft hat sich alles zusammengereimt.

Und was hatte sie davon, ihre Beobachtung samt Rückschlüssen stante pede hinauszuposaunen?

Sie wollte sich wichtig machen!

Kann sein.

Sie wollte, dass Fanni Rot in Verdacht gerät!

Fanni blinzelte erschrocken. Hatten sich die Birkdorfer Pfarrkinder letztendlich auf drei Sündenböcke eingeschossen? Auf Togo-Franz, den Ausländer, auf Bauer Klein, den Querulanten, und auf Fanni Rot, die Soziopathin?

Na und! Viel interessanter ist doch, dass Elsie Kraft womöglich vor allen anderen wusste, wie Pfarrer Winzig ums Leben kam!

Am Freitag läutete schon zeitig das Telefon. »Guten Morgen, Fanni«, meldete sich Sprudel. »Darf ich dir zu deinem Auftritt im Kommissariat meine Begleitung antragen?«

»Glaubst du, ich habe Beistand nötig?«, fragte Fanni.

»Nein«, sagte Sprudel mit einem Lachen und wurde dann wieder ernst. »Ich hatte gestern Abend eine lange Unterredung mit einem Kommissar aus meiner früheren Dienststelle. Er kennt nun auch die Fakten, die wir zusammengetragen haben, und er kennt einen Teil unserer Überlegungen dazu. Er wird dich nicht lange verhören. Marco Liebig, so heißt der junge Mann, hat nichts dagegen, mit uns zusammenzuarbeiten. Er rät allerdings zur Vorsicht. Das tue ich auch, Fanni. Keine Alleingänge, hörst du? Kein Eindringen in fremde Häuser, kein Wühlen in fremden Kellern.«

»Natürlich nicht«, beteuerte Fanni, als wäre der Mädchenmord am Falkenstein nicht akkurat durch einen solchen Alleingang aufgeklärt worden. Dann fügte sie hinzu: »Danke, Sprudel.«

Marco Liebig machte es kurz. Sprudel habe ihm bereits alles erzählt, sagte er, aber er müsse halt jeden wichtigen Zeugen persönlich befragen.

Fanni berichtete in kurzen Sätzen, was ihr am Nachmittag des 20. Februar widerfahren war.

Liebig schrieb sich ein, zwei Zeilen auf, dann sagte er: »Vielen Dank, Frau Rot. Sie ahnen nicht, was mir die Birkdorfer so alles vorkauen. Stundenlang höre ich mir Klatsch und Tratsch an, ohne eine einzige relevante Information zum Fall zu bekommen. Bislang ist es mir noch nicht mal gelungen, die Ministranten ausfindig zu machen, die zusammen mit Pfarrer Winzig vom Friedhof zur Sakristei gelaufen sind. Dabei brauche ich dringend ihre Aussagen.«

Fanni und Sprudel sahen den Kommissar verblüfft an. Der tat, als würde er scharf nachdenken. Dann rief er: »›Der Ludwig hat ministriert bei der Beerdigung vom Bürgermeister. Schmarrn, der Ludwig doch nicht, der hat doch Mandelentzündung gehabt. Dann war's der Maier Sepperl, ja, der war dabei. Krampf, der ist doch noch gar nicht so weit, bei Beerdigungen darf der noch nicht ministrieren ...‹ Und so weiter und so fort.«

Sprudel lachte kurz auf, dann sagte er ernst: »Die Beerdigung ist immerhin schon zwei Wochen her. Und Ministranten sind wie Statisten, sie werden nur über ihren Beitrag zum Stück definiert.«

Liebig nickte seufzend. »Dass die Ermittlungen erst so spät begonnen haben, macht die Sache auch nicht leichter. Wenn der gerichtsmedizinische Befund früher vorgelegen hätte ... Aber man sah keinen Grund zu Eile, weil der Arzt, der zu dem Toten gerufen wurde, prinzipiell von einer natürlichen Todesursache ausging.«

Das Telefon auf dem Schreibtisch klingelte. Liebig deutete eine leichte Verbeugung vor Fanni an, tippte vor Sprudel an einen imaginären Mützenrand und hob ab.

Sympathischer Junge, dachte Fanni.

Glaub bloß nicht, dass er dich – nur weil er so nett war – als Täterin ausschließt! Auch wenn er dich im Moment keines Verbrechens bezichtigt, ist ihm klar, dass du am Tatort warst, und sicher ist ihm schon zugetragen worden, was du von Pfarrer Winzig gehalten hast!

»Fanni«, sagte Sprudel, als sie auf die Straße traten, »nachdem das Gespräch mit Marco Liebig derart zügig vonstattenging, müsste ein Loch in deinem Zeitplan klaffen. Wie wäre es mit einem kleinen Abstecher zum Hütterl?«

»Ein Stündchen müsste schon noch drin sein«, antwortete Fanni.

Letztendlich blieb ihnen nur ein halbes, weil sie die Wegstrecke nicht mit einberechnet hatten. Eine Zugabe konnten sie sich nicht leisten, denn Schlag zwölf würde Hans Rot am Erlenweiler Ring durch die Haustür treten und damit rechnen, einen gedeckten Tisch vorzufinden mit Hähnchenbrust in Sahnesoße auf seinem Teller.

Fanni und Sprudel setzten sich in die Sessel, tranken jeder ein Glas von dem Brunnenwasser, das Sprudel draußen holte, und sprachen über Vorurteile.

»Du solltest deine weit wegsperren, bevor du dich an Togo-Franz heranmachst«, sagte Fanni, als es Zeit wurde zu gehen.

»Ich hege gegen Ausländer nicht das kleinste Vorurteil«, beschwerte sich Sprudel.

»Wer redet denn von Ausländern?«, fragte Fanni.

»Ertappt«, gab Sprudel zu. »Es fällt mir wirklich nicht leicht, einem Priester noch neutral gegenüberzutreten, nachdem ich im letzten Jahr vor meiner Pensionierung zweimal wegen Kindesmissbrauchs durch einen Geistlichen ermitteln musste.«

Fanni nickte. Solche Missbrauchsfälle standen schier täglich in der Zeitung, warum sollte ausgerechnet Sprudel von Ermittlungen in einem oder mehreren verschont geblieben sein?

»Vielleicht fällt es mir bei Togo-Franz leichter, unparteiisch zu bleiben, weil … weil er aus Afrika kommt«, sagte Sprudel.

»Ah«, entgegnete Fanni, »du hegst also doch ein Vorurteil gegen Ausländer.«

Schmunzelnd versperrte Sprudel das Hütterl.

Am Nachmittag wollten sie getrennt ermitteln. Sprudel sollte versuchen, Togo-Franz zu kapern, und Fanni sollte Frau Praml aushorchen.

Als Fanni die Hauptstraße entlangfuhr, die sie zur Abzweigung nach Erlenweiler bringen würde, sah sie auf dem Gehsteig zwei Jungen mit Schulranzen auf dem Rücken dahintraben.

Ist das nicht Ivo?

Fanni hielt an. »Ivo?«

»Hallo, Frau Rot«, rief der Junge, den Bene Klein an Sohnes statt angenommen hatte. »Nehmen Sie uns mit heim? Das ist Elmar. Er isst heute bei uns mit, weil seine Mama seine dritte Schwester kriegt.«

Die Jungen drängten sich auf die Rückbank. Fanni warf einen Blick auf Elmar und gleich darauf noch einen zweiten: roter Haarschopf, Quadratschädel. Hatte nicht so einer das Weihrauchfass …?

Als sie wieder anfuhr, sagte sie zu dem Jungen: »Bist du etwa Ministrant, Elmar? Ich bilde mir ein, ich hätte dich bei der Beerdigung des Bürgermeisters …«

»Ich hab den Rauch geschwenkt«, fiel ihr der Junge ins Wort.

»Das hast du aber gut gemacht«, sagte Fanni.

»Den Rauch kriegt nicht jeder«, kam es von hinten.

»Hast du ihn auch wieder heil in der Sakristei abgeliefert?«, fragte Fanni.

»Klaro.«

»Aber den Pfarrer habt ihr verloren auf dem Weg dorthin«, versuchte Fanni ihr Glück. Die Antwort, die aus dem Fond kam, ließ sie reflexartig auf die Bremse treten.

»Den hat auf dem Birkenplatz einer angequatscht, und mit dem ist er mitgegangen.«

»Frau Rot, die Einbiegung zum Erlenweiler Ring kommt erst da vorne!«, rief Ivo dazwischen.

Sie gab wieder Gas.

»Wer hat denn den Pfarrer angequatscht?«

»Kenn ich nicht.«

»Wie sah er denn aus?«

»Wie Indiana Jones.«

Fanni hielt in ihrer Zufahrt an.

»Danke fürs Mitnehmen, Frau Rot«, sagte Ivo höflich. Dann purzelten die beiden aus dem Wagen, nahmen die Abkürzung durch Fannis Garten und stoben über die Wiese zum Klein-Hof hinauf.

Hans Rot verließ gleich nach dem Mittagessen das Haus. Nicht um ins Büro zurückzukehren, das tat er freitagnachmittags nie, sondern um mit irgendwelchen Vereinsbrüdern nach Roggersing ins Dorfhaus zum Hoagarten zu fahren. Fanni hatte nie so recht verstanden, was eigentlich ein »Hoagarten« war, sie wusste nur, dass es sich dabei um ein gemeinsames Fest der Dorfbewohner handelte, auf dem getrunken und gegessen wurde.

Als die Haustür hinter ihrem Mann ins Schloss fiel, fragte sie sich, was wohl einen Hoagarten von einem Leichenschmaus unterschied.

Das Musikprogramm, Fanni! Und jetzt auf zum Gefecht mit Frau Praml!

Fanni ging hinaus, gesellte sich beiläufig zu den Krokussen, die, seit das Wetter umgeschlagen war, in dichten Polstern blühten, und genoss die Mittagssonne.

»Man könnte sich glatt in den Liegestuhl legen«, kratzte es bereits nach zwei Minuten vom Nachbargrundstück herüber.

Als Fanni sich umdrehte, stand Frau Praml schon neben ihr.

»Wie wär's mit einer Tasse Kaffee bei mir im Wintergarten, da ist es im Moment wärmer als auf Mallorca«, schlug Fanni vor.

Noch bevor sie ausgeredet hatte, steuerte Frau Praml auf die Haustür der Rots zu. Fanni folgte ihr. Frau Pramls Hinterkopf leuchtete karmesinrot in der Sonne.

Sie hat sich frisch einfärben lassen, dachte Fanni, frauenbundrot.

Elsie Kraft, Rosie Hübler, Frau Praml, Frau Beutel, Frau Weber, alle ließen sich die Haare in Rottönen färben – die Skala erstreckte sich von Kupfer bis Mahagoni.

Fanni drängte das Lachen zurück, das ihre Kehle attackierte, als ihr einfiel, welches Wort Donna Leon in einem ihrer Brunetti-Krimis für die rötliche Haarfarbe von Frauen mittleren Alters kreiert hatte: klimakteriumrot!

Fanni wusste, dass Hans Rot auch sie gern mit dieser Haarfarbe gesehen hätte. Sie wusste, dass Hans Rot sie ganz oben auf die Liste der schlechtest angezogenen Menschen gewählt haben würde. Trotzdem trug Fanni hauptsächlich Erdfarben, verzichtete weitgehend auf Schmuck, ließ sich die Haare kurz schneiden und nicht das kleinste Strähnchen Couleur hineinfärben.

Ein Glitzersteinchen hier, ein Goldkettchen da, ein Spitzenbesatz darunter, ein Silberfuchskragen darüber, das würde Hans Rot an mir gefallen, dachte Fanni. Bin ich eine Schaufensterauslage?

»Wissen Sie es schon?«, fragte Frau Praml, während sie die Haube aus Milchschaum von ihrem Latte macchiato löffelte.

Fanni hoffte, Frau Pramls *Es* würde sich als brauchbare Information erweisen, und lächelte ihre Nachbarin aufmunternd an.

»Togo-Franz übernimmt das Amt unseres verstorbenen Herrn Pfarrers mindestens noch bis Ostern«, verkündete Frau Praml.

Fanni ließ ernüchtert die Mundwinkel sinken. »Ja, wer denn sonst«, murmelte sie ein wenig unwirsch. Sie war ganz automatisch von einer derartigen Entwicklung ausgegangen, als sie zusammen mit Sprudel die Termine des amtierenden Pfarrers von Birkdorf im Pfarrbrief nachgesehen hatte.

Frau Praml sah sie entsetzt an. »Also, Frau Rot! Wo er doch so schlecht Deutsch spricht. Und überhaupt. Stellen Sie sich vor, Sie müssen beichten. Würden Sie vor so einem fremden Kraut im heimischen Blumengarten Ihr Innerstes nach außen kehren wollen?«

Fanni musste nicht beichten. Als sie vor mehr als dreißig Jahren von Professor Heimeran schwanger geworden war und daraufhin überstürzt Hans Rot heiratete, hatte sie gemeint, sich einem Priester anvertrauen zu müssen. Dabei hatte sie die Erfahrung gemacht, dass sie ein mit anonymer Stimme im Beichtstuhl geflüstertes »Absolvo te« nicht als Generalamnestie verbuchen konnte. Daraufhin hatte sie entschieden, mit ihrer Schuld zu leben und sich möglichst keine weitere aufzuladen.

»… Rosie Hübler eine Eingabe an die Diözese gerichtet«, hörte sie Frau Praml sagen, »die Pfarrstelle schnellstens richtig zu besetzen. Wir Mädels vom Frauenbund«, Frau Praml kicherte albern, »haben alle geschlossen unterschrieben.«

»Steht Togo-Franz noch immer unter Verdacht, der Schuldige zu sein?«, fragte Fanni interessiert.

»Unter Verdacht – schuldig«, ereiferte sich Frau Praml. »Ein Geistlicher! Eine glasklare Quelle der Reinheit! Frau Rot, wo denken Sie hin?«

»Ich dachte, Sie hätten neulich so was angedeutet«, sagte Fanni.

»Nie im Leben«, widersprach Frau Praml vehement. »Obwohl es allmählich Zeit wäre, zu erfahren, woher Togo-Franz kam und wohin er so eilig wollte, als ihn die Schützen nach dem Begräbnis des Bürgermeisters auf dem Friedhof gesehen haben.«

Höchste Zeit, dachte Fanni und sah auf die Uhr. Kurz nach drei. Wenn es Sprudel gelungen war, Togo-Franz nach der Seniorenmesse in ein Gespräch zu verwickeln, dann könnte die Information bereits zum Greifen nahe sein.

Sie hörte Frau Praml weitersprechen: »… und Elsie hat zu Rosie gesagt, sie wird es schon noch aus Togo-Franz herausholen, was ihn auf dem Friedhof umgetrieben hat, während unser verehrter Pfarrer Winzig im Sterben lag – in Zeichensprache, wenn nötig.«

»Elsie legt sich ganz schön ins Zeug«, meinte Fanni dazu.

»Sie ahnen ja nicht, Frau Rot«, fuhr Frau Praml fort, »wie sehr sich Elsie dem Pfarrer verbunden fühlte, wie sehr sie ihn gebraucht hat – und er sie. Elsie hat sich um die leiblichen Bedürfnisse unseres verehrten Herrn Pfarrers gekümmert. Er wiederum war ihr in ihren inneren Nöten eine große Stütze. Rosie hat sich oft über das enge Verhältnis der beiden mokiert, aber Elsie hat immer gesagt: ›Pfarrer Winzig ist ein Heiliger, er ist der Hüter meiner Seele.‹«

Fanni stand auf und bereitete in der Küche für Frau Praml einen neuen Latte macchiato zu. Als sie ihr das volle Glas in die Hand drückte, fragte sie: »Hatte Elsie Angst, ihre Seele könnte sich verflüchtigen?«

Frau Praml ließ den Löffel, mit dem sie sich eben über den Milchschaum hermachen wollte, wieder los und sah Fanni konsterniert an. Fanni bereute ihren Zynismus sofort.

Reiß dich zusammen, rüffelte sie sich, hier sitzt nicht deine Tochter Leni, die vermutlich antworten würde: Psychiatrische Kliniken sind voll von Leuten, denen die Seele abhandengekommen ist.

Hier sitzt auch nicht Sprudel, der sagen würde: Angst, die eigene Seele zu verlieren, das klingt pathologisch.

Hier sitzt Frau Praml, die erwartet klare Fragen – eindeutige Fragen.

»Ich meine«, stotterte sie, »leidet Elsie Kraft unter einer Gemütskrankheit?«

Frau Praml nahm den Löffel wieder auf und seufzte. »Die Elsie hat's halt nicht leicht gehabt im Leben. Wissen Sie, Frau Rot, Elsie hatte zwei Brüder, und wie es früher eben so war – manchmal auch heut noch –, haben die Buben den Eltern viel mehr gegolten als das Mädel. Wenn Elsies Brüder die Nachbarskinder mit Mäusekadavern bombardiert haben, dann hat es geheißen: ›Mei, sind halt Buben.‹ Für jede Schandtat hat diese dumme Entschuldigung herhalten müssen.

Die arme Elsie hat zudem noch das Pech gehabt, dass sie so ein kränkliches Kind gewesen ist. Dünn, blass, mit blauen Ringen unter den Augen. Dass sie der Vater – und später auch die Brüder – regelmäßig verprügelt haben, war ihrer Gesundheit auch nicht gerade zuträglich. Glauben Sie mir, Frau Rot, ich weiß, wovon ich rede. Ich bin eins dieser Nachbarskinder gewesen. Mit sechzehn haben Elsies Brüder bereits angefangen, diese Nietenhosen zu tragen, die damals gerade aufkamen, und es hieß, in ihren Gesäßtaschen steckten Totschläger.«

Frau Praml ballte eine Hand zur Faust und hielt sie Fanni entgegen. »Das sind Stahlringe, die eine Boxhand zum tödlichen Werkzeug machen. Ja, Elsies Brüder sind von Jahr zu Jahr schlimmer geworden. Irgendwann war es dann so weit, dass die Buben ihre eigenen Eltern gepiesackt haben. Der eine hat sich später einer Gruppe von Motorrad-Rowdys angeschlossen, hat den Eltern für seinen Motorsport viel Geld aus der Tasche gezogen. Er und seine Kumpane haben es zusehends wilder getrieben, sich Rennen geliefert – Sie wissen schon.« Frau Praml seufzte. »Elsies Bruder hat nicht mehr lang genug gelebt, um zur Vernunft zu kommen. Eines Tages – er war noch keine zwanzig – ist ihm die Birke auf dem Birkenplatz zum Verhängnis geworden. Dort haben sie sich immer getroffen, bei der alten Birke auf dem Birkenplatz in unserem Dorf.«

Plötzlich kam Fanni die Erinnerung daran. Der Unfall hatte sich 1978 ereignet. Leni und Leo hatten gerade die Windpocken gehabt, und Fanni war mit Vera schwanger gewesen. Hans Rot erschien jeden Tag mit neuen Gerüchten: Der Bub sei sturzbesoffen gewesen; der Bub hätte gewettet, mit seinem Motorrad die Birke zu Fall bringen zu können; der Lenker der Maschine sei manipuliert worden.

Die Spekulationen über den Unfall wurden immer abenteuerlicher. Das Resultat blieb dasselbe. Der Jung war tot, die Birke erholte sich.

»Der andere Bub, der jüngere«, erzählte Frau Praml indessen weiter, »trieb's noch übler. Er ist Tag und Nacht mit einer Schlägerbande herumgezogen, die haben Hauswände beschmiert, Passanten angepöbelt und bei jeder Gelegenheit zugedroschen. Drei Tage nach seinem achtzehnten Geburtstag hat ihn sein Vater erhängt in der Scheune gefunden. Es hat immer geheißen, er hätte es selber getan, aber«, Frau Praml stach ihren Zeigefinger in das Bambusset, das Fannis Glastisch vor Kaffeerändern schützen sollte, »ich will die gestrige Ausgabe vom Birkdorfer Anzeiger fressen, wenn da keiner nachgeholfen hat. Die Typen haben sich doch laufend gegenseitig bekriegt.«

Fanni nickte. 1979 war das gewesen. Zwei Tage nach Veras Geburt. Hans hatte ihr im Krankenhaus davon erzählt. Er vertrat allerdings die Theorie, dass Birkdorfer Bürger den Buben aufgehängt hätten, um ein Exempel zu statuieren; um der Gang zu zeigen, was mit denjenigen passiert, die Birkdorfer Häuser beschmieren und Birkdorfer Leute anpöbeln.

»Zu Recht haben sie ihn aufgehängt, den Strolch«, hatte Hans Rot damals gesagt.

Auch hier blieb das Resultat dasselbe. Der Bub war tot, die Häuser und die Leute erholten sich wieder.

»Nachdem beide Söhne begraben waren«, sagte Frau Praml, schob das leere Glas samt Bambusset von sich weg und lehnte sich zurück, »hätte man meinen können, dass die Eltern Elsie nun wie ihren Augapfel hüten würden. Aber genau das Gegenteil war der Fall. Sie haben Elsie getriezt und schikaniert, als wollten sie ihr die Schuld am Tod der Buben geben. Der Vater hat von Woche zu Woche gröber zugeschlagen, wenn ihn die Wut angepackt hat. Haben

Sie schon einmal bemerkt, dass die Elsie ihren Pony bis zur Nasenwurzel herunterkämmt? Da gibt es eine hässliche Narbe zu verdecken. Kein Wunder also, dass sie den erstbesten Heiratsantrag vom erstbesten Kandidaten angenommen hat.«

»Hat sie es denn mit dem Kraft nicht gut getroffen?«, fragte Fanni.

»Na, wie man's nimmt«, antwortete Frau Praml. »Er sitzt auf einem ordentlichen Posten im Bauhof, er trinkt nicht und randaliert nicht, aber er interessiert sich halt viel mehr für seine Bienenvölker als für seine Familie.«

»Elsies Kinder müssen ja schon fast erwachsen sein«, warf Fanni ein.

»Das Mädel ist siebzehn«, bestätigte Frau Praml. »Ein anständiges Kind, arbeitet als Zahnarzthelferin. Aber der Bub ...«

»Schwierig?«, half Fanni nach.

»Ungeraten«, sagte Frau Praml. »Sieht ganz so aus, als käme er nach seinen Onkeln – vor allem nach dem mit dem Motorradspleen. Mit vierzehn hat er so lange genörgelt, bis er ein Moped bekam, das hat er dann auffrisiert. Mit sechzehn wollte er einen Roller. Den hatte er gerade mal zwei Wochen, dann konnte er mit seiner Maschine jeden Kleinwagen überholen.« Frau Praml wiegte nachdenklich den Kopf.

»Ich glaube, man muss es als Glücksfall ansehen«, meinte sie dann, »dass er nach dem Hauptschulabschluss eine Lehrstelle als Kfz-Mechaniker gefunden hat. Die Arbeit an Motoren liegt ihm. Aber er ist halt keiner, der sich mit dem begnügen kann, was er hat. Er will immer mehr, und er will es geschenkt. Schon bald nach der Gesellenprüfung hat er damit angefangen, Elsie die Ohren vollzulamentieren, dass er die Meisterprüfung machen und eine eigene Werkstatt eröffnen wolle. ›Woher sollen wir das Geld dafür nehmen?‹, hat ihn Elsie gefragt. Darauf ist er ihr die Antwort nicht schuldig geblieben. ›Das erben wir‹, hat er verkündet. ›Ihr zwei, du und die Rosie, ihr erbt doch das Haus von der Tante Erna. Rosie sagt, wenn ihr die Bruchbude mit dem ganzen Haufen Grund und Boden drum herum verkauft, dann bringt das so viel ein, dass es für die Meisterprüfung und auch noch für eine Harley reicht.«

Frau Praml sah auf ihre Armbanduhr und nickte zufrieden. »Kurz vor vier«, sagte sie, »ein Stündchen hab ich noch.« Dann fuhr sie fort: »Die Harley ist Elsie natürlich bitter aufgestoßen, aber dass ihr Sohn die Meisterprüfung machen wollte, das hat ihr schon gefallen, und bald hat sie selbst ihn als den Herrn einer eigenen Werkstatt gesehen. Wegen dem Testament zugunsten der Saller-Linie ist allerdings dann der ganze Traum geplatzt wie eine Seifenblase.«

Elsie, die Pechmarie, dachte Fanni.

»Ihr Sohn ist schier ausgerastet«, erzählte Frau Praml weiter. »Er hat von seiner Mutter verlangt, das Testament anzufechten. In ihrer Not wandte sich Elsie an Pfarrer Winzig, aber der hat alles darangesetzt, ihr die Sache auszureden. ›Elsie‹, hat er gesagt, ›ob es sich nun gerecht anfühlt oder nicht, Saller konnte als seinen Erben einsetzen, wen er wollte. Und denk dran, er hat mit dieser Verfügung den Willen seiner Altvorderen erfüllt.‹«

Frau Praml bekreuzigte sich. »Sie hätten hören sollen, wie der Bub geflucht hat, Frau Rot. Rosie hat es letztendlich geschafft, ihn zu besänftigen, indem sie ihm versprochen hat, die Erbschaftsangelegenheit einem Rechtsanwalt vorzutragen. Der Junge war selbst dabei, als der Anwalt sagte, es würde ein schwieriger Prozess werden mit geringer Aussicht auf Erfolg. Rosie wäre trotzdem bereit gewesen, ihn zu führen. Doch Elsie hat sich geweigert, nachdem ihr Pfarrer Winzig noch mal dringend abgeraten hatte.«

Frau Praml hob mahnend den Zeigefinger. »Von dieser Minute an war mit dem Buben nicht mehr zu reden. In der Nacht hat er sich eine Kawasaki geschnappt, die in der Werkstatt, wo er arbeitet, zur Reparatur stand, und ist damit nach Salzburg gerast. Einzig und allein unserem Pfarrer Winzig hat es der Bub zu verdanken, dass er seine Arbeitsstelle wegen dem Vorfall nicht verloren hat. Der hat extra den Besitzer der Werkstatt aufgesucht und sich bei ihm für Elsies Sohn eingesetzt. Können Sie sich ausmalen, Frau Rot, wie fertig Elsie die ganze Sache gemacht hat?«

Fanni nickte. Es war nicht schwer, sich das auszumalen, und es war ebenso wenig schwer, sich auszumalen, wie sich Elsie immer heftiger an Pfarrer Winzig klammerte. Und nun war er tot. Der letzte und einzige Halt war ihr genommen worden. Von wem?

Frau Praml fasste Fanni scharf ins Auge. »Pfarrer Winzig war ein guter Mensch, ein Wohltäter. Alle Pfarrkinder sind dieser Meinung gewesen. Sie allerdings, Frau Rot ...«

Sie wurde vom Ton der Türglocke unterbrochen. Fanni lief in den Flur, öffnete und sah sich Frau Pramls vierzehnjähriger Tochter gegenüber. Das Kind, gut einen Kopf größer als Fanni, spähte über ihre Schulter.

»Ist die Mama bei Ihnen? Sie muss sofort heimkommen, mein Bruder hat sich am Treppengeländer den Schneidezahn ausgeschlagen.«

Frau Praml stand bereits auf der Schwelle. »Weil er dauernd herumturnt wie ein Affe. Jetzt haben wir die Bescherung.« Sie querte Fannis Zufahrt, stieg aufs Grenzmäuerchen und eilte über den Rasen auf ihr Haus zu.

8

Fanni räumte gerade den Tisch ab, als sie einen Wagen in die Zufahrt einbiegen hörte.

Hans Rot? Unmöglich, dachte sie.

Von dem Hoagarten in Roggersing würde er kaum vor Mitternacht zurückkehren.

Sie warf einen Blick aus dem Küchenfenster. Lenis Wagen stand draußen. Natürlich, sie hatte ja angekündigt, dieses Wochenende nach Erlenweiler kommen zu wollen.

Jonas Böckl hatte Leni zur Taufe seiner Tochter eingeladen.

Fanni musste lächeln. Jonas Böckl war bis vor wenigen Jahren ein enthusiastischer Schürzenjäger gewesen. Er hatte bei Jagdausflügen nach Tschechien, die er zusammen mit seinem Vater unternommen hatte, mehr Frauenherzen eingeheimst als Jagdbeute. Etliche der Mädchen, die ihm vor die Flinte gelaufen waren, hatte er angeblich geschwängert, und damit war er in die Bredouille geraten.

Damals hatte Leni – äußerst inoffiziell – ein paar Vaterschaftstests für ihn durchgeführt, damit er Ordnung in sein Leben bringen konnte.

Und wirklich, Jonas hatte reinen Tisch gemacht. Er heiratete Eva, seine dauerhafteste Liebschaft, und erkannte den Sohn, den sie geboren hatte, als seinen eigenen an. Vor einem knappen Jahr hatten die beiden dann noch eine Tochter bekommen, und Jonas hatte zu Leni gesagt: »Egal, wie viele es noch werden, du musst bei jedem unserer Kinder zur Taufe erscheinen, weil sie quasi deine Labormäuse sind.«

Leni hatte es ihm versprochen.

Als Fanni die Haustür öffnete, um ihre Tochter zu begrüßen, sah sie, dass Leni die hintere Tür ihres Wagens aufhielt. Fanni ging hinaus und wollte ihr mit dem Gepäck helfen, das sie auf dem Rücksitz verstaut haben musste.

Sie kam nicht weit. Max, ihr Enkel, sprang aus dem Wagen, machte einen Satz über Lenis Rucksack und landete auf Fannis Fuß.

»Hallo, Oma.«

»Max! Aua.«

»Ich habe Max mitgebracht«, sagte Leni.

»Das seh ich. Was ist denn passiert in Klein-Rohrheim?«

In Fannis Bauch breitete sich das Kribbeln aus, das immer dann entstand, wenn sie Nachricht aus Klein-Rohrheim erhielt, wo ihre Tochter Vera mit Mann und Kindern wohnte. Obwohl seitdem schon einige Zeit vergangen war, steckte Fanni der Tag noch in den Knochen, an dem die ganze Familie und das halbe Dorf bis in die Nacht nach Max gesucht hatten, der mittags zum letzten Mal gesichtet worden war.

»Nichts ist passiert, Mama. Du kannst wieder runterkommen von der Feuerwehrleiter.«

Das Gör registriert jede noch so kleine Regung, dachte Fanni ertappt.

Sie nahm Lenis Rucksack, schnappte sich Max und zerrte beides ins Haus.

»Oma, machst du mir Kirschpfannkuchen?«

»Erst, wenn du mir erzählt hast, wie du hierherkommst.«

»In Lenis Golf«, antwortete Max treuherzig.

Fanni hörte Leni im Treppenhaus kichern. Als sie zu Fanni und Max in die Küche kam, sagte sie: »Veras zweitbeste Freundin heiratet morgen in Nürnberg. Vera, Bernhard und die Kinder sind mittags angekommen. Ich habe ihnen fürs Wochenende meine Wohnung überlassen. Als Max herausgekriegt hat, dass ich nach Erlenweiler fahre, wollte er unbedingt mitkommen. Vera sagt, er wollte sowieso nie mit nach Nürnberg: in der Kirche stillsitzen, im Restaurant Manieren zeigen, Dutzenden Erwachsenen die Hand schütteln – echt ätzend.«

Fanni nickte. Sie konnte Max gut verstehen.

Und Minna?

»Wollte Minna nicht auch lieber …«

»Minna hat mir ›feiger Verräter‹ nachgebrüllt«, sagte Max. »Aber ich hau ihr keine rein dafür.«

»Max findet, dass Minna gestraft genug ist«, erklärte Leni. »Sie muss zusammen mit zwei anderen sechsjährigen Mädchen morgen Blumen streuen.«

»Mama steckt Minna in ein rosarotes Kleid mit Rüschen«, sagte

Max. Seine Stimme klang, als hätte Vera beschlossen, ihre Tochter zu ersäufen.

»Minna sieht herzallerliebst darin aus«, entgegnete Leni.

»Machst du mir jetzt Kirschpfannkuchen, Oma?«, fragte Max.

»Ich lass auch einen übrig und bring ihn Minna mit – am Sonntag, wenn ich mit Leni zurückfahre.«

»Für Minna backen wir am Sonntag frische«, sagte Fanni. »Aber weder du noch Minna werdet welche kriegen, wenn wir nicht schleunigst zum Klein-Hof laufen und dort Milch und Eier holen.«

»Geil«, rief Max. Fanni zuckte zusammen, und Leni prustete. »Ich geh mit Bene in den Stall, der lässt mich bestimmt die Melkmaschine einschalten.«

»Falls gerade Melkzeit ist«, dämpfte Fanni Mäxchens Begeisterung. Sie sah auf die Uhr. »Kurz vor sechs, das könnte sogar hinkommen.«

Sie nahm die Milchkanne aus der Speisekammer und stellte sie auf das Tischchen im Flur. Dann lief sie in den Keller, um einen leeren Eierkarton zu holen. Max umklammerte die Klinke an der Haustür und hüpfte auf und ab. »Jetzt komm schon, Oma.«

»Warte, Max, ich muss den Karton zuerst mit Eierschalen füllen. Du weißt doch, die Hühner sollen einen Teil der Schalen wieder aufpicken. Sie brauchen Kalk, damit sie ordentliche Eier legen.«

»Weiß ich, Oma, aber beeil dich, weil sonst vergeht die Melkzeit wieder.«

Fanni eilte auf die Terrasse, wo sie Eierschalen zum Trocknen ausgelegt hatte.

»Endlich«, seufzte Max, als sie ins Treppenhaus zurückkam und in ihre Gartenschuhe schlüpfte.

Max rannte ihr voraus über die Wiese zum Klein-Hof hinauf.

Als Fanni beim Hof ankam, traf sie vor dem Wohnhaus auf die junge Bäuerin. Olga wies lächelnd mit dem Daumen in Richtung Stalltür, hinter der Bene, Olgas Sohn Ivo und Max soeben verschwanden.

Olga selbst war auf dem Weg zur Milchkammer, das konnte Fanni an ihrer Kleidung erkennen. Sie trug ein altes Herrenhemd und ein bunt gemustertes Kopftuch, Latzhosen und Turnschuhe.

»Nett von Bene«, sagte Fanni, »dass er Max mitmachen lässt.«

Olga zog den Knoten ihres Kopftuchs straffer. »Ja, mit Kindern, da kann er es gut. Ist doch selbst eins.«

Fanni nickte. Bene litt seit klein auf an einer neuronalen Störung, die es ihm verwehrte, abstrakt zu denken. Für die Leute von Erlenweiler war Bene ein Idiot. Das hinderte sie jedoch nicht daran, sich Benes praktischer Fähigkeiten geradezu ausbeuterisch zu bedienen. Bene dichtete Wasserhähne ab, schmierte Türangeln und zog Winterreifen auf. Manchmal bekam er nicht mal ein Dankeschön dafür.

»Mein Ivo ist ganz verrückt mit dem Bene«, sagte Olga. »Einen besseren Vater und Spielkameraden hätte ich für den Buben nicht finden können.«

Fanni lächelte Olga an. »Sie haben eine vorzügliche Entscheidung getroffen, als Sie nach Mirzas Tod hierhergekommen sind. Sogar der Alte ist glücklich darüber.«

»Wenn er auch schwer darauf bedacht ist, sich das bloß nicht anmerken zu lassen«, sagte Olga.

»Olga«, meinte Fanni darauf, »der Alte hat kein einziges Wort darüber verloren, dass Bene den Ivo adoptiert und ihn damit zum Hoferben gemacht hat. Das spricht Bände!«

Olga stimmte ihr zu. »Ja, das tut es.« Dann setzte sie ihren Weg zur Milchkammer fort.

Eben, dachte Fanni, während sie wartend vor der Stalltür herumlungerte. Sie wusste, es würde noch eine Weile dauern, bis die Milch in den Behälter floss, aus dem Olga die Kannen füllte. Eben, der alte Klein weiß genau, was er an seiner neuen Schwiegertochter hat, und auf ihren Sohn hält er inzwischen ganz große Stücke. Dabei ist Ivo erst sieben. Auch wenn sich die Leute das Maul über die Kleins zerreißen, recht hatte er, der Bauer, die Olga auf den Hof zu holen.

Spöttisch wiederholte Fanni, was die Leute tuschelten: »Die Olga mitsamt ihrem Tschechenbankert.«

Dieser Bankert würde den Klein-Hof erben. Einen Hof, der von einer Generation bayerischer Urgesteine zur nächsten weitergereicht worden war.

Der Aufruhr über Benes neuerliche Heirat und über die Adoption Ivos hatte Wellen bis nach Birkdorf geschlagen.

»Rosie Hübler sagt, die Olga ist nicht blöd«, hatte Frau Praml gegenüber Fanni geäußert, »die sorgt schon dafür, dass ihr der Bene kein Kind macht, damit ihr Bankert Hoferbe wird.«

Solange niemand genau weiß, überlegte Fanni, während dumpfe Laute aus dem Stall in ihre Ohren drangen – Stampfen, Schnauben, Scharren, Muhen –, solange niemand weiß, ob Benes Mangel an Geistesgaben genetisch bedingt ist oder ob Bene während der Geburt nur zu wenig Sauerstoff bekam, wodurch etliche seiner durchaus vorhandenen Gehirnzellen abgestorben wären, tut Olga wohl sehr gut daran, zu verhüten. Das wäre ja ein gefundenes Fressen für die Leute von Erlenweiler, wenn Bene einen Kretin zeugen würde.

Fanni konnte Hans Rot regelrecht das Wort »Zwangssterilisieren« verkünden hören.

Sie fuhr zusammen, als sie in diesem Moment tatsächlich eine männliche Stimme vernahm.

»Ja, die Frau Fanni«, dröhnte es hinter ihr.

Fanni drehte sich um, fand sich dem alten Klein gegenüber und musste grinsen. Sie kannte ihn seit Jahrzehnten, und doch war sie jedes Mal, wenn sie ihn sah, von Neuem überrascht, wie er es hinkriegte, abgerissener und zerlumpter als die Vogelscheuche auszusehen, die er seinen Kirschbaum bewachen ließ.

Bauer Klein trug wie immer seinen alten fleckigen Filzhut, der von Regen, Schnee und Nebel eingegangen und ihm deshalb zwei Nummern zu klein war. Über sein kariertes Hemd hatte er die löchrige Lodenjacke gezogen, die von einem der Urgesteine aus vergangenen Generationen stammen musste. Seine Hose endete in Fransen über den Knöcheln. Die Füße steckten in einem betagten Paar der im ganzen Umkreis bekannten Schlappen, die er selbst herstellte, indem er von ausgedienten Schuhen die Fersenteile wegschnitt.

Fanni fragte zuvorkommend: »Was macht das Vieh, Bauer?« Niemand nannte den alten Klein anders, nicht einmal sein Enkel.

Klein winkte ab. »Frisst einen Haufen Heu und Rüben, teure Vitamine und Arzneien. Und was geben die Rindviecher dafür her? – Nix als wertlose Milch und auch noch viel zu wenig davon.«

Fanni lachte. Sie mochte Bauer Klein. Wieder einmal gratulierte sie sich dazu, dass es ihr zusammen mit Sprudel gelungen war, einen der ehrenwerten Bürger von Erlenweiler des Mordes an Mirza zu überführen. Wäre der wirkliche Täter damals davongekommen, dann hätte Klein für dessen Tat büßen müssen.

Und jetzt stand Bauer Klein wieder unter Verdacht. Jedenfalls in den Augen der Leute von Erlenweiler.

Fanni beschloss, sich vorsorglich Klarheit über Kleins Alibi zu verschaffen.

»Neulich«, sagte sie, »auf der Beerdigung von unserem Bürgermeister, da hab ich keinen von euch gesehen. Sie nicht, Bauer, den Bene nicht und die Olga auch nicht.«

»Wenn ein Zankl eingegraben wird, dann sprengt ihm ein Klein kein Weihwasser auf den Sargdeckel«, antwortete der Bauer, spuckte auf einen der Findlinge neben der Stalltür und meinte damit so offensichtlich den Sarg des Bürgermeisters, dass Fanni ein leises Keuchen entwich.

Bauer Klein sah sie an. Fanni glotzte entgeistert zurück. Da sagte er: »Schauen Sie, Frau Fanni, die Zankls und die Kleins, die sind halt wie Hund und Katz.«

»Aber warum denn?«, wollte Fanni wissen.

»Lange Geschichte«, brummte der Bauer, »und lange her.«

Fanni sah ihn auffordernd an.

»Dreht sich um den Wald in Birkenweiler.«

Fanni wartete.

»Sie kennen doch den Wald, der sich von Birkenweiler aus den Hügelkamm raufzieht«, fuhr Klein zögernd fort.

Fanni nickte. Sie kannte ihn nur zu gut.

»Als vormals mein Ururgroßvater den Hof gehabt hat, hat der ganze Wald uns gehört. Fast der ganze. Ein kleines Stück hat gefehlt. Jetzt ist mir doch glatt entfallen, wer der Eigner von dem fehlenden Stückerl war.«

Fanni hätte ihm sagen können, dass es vermutlich ihr Ururgroßvater gewesen war, aber sie hielt den Mund. Für das, was der Bauer erzählen wollte, würde es wohl keine Rolle spielen.

Zu diesem Ergebnis musste soeben auch Bauer Klein gekommen sein, denn er sprach bereits weiter: »Ist eh gleich. Unsern Wald jedenfalls hat der Zankl-Altvordere meinem Ururgroßvater auf eine ganz abgefeimte Tour abgegaunert, wie, das kann man nicht so einfach erklären, da hier zwischen Tür und Angel, aber wenn Sie mal Zeit haben, Frau Fanni, dann kommen Sie nach dem Abendbrot auf ein Glaserl Zwetschgenbrand zu mir in die Stube, und ich setz Ihnen ganz genau auseinander, wie es sich zugetragen hat.« Klein verschnaufte.

Er ist es nicht gewohnt, so viel zu reden, dachte Fanni. Gerät außer Atem, weil er vergisst, zwischendrin mal einen Punkt zu machen, um durchzuatmen.

Klein hatte sich erholt und fuhr fort: »Ja, und kaum ist das ganze Gehölz auf den Zankl überschrieben gewesen, da hat es der Lump an den Staatsforst verscherbelt, komplett, mitsamt der Hütte, die mein Urgroßvater eigenhändig gebaut hat, und mitsamt dem Brunnen, den mein Urgroßvater eigenhändig geschlagen hat.«

Fanni fiel ein, was der Forstamtsrat über die Schieferplatten gesagt hatte, mit denen das Hüttendach gedeckt war.

»Ich kenne das Hütterl«, sagte sie, »es hat ein Schieferdach.«

»Zu Ururgroßvaters Zeiten war das Dach von der Hütte noch mit Holzschindeln gedeckt«, erklärte ihr Bauer Klein. »Aber so ein Heini vom Forst hat sich eingebildet, Holzschindeln fangen schon Feuer, wenn bloß die Sonne drauf scheint, und deswegen hat es nicht lang gedauert, da sind die Schindeln weggerissen und durch Schieferplatten ersetzen worden.«

Fanni spielte mit dem Gedanken, Bauer Klein zu erzählen, dass das Hütterl seit einem guten halben Jahr ihr gehörte.

Ich glaube, es würde ihn freuen, dachte sie.

Würde es! Und im nächsten Augenblick würde er es in alle Welt hinausposaunen! »Frau Fanni hat sich das Hütterl von meinem Ururgroßvater hergerichtet.« Damit wäre das Nest dann so gut wie ausgeräuchert!

Bauer Klein schnitt eine Grimasse, und Fanni musste lachen. Er sah plötzlich aus wie einer der geschlagenen Legionäre in Leos alten Asterixheften, aus denen sich Max so gerne vorlesen ließ.

»Wenn ich gewusst hätte, was ich durchzustehen hab, während der Zankl die letzte Ehre erwiesen kriegt«, sagte der Bauer, »dann … ich glaub, dann hätt es mich auch an sein Grab getrieben.«

Fanni hielt die Luft an. Hatte Klein den Pfarrer vor der Sakristei abgepasst, als die Birkdorfer Bürger am Grab ihres Bürgermeisters vorbeidefilierten? Hatten die beiden Streit gehabt? Hatte Klein …?

»Drei Zähne hat er mir gezogen«, beklagte sich Klein indessen.

»Wer?«, fragte Fanni perplex.

»Na, der Zahnarzt halt. Der in Altfleck. Ein ums andere Mal hat er mir was ins Zahnfleisch einspritzen müssen, weil er den Eckzahn ewig nicht rausgekriegt hat.« Klein hielt sich die Backe, als hätte ihn Fanni geohrfeigt. »Die ganze rechte Seite ist nachher noch stundenlang taub gewesen. Ich hab gesabbert wie ein alter Gaul …«

Fanni musste grinsen und senkte schnell den Kopf, damit es der Bauer nicht sah.

Klein hat ein Alibi, jubelte sie innerlich, ein hervorragendes, nachprüfbares Alibi. Mit so einem Alibi kannst du den alten Klein nicht in die Pfanne hauen, Hans Rot!

»Da hat Sie der Bene wohl chauffieren müssen?«, fragte sie in der Hoffnung, auch gleich noch Benes Alibi abhaken zu können. Wer weiß, dachte sie, wozu sich die Leute von Erlenweiler versteigen, wenn sie den Mörder ihres Pfarrers hinter Schloss und Riegel sehen wollen.

»Die Olga hat mich gefahren«, antwortete Klein, »die Olga. Die hat ja den ganzen Mist eingefädelt. Sockel-Sanierung nennen die das. Bin ich ein Hühnerstall?«

»Und der Ivo ist mitgekommen und hat seinem Großvater Mut zugesprochen«, machte Fanni weiter, denn vermutlich, so sagte sie sich, würde sie keine zweite Gelegenheit bekommen, herauszufinden, wo alle Kleins gesteckt hatten, während Pfarrer Winzig erschlagen worden war.

»Wo denken Sie hin, Frau Fanni«, eiferte sich der Bauer, »das hätt ich nicht wollen, dass der Bub mitkriegt, wie sich sein Großvater vor einem winzigen Zangerl fürchtet.«

Klein starrte einige Sekunden zur Milchkammer hinüber, dann sagte er nachdrücklich: »Ein Glück war's, dass der Bub mit dem Bene daheimgeblieben ist. Weil kaum sind wir fort gewesen, die Olga und ich, da ist bei der Resi das Kalben losgegangen. Der Bene hat ihr eine Zeit lang zugeschaut, hat gesehen, dass sie sich immer wieder verkrampft, ohne dass sich was bewegt, und hat nicht gewusst, was er tun soll. Der Bene hat der Resi so lang zugeschaut, bis der Bub, der Ivo, keine Ruhe mehr gegeben hat und wissen wollte, ob was nicht stimmt bei der Resi. Da hat ihm der Bene erklärt, dass die Resi zu wenig Druck auf dem Kolben hat und deshalb das Kalb nicht rauspressen kann.« Der Bauer seufzte.

Fanni nickte verstehend. Bene wusste sehr genau, wie Maschinen funktionierten. Er hatte genug Motoren, genug Getriebe auseinandergenommen und wieder zusammengesetzt, um damit so vertraut zu sein wie Pfarrer Winzig mit seinem Tabernakel. Es musste Bene große Anstrengungen gekostet haben, von der Arbeitsweise eines Kolbenmotors auf den Geburtsvorgang zu schließen. Doch irgendwie hatte er die Parallele gefunden. Aber damit war sein Intellekt erschöpft gewesen.

»Der Bub hat den Tierarzt angerufen«, fuhr Bauer Klein fort. »War höchste Zeit, sagt der Viehdoktor. Eine Viertelstunde später, und er hätt nichts mehr tun können. Fürs Stierkalb nicht und für die Resi auch nicht.«

»Oma, Oma, ich hab die Kühe gefüttert und gemolken!«, schrie Max und schoss auf Fanni zu. »Morgen darf ich wieder zur Stallarbeit kommen.«

Ivo folgte ihm gemächlich. Fanni betrachtete Olgas Sohn. Er war sieben, ein wenig jünger als Max.

An zählbaren Jahren.

Ja, an zählbaren Jahren. Wie viele unzählbare er wohl in dieser Zeitspanne zusätzlich gealtert war?, fragte sich Fanni, verschrien als Bankert, versetzt in ein fremdes Land zu einem fremden Vater, einem Vater, dem er das Denken abnehmen musste.

Fanni nahm Max an der Hand, nickte Ivo lächelnd zu, sagte: »Gut Nacht, Bauer«, denn es dunkelte bereits, und wandte sich zum Gehen.

»Brauchen Sie jetzt doch keine Milch und keine Eier?«, fragte Ivo und deutete auf die Milchkanne, deren Henkel Fanni in der Hand hielt, und dann auf den Eierkarton, der unter ihrem Arm klemmte.

Bauer Klein klatschte sich auf die Schenkel. »Also, Frau Fanni, jetzt wären Sie glatt ohne die Milch …« Er lachte spitzbübisch. »Hab ich Sie so durcheinandergebracht?«

Fanni lachte zurück. »Komplett, Bauer, komplett durcheinander.« Sie wandte sich der Milchkammer zu.

»Und dass Sie mir nicht wieder heimlich der Olga das Milchgeld zustecken«, rief ihr Bauer Klein nach. »Milch und Eier sind für Frau Fanni umsonst, ihr Leben lang. Merk dir das, Ivo«, sagte er zu seinem Enkel. »Weil wenn die Frau Fanni nicht gewesen wäre, täte dein Großvater im Kittchen sitzen.«

9

Fanni musste dringend telefonieren – mit Sprudel. Sie musste ihm sagen, dass Max mit Leni nach Erlenweiler gekommen war und dass sie sich deshalb nicht treffen konnten, nicht einmal für ein Stündchen.

Aber wie sollte sie Sprudel anrufen, während Max auf der Anrichte hockte und ihre Hände, die Pfannkuchenteig quirlten, nicht aus den Augen ließ.»In Klein-Rohrheim sagen wir Eierkuchen dazu«, erklärte Max.»Logo! Ohne Eier würde bloß Pampe draus – oder, Oma?«

»Richtig, Max, aber wir hier in Erlenweiler liegen auch nicht falsch, wenn wir eure Eierkuchen ›Pfannkuchen‹ nennen.« Sie ließ eine Portion Teig in die Bratpfanne rinnen.

»Da plädiere ich doch für ›Eierpfannkuchen‹«, kam Lenis Stimme aus dem Flur.

Max warf einen erschrockenen Blick in die Teigschüssel.»Oma, für wie viele reicht das? Leni ist so ein Vielfraß.«

Leni stürmte mit gefletschten Zähnen in die Küche.»Am liebsten fresse ich kleine Buben!«, schrie sie, packte Max und tat, als wollte sie ihm ein Ohr abbeißen.

Fanni verzog sich aus der Küche.

»Ha«, hörte sie Leni rufen, als sie die Tür hinter sich zumachte, »die Köchin türmt. Aber Max und Leni sind die besten Eierpfannkuchen-Brater von Erlenrohrheim.«

Sprudel nahm beim ersten Klingeln ab. Als sich Fanni meldete, sagte er:»Oh Fanni!« Es hörte sich geradezu euphorisch an.

Aber kaum hatte ihm Fanni erklärt, wie dieser Freitagabend, wie der Samstag und der Sonntag verlaufen würden, klang seine Stimme ernüchtert.

»Verstehe.«

Fanni fragte ihn, ob er schon mit Togo-Franz gesprochen habe.

Sprudel verneinte. Er hatte Togo-Franz zwar nach der Seniorenmesse abgefangen, doch der Priester war in größter Eile gewesen. Er habe dringend nach Buchenweiler fahren müssen, denn dort wartete ein Sterbender auf seine letzten Sakramente.

»Meinst du, er wollte sich drücken?«, fragte Fanni misstrauisch. »Unbequemen Fragen aus dem Weg gehen?«

Sprudel verneinte. »Ich hatte vielmehr den Eindruck, dass sich unser Gastpriester sehr gefreut hat, eine vertraute Sprache zu hören. Er hat spontan für morgen Nachmittag ein Treffen vorgeschlagen, kleiner Plausch auf Französisch – um vier Uhr, zwischen Ministrantenunterricht und Abendmesse.«

»Na dann«, meinte Fanni, und es klang so lahm, als hätte sie »Staubfluse« gesagt.

Schweigen breitete sich aus.

Hatten sie sich nichts mehr zu sagen? Doch, eine ganze Menge Wörter, die nicht ausgesprochen werden durften: Schade, was gäbe ich für ein Stündchen, es wäre so schön …

Fanni hörte Sprudel leise seufzen.

Sie biss die Zähne zusammen.

Flennst du, Fanni?

»Am Montag?«, fragte Sprudel.

»Ja, am Montag. Ja, in der Hütte. Ja, so bald als möglich, um halbzwei Uhr spätestens.«

Leni und Max machten sich im Esszimmer gerade über die ersten beiden Pfannkuchen her, als Fanni in die Küche zurückkam. Sie füllte einen Schöpflöffel voll frischem Teig in die Pfanne, schwenkte sie herum, bis der Boden dünn bedeckt war, sah zu, wie die Masse stockte, wendete den Pfannkuchen und ließ ihn eine Minute später auf einen Teller gleiten. Nachdem sie noch vier weitere Stück gebacken hatte, war die Teigschüssel leer.

Fanni schenkte sich ein Glas Rotwein ein, nahm den Teller mit den fertigen Pfannkuchen und gesellte sich zu den beiden an den Esstisch.

»Leni hat gesagt, nach dem Essen darf ich mir einen von ihren Videofilmen anschauen«, verkündete Max.

»Dschungelbuch«, warf Leni ein, bevor sich ihre Mutter aufregen konnte.

Fanni nickte beruhigt. »Gut, Max, Dschungelbuch, nach dem Duschen und dem Zähneputzen.«

Eine halbe Stunde später hockte Max mit Kopfhörern über den Ohren auf dem Sofa vor dem Fernsehapparat. Fanni und ihre Tochter saßen sich nebenan am Esstisch gegenüber. Die Flügeltür zwischen den beiden Räumen stand offen.

Leni erzählte von ihrer Arbeit im Labor, von Freunden, mit denen sie in Nürnberg ihre freien Abende verbrachte, von einer Kollegin, mit der sie am Wochenende manchmal Wanderungen in der fränkischen Schweiz unternahm.

Fanni berichtete von dem Ereignis, das vor zwei Wochen die gesamte Birkdorfer Gemeinde in Aufruhr versetzt hatte.

»Den Dorfpfarrer erschlagen«, murmelte Leni, »dazu gehört eine Menge ...«

»Hass?«, fragte Fanni.

»Wut«, sagte Leni, »Verbitterung.«

»Hass, Wut, Verbitterung«, wiederholte Fanni. »Ist Togo-Franz – aus welchem Grund auch immer – wütend genug gewesen für eine solche Tat? Oder Rosie Hübler? Hatte ihr der Pfarrer Grund gegeben, ihn zu hassen? Oder Elsie Kraft? Ist ihre Zuneigung plötzlich in Abscheu umgeschlagen?«

Was faselst du von Elsie und Rosie? Sie waren Winzigs Schoßkinder. Außerdem saßen wohl beide im Wirtshaus, als der Pfarrer erschlagen wurde. Hieß es nicht, Elsie sei eine der Ersten gewesen, die dort ankamen?

»Gibt es denn Verdächtige?«, fragte Leni.

»Alle sind verdächtig«, antwortete Fanni, »und keiner.«

»Harte Nuss, Miss Marple«, meinte Leni, »aber du und Sprudel ...« Sie unterbrach sich und starrte das Mosaiktischchen an, auf dem ein aufgeschlagenes Gesundheitsmagazin und Fannis Brille lagen. Plötzlich fragte sie: »Hast du Geldprobleme, Mama?«

Fanni sah entgeistert auf. »Wie kommst du denn auf so was?«

»Das silberne Kaffeeservice von der Urgroßmutter. Hast du es verkauft?«

Fanni wurde rot. Sie hatte niemandem von der Hütte im Birkenweiler Wald erzählt – nicht einmal Leni, obwohl sie ihr absolut vertraute. Aber jetzt war der Zeitpunkt gekommen, ihre Tochter ins Bild zu setzen.

Sie räusperte sich.

Nachdem sie zu Ende berichtet hatte, grinste Leni übers ganze Gesicht. Sie kam jedoch nicht mehr zu Wort, weil sich Max die Kopfhörer von den Ohren riss und »Aaaus!« grölte.

»Schlafenszeit«, sagte Fanni, und Max folgte ihr ergeben ins Obergeschoss.

»Repariert Opa morgen den Gartenzaun?«, fragte Max, als er in Leos ehemaligem Kinderzimmer im Bett lag.

»Versprochen hat er es«, antwortete Fanni.

»Ich helfe ihm«, erklärte Max.

Der Samstagmorgen zog sonnig auf. Hans Rot verlangte nach seiner grünen Latzhose, und Fanni holte sie aus dem Schrank im Keller. Sie nahm sich vor, ebenfalls nach draußen zu gehen, sobald sie im Haus mit dem Aufräumen fertig war. Es sollte wohl nicht schaden, den Rasen mit einem Rechen zu bearbeiten und die Erde in den Beeten zu lockern.

Leni kündigte an, sie wolle heute sämtliche Winterbrösel aus ihrem Auto saugen.

Fanni seufzte. Dieser Samstag würde wieder einer jener Frühlingstage werden, die sämtliche Nachbarn in ihre Gärten trieben. Zum Arbeiten würde Hans nur wenig kommen. Ein Schwatz mit Praml, ein Plausch mit Stuck, ein »Was machen die Bandscheiben?« mit Weber, ein »Waidmannsheil« mit Böckl.

Fanni hoffte, dass ihr Mann nicht die ganze Meute zu Kaffee und Kuchen ins Haus schleppte. Vorsichtshalber holte sie einen Tiefkühlbeutel mit Nussecken aus der Gefriertruhe.

Als sie aus der Terrassentür trat, lehnten Praml und Böckl mit Hans palavernd am Gartenzaun. Fanni ging zur Garage, griff sich den Rechen aus seiner Halterung, bog ums Hauseck und bremste abrupt.

Auf dem Rasenstreifen zwischen dem Rot'schen Haus und dem Praml'schen Grundstück – direkt vor den Johannisbeerstauden, bei denen Fanni vor Jahren die tote Mirza Klein gefunden hatte – steckten im Abstand von gut einem Meter zwei Spaten senkrecht im Rasen.

Fanni benötigte etliche Augenblicke, bis sie die Vorrichtung als Fußballtor identifiziert hatte.

Max, der Torwart, hüpfte zwischen den Spaten auf und ab, als wäre er an einem Gummiband aufgehängt. Seine Finger verloren sich in Fannis Gartenhandschuhen.

Vor dem Tor kämpften zwei Jungen um den Fußball. Der eine

setzte alles daran, den Ball durchs Tor zu schießen; der andere versuchte, ihn daran zu hindern. Zwei Paar Beine kickten und strampelten. Dann lag einer der Jungen am Boden.

Im selben Moment tönte es »Foul« vom Balkon des Praml'schen Hauses. »Foul und defhalb Freiftof.«

Fanni blickte hinauf und sah das Gesicht von Pramls Sohn über der Brüstung schweben. Dort, wo gestern früh noch ein rechter Schneidezahn gewesen war, gähnte nun ein Loch. »Freiftof für Ivo.«

»Diese Rabauken werden Ihren Rasen ruinieren und Ihre Krokusse zertrampeln«, sagte eine Stimme hinter Fannis Rücken.

Fanni drehte sich um und sah sich Frau Rimmer gegenüber, der Tochter von Herrn Kundler.

»Tut mir leid«, sagte Frau Rimmer, »Caro ist einfach nicht zu bändigen. Sie treibt es wilder als eine Horde Buben.« Sie seufzte. »Ich wüsste wirklich nicht mehr ein noch aus, wenn wir immer noch in dieser kleinen Wohnung in der Stadt hausen müssten.«

Fanni sah von Frau Rimmer zu den beiden Jungen, und erst jetzt merkte sie, dass der eine ein Mädchen war – Caro, Kundlers Enkelin.

»Mein Vater meint«, sagte Frau Rimmer, »die Kinder sollten in unserem Garten weiterspielen, da ist dem Rasen sowieso nicht mehr zu helfen.«

»Dieses Spiel, fürchte ich«, antwortete Fanni, »muss da ausgetragen werden, wo der Schiedsrichter die beste Übersicht hat. Aber machen Sie sich keine Sorgen, der Rasen erholt sich wieder, und für die Krokusse hat sowieso das letzte Stündlein geschlagen – es wird zu warm in der Sonne.«

Apropos sterben! Apropos Blumen! Frau Rimmer müsste doch wissen, wer die weißen Lilien auf Frau Kundlers Grab gestellt hat. Frag!

Ich kann doch nicht einfach … Ich sollte lieber Frau Praml …

Die wird darüber doch allenfalls Vermutungen anstellen! Wenn du eine konkrete Antwort willst, dann sieh zu, dass du die Gelegenheit jetzt nutzt und das Gespräch auf die Lilien bringst!

Fanni sagte hölzern: »Caro scheint sich in Erlenweiler recht gut eingewöhnt zu haben.«

Frau Rimmer strahlte sie an. »Caro hat jetzt ein eigenes Zimmer, geräumig und hell. Mein Vater kümmert sich um sie, wenn ich nicht daheim bin. Ich arbeite nämlich seit ein paar Monaten vormittags in der Gärtnerei an der Hauptstraße. Und was das Schönste ist, Frau Rot«, Kundlers Tochter bekam ganz rosige Wangen, »mein Mann wohnt seit zwei Wochen auch hier bei uns. Nie wieder wird er monatelang auf Montage ins Ausland geschickt werden. Er ist neuerdings in der Plattlinger Zuckerfabrik fest angestellt.«

Fanni schämte sich ein bisschen, als sie sagte: »Ich bin sicher, Frau Kundler würde sich freuen, wenn sie wüsste, dass Herr Kundler jetzt nicht allein leben muss.«

»Das meint mein Vater auch«, stimmte ihr Frau Rimmer zu.

»Und wir werden seine Frau nie vergessen, niemals.«

»Sie bringen ihr oft Blumen aufs Grab«, tastete sich Fanni weiter.

»Ich sitz ja an der Quelle«, lachte Frau Rimmer. »Wissen Sie, Frau Rot«, fuhr sie fort, »die Blüten, die wir im Laden zum Verkauf anbieten und die wir für unsere Gestecke verwenden, müssen makellos aussehen. Ein abgeknicktes Blättchen an einer Gerberablüte oder ein brauner Fleck auf einem weißen Lilienkelch verderben alles. Von dem Ausschuss, der sich den ganzen Tag über so ansammelt, lassen sich aber noch recht hübsche Sträuße binden.«

»Als ich zur Beerdigung des Bürgermeisters auf dem Friedhof war«, sagte Fanni, »standen weiße Lilien in einer dunkellila Vase auf Frau Kundlers Grab, ein wunderschönes Arrangement. Wie schade, dass es an diesem Tag so frostig war. Ich fürchte, die Blumen haben schon nach kurzer Zeit ihre Köpfe hängen lassen.«

Frau Rimmer lächelte spitzbübisch. »Floristen kennen da ein paar praktische Tricks: hier eine Kopfstütze aus Draht, dort ein Korsett aus Bast. Aber Sie haben recht, länger als ein, zwei Tage kommt man bei Frost auch damit nicht über die Runden.«

»Während der Beerdigung sahen die Lilien noch taufrisch aus«, sagte Fanni und hoffte, Frau Rimmer würde den Köder schlucken. Sie tat es.

»Das waren sie auch. Mein Mann hatte sie eben hingestellt.« Frau Rimmer kicherte. »Er wollte gerade wieder gehen, da traf der Trauerzug ein. Es hat eine ganze Weile gedauert, bis er sich davonstehlen konnte. Deshalb hatte die Sparkasse auch schon zu, als er endlich dort ankam.«

»Wie«, fragte Fanni entgeistert, »die Birkdorfer Sparkasse ist mitten am Nachmittag geschlossen?«

Frau Rimmer musste lauthals lachen. »Sie schließt montags und mittwochs um drei. Nehmen Sie es mir nicht übel, Frau Rot, aber ein bisschen was ist schon dran an dem, was die Leute über Sie sagen.« Fanni wollte gar nicht hören, was die Leute über sie sagten. Denken konnte sie es sich ohnehin.

Doch Frau Rimmer war schon dabei:»›Frau Rot wohnt auf einem anderen Stern‹, meinte Frau Praml neulich.« Sie hatte die letzte Silbe noch auf der Zunge, als Frau Pramls Kreissägenstimme durch den Garten kreischte:»Mittaaagesseeen!«

Auf Frau Pramls Kommando hin löste sich Herr Praml vom Zaun und steuerte eilends auf seine Haustür zu. Der Kopf von Pramls Sohn verschwand vom Balkon, als hätte er nie über der Brüstung geschwebt.

»Reif für den Kasernenhof«, murmelte Frau Rimmer.

Das Knäuel aus vier Beinen, das sich auf Fannis Rasen um den Fußball gebalgt hatte, löste sich auf. Caro lief auf Max zu und hielt ihm in Brusthöhe die flache Hand entgegen. Max wurstelte die Finger aus einem der Gartenhandschuhe und klatschte dagegen. Inzwischen war auch der Junge herangekommen. Er klatschte Caro und Max ab. Es war Ivo.

»Ich muss heim«, erklärte Ivo.»Um zwölf sitzt der Bauer am Tisch, und dann wird gegessen. Pünktlich, da versteht er keinen Spaß.«

»Ich hab auch Hunger«, sagte Max.»Was gibt's denn bei uns?«

»Da müssen wir nachsehen«, antwortete Fanni abwesend und blickte gedankenverloren Frau Rimmer nach, die zusammen mit Caro auf das Kundler'sche Haus zusteuerte.

Ihr Mann befand sich während der Beerdigung des Bürgermeisters auf dem Friedhof!

Fanni zuckte die Schultern und dachte: Tausend andere auch.

Aber Rimmer ist – vermutlich kurz vor Ende der Zeremonie – in Richtung Sparkasse gelaufen!

Dazu musste er über den Birkenplatz.

Eben!

Etwas nach drei Uhr stand Rimmer vor der bereits geschlossenen Sparkasse. Um diese Zeit hatte sich der Pfarrer gerade auf den Weg über den Birkenplatz gemacht.

Hätte ihn Rimmer nicht sehen müssen?

»Oma, pennst du im Stehen?«

10

Max hatte gerade seine zweite Portion Spaghetti in Angriff genommen, als es an der Haustür klingelte.

Es war Caro. »Kann Max wieder raus?«

Er war schon unterwegs.

»Ivo kommt auch«, hörte man Caro rufen, bevor sich die Haustür schloss.

Hans Rot schnitt eine Grimasse, als hätten sich die Nudeln auf seinem Teller in Tausendfüßler verwandelt. »Nichts gegen den alten Kundler«, sagte er, »obwohl er seinen Nachbarn selten die Ehre gibt, ein Wörtchen mit ihnen zu wechseln. Nichts gegen die Rimmers, anständige Leute. Aber den Tschechenbankert will ich nicht vor meiner Haustür haben.«

Fanni stöhnte. Ivo, unehelich geboren, später durch Adoption gesetzlich einem ehelichen Kind gleichgestellt, galt als Bankert. Frau Rimmer, unehelich geboren, vom Vater jahrelang totgeschwiegen ...

»... sein sauberer *Herr Großvater* bald eingesperrt werden«, hörte sie Hans Rot plötzlich sagen.

»Wieso?«, fragte Leni.

Hans Rot blickte streng von der Tochter zur Mutter. »Die ganze Gemeinde ist davon überzeugt, dass er den Pfarrer erschlagen hat. Da kann meine Frau noch so viel dagegen ins Feld führen, diesmal ist der Alte dran.«

»Er war es nicht«, widersprach Fanni trotzig. »Und er kann es durch ein Alibi beweisen.«

»Aha«, machte Hans Rot, »darauf sind wir aber gespannt.«

»Bauer Klein war an dem Mittwochnachmittag, an dem Pfarrer Winzig totgeschlagen wurde, beim Zahnarzt in Altfleck«, erklärte Fanni.

Ihr Mann schlug sich auf die Schenkel und lachte keckernd. »An einem Mittwoch beim Zahnarzt! Fannilein, Fannilein, da musst du dir was Besseres ausdenken. Der Altflecker Zahnarzt, der hat am Mittwochnachmittag keine Sprechstunde – nie.«

Fanni wurde blass. Hatte ihr Bauer Klein einen Bären aufgebunden? Aber weshalb? Er musste doch wissen, dass so eine Lüge schnell auffliegen würde. Fanni schüttelte den Kopf. Der Bauer hatte sie nie und nimmer angelogen. Vielleicht hatte er das Datum verwechselt, vielleicht hatte er längst vergessen, an welchem Tag Bürgermeister Zankl zu Grabe getragen worden war. Fanni beschloss, der Sache auf den Grund zu gehen. Sie würde Ivo aushorchen – jetzt gleich.

Sie räumte den Tisch ab, stellte das Geschirr in die Spülmaschine. Dann schichtete sie die Nussecken, die sie am Morgen aus der Tiefkühltruhe geholt hatte, in ein Körbchen und ging hinaus.

»Halbzeit«, rief Max, als er die schokoladenüberzogenen Spitzen aus dem Körbchen ragen sah.

Fanni schlug den Kindern vor, sich zum Essen auf die Hausbank zu setzen, und versprach, später noch Limonade zu bringen. Caro, Max und Ivo fielen über die Nussecken her.

Fanni sah sich um.

Ihr Mann war nirgends in Sicht.

Leni legte den Schwamm beiseite, mit dem sie ihre Windschutzscheibe bearbeitet hatte, kam heran und stahl sich eine Nussecke aus dem Körbchen.

»Papa sitzt bei Stucks auf der Terrasse«, sagte sie und blinzelte Fanni verschwörerisch zu.

»Was macht das neue Stierkalb, geht's ihm gut?«, wandte sich Fanni an Ivo.

Der nickte. »Macht schon Bocksprünge.«

»Der Bauer ist wahnsinnig stolz auf dich«, sagte Fanni. »Wenn du dich nicht getraut hättest, den Doktor anzurufen, dann wär das Kalb jetzt tot und die Resi auch.«

Caro und Max machten große Augen. Ivo strahlte.

»Ist denn der Bauer nicht daheim gewesen, als die Resi gekalbt hat?«, fragte ihn Leni.

Ivo hatte sich eben das letzte Stück seiner Nussecke in den Mund geschoben. Er nuschelte »Zahnarzt«, deutete auf seine Backe und hielt drei Finger hoch.

»Der Bauer hat an dem Tag drei Zähne gezogen gekriegt«, interpretierte Leni die Pantomime. Ivo nickte.

»Weiter geht's!«, rief Caro und sprang auf. Die Jungen folgten ihr auf den Rasen.

»Klein hat die Wahrheit gesagt«, murmelte Fanni, »aber der Zahnarzt hält am Mittwochnachmittag keine Sprechstunde. Kannst du dir das erklären?«, wandte sie sich an ihre Tochter.

»Du wirst den Zahnarzt fragen müssen«, antwortete Leni und stand auf. »Vielleicht verrät er dir die Lösung des Rätsels für drei von deinen Zähnen.«

Fanni nahm das leere Körbchen und machte sich gerade damit auf den Weg ins Haus, als sie hinter sich die Stimme des Praml-Jungen hörte.

»Wollt ihr mit oder wollt ihr nift mit?«

»Komme«, rief Caro.

»Bin schon da«, antwortete Ivo. »Kann Max auch mit?«

»Klar«, sagte der Praml-Junge großzügig.

»Wo soll's denn hingehen?«, erkundigte sich Fanni.

»Zum Miniftrantenunterricht«, erklärte ihr Pramls Sohn. »Togo-Franz – äh, unser Gaftpriefter hat gesagt, wir Miniftranten dürfen zum Unterricht Freunde mitbringen, die vielleicht auch einmal Miniftranten werden wollen – sogar Mädchen.«

Caro streckte ihm die Zunge heraus.

»Waf kann denn ich dafür«, verteidigte sich der Praml-Junge, »daf der Pfarrer Winfig keine Mädchen in die Sakriftei gelaffen hat und keinen …«

Max ersparte es ihm, nach einem gesitteten Wort für Tschechenbankert zu suchen. »Darf ich mit? Oma, bitte.«

Was hätte dagegengesprochen? Der Praml-Junge war schon elf Jahre alt, und er war ordentlich erzogen. Zwischen Erlenweiler und Birkdorf führte ein ununterbrochener Bürgersteig entlang. In Birkdorf angekommen, würden die Kinder in der Kirche bestens aufgehoben sein.

»Wann seid ihr zurück?«, fragte Fanni den Praml-Jungen.

Ivo antwortete an seiner Stelle: »Pünktlich zur Stallarbeit«, und Max nickte so ernst dazu, als dürfe er das Füttern und Melken am allerwenigsten versäumen.

Fanni sah ihnen nach. Ivo und Caro hatten die Hosen voller Grasflecken, und bei Max klebten Erdklümpchen am Pullover. Fanni hoffte, das würde Togo-Franz nicht stören.

Der hat jetzt andere Sorgen! Er ist nämlich die einzig bekannte Person, die zur Tatzeit auf dem Friedhof gewesen sein müsste! Abgesehen von Fanni Rot natürlich!

Fanni schüttelte sich wie ein nasser Hund. Togo-Franz ist von einem guten Dutzend Schützen gesehen worden. Aber wer hat ausgesprengt, dass ich da gewesen bin? Hans sagt, er war's nicht. Ich weiß, dass ich selbst mich nicht verplappert habe. Hatte Frau Praml die Information von Elsie, die einfach eine Vermutung zum Besten gab? *Oder stammt die Kundgabe vom Mörder? Um von sich abzulenken und eine falsche Fährte zu legen?*

»Ich hab zugenommen«, jammerte Leni am Sonntagmorgen und knöpfte ihren grauen Blazer wieder auf.

»Sitzt gut«, versicherte ihr Fanni. »Toll siehst du aus.«

Okay, du hast eine hübsche, kluge Tochter. Deshalb musst du nicht gleich platzen vor Stolz.

Leni sah auf ihre Armbanduhr. »Ich muss los. Um zehn beginnt die Tauffeier.«

Die Wanduhr in der Küche zeigte halb zehn. »Halb!«, sagte Fanni. »Mit dem Wagen brauchst du doch keine fünf Minuten.«

Leni schaute sie einen Augenblick lang verwirrt an, dann klärte sich ihr Blick. »Hab ich es gar nicht erwähnt? Jonas' Tochter wird in der Kirche am Bogenberg getauft.«

»Am Bogenberg«, echote Fanni erstaunt.

»Du weißt doch, Mama«, erklärte ihr Leni, »Jonas' Frau Eva stammt aus Tschechien, und es hat ihr gar nicht gefallen, wie Pfarrer Winzig mit Olga umgesprungen ist, als sie Ivo taufen lassen wollte.« Leni deutete aus dem Küchenfenster auf das Haus der Böckls schräg vis-à-vis. »Ein Kind der Familie Böckl hätte Winzig natürlich mit Handkuss getauft. Schließlich sind die Böckls wer in Birkdorf. Außerdem haben ihn Jonas und sein Vater immer reichlich mit Reh- und Wildschweinbraten versorgt. Aber Eva hat sich geweigert, Winzigs Dienste in Anspruch zu nehmen. Was allerdings beträchtlichen Ärger gab.«

»Innerhalb der Familie Böckl?«, fragte Fanni.

»Nein, nein«, antwortete Leni, »Ärger mit dem Pfarrer. Wer sein Kind in einem anderen Sprengel taufen lassen will, der braucht vom Pfarrer des eigenen Sprengels so eine Art Freibrief. Winzig wollte aber so eine Bescheinigung für die Böckls nicht herausrücken. Soweit ich Jonas verstanden habe, muss es zwischen ihm und dem Pfarrer ziemlich heftig zur Sache gegangen sein.«

Leni hatte die Hand bereits auf der Türklinke, als sie den letzten Satz sagte. Plötzlich lief sie zurück ins Esszimmer, nahm ein zusammengefaltetes Blatt vom Mosaiktischchen und steckte es in ihre Jackentasche. »Jonas hat mich dazu verdonnert, die Fürbitten zu lesen«, rief sie Fanni zu und verschwand.

Fanni starrte die Tür an.

Pfarrer Winzig scheint sich ja mit Vorliebe Feinde gemacht zu haben, dachte sie.

Feinde! Was für eine Übertreibung.

Was dann?

Allenfalls Kritiker.

»Oma, wollen wir zusammen die Pfannkuchen für Minna backen?« Max zupfte an ihrem Ärmel.

Fanni nickte.

»Und wenn wir damit fertig sind«, sagte Max, »dann spielen wir Autoquartett.«

»Und ich gewinne«, zog ihn Fanni auf.

Leni kam gegen zwei Uhr von der Tauffeier zurück. Sie hatte rote Wangen und glänzende Augen.

»Du siehst aus, als hättest du eine Menge Spaß gehabt«, schmunzelte Fanni. »Ich wusste gar nicht, dass Tauffeiern so vergnüglich sind.«

Lenis Wangen färbten sich noch eine Nuance röter.

Da ist doch was im Busch!

Fanni hätte gerne nachgehakt, aber es wurde höchste Zeit für Leni, nach Nürnberg zurückzufahren. Sie hatte Vera versprochen, nicht später als vier Uhr da zu sein. Klein-Rohrheim lag noch fast zwei Autostunden von Nürnberg entfernt, und Vera wollte nicht zu spät nach Hause kommen, weil Max und Minna am nächsten Morgen zur Schule mussten.

Fanni packte die Reisetasche von Max in Leos altem Kinderzimmer, während Leni in ihrem Zimmer rumorte.

Max stürmte zu Fanni ins Zimmer. »Schau, Oma, Ivo und ich haben eine Kuh gebastelt, und die fährt mit mir nach Hause.«

Wie ein Banner trug er ein Gebilde aus Stroh vor sich her.

»Max«, lachte Leni, die herübergekommen war, »deine Kuh sieht aus wie ein Nilpferd.«

»Bäh«, machte Max, »das ist Resi, wie sie trächtig war, hat der Bauer gesagt. Ich bring sie ins Auto und gurte sie an.«

Leg ihr ein Handtuch unter, wollte ihm Fanni nachrufen. Hatte Leni etwa gestern den halben Nachmittag lang die Polster in ihrem Wagen abgesaugt, nur um sie heute mit Strohhalmen gespickt wiederzusehen?

Aber Max polterte bereits aus der Haustür.

Leni war neben Fanni stehen geblieben. »Apropos Bauer. Klein hat die Wahrheit gesagt. An dem Tag, an dem Pfarrer Winzig erschlagen wurde, bekam er seine Zähne gezogen.«

»Hast du mit dem Zahnarzt aus Altfleck gesprochen?«, fragte Fanni verwirrt.

»Nein«, entgegnete Leni, »mit Jonas.«

»Zieht der neuerdings Zähne?«

Leni schüttelte lachend den Kopf. »Jonas und sein Vater veranstalten oft Jagdausflüge nach Tschechien«, erzählte sie dann. »Der Zahnarzt aus Altfleck und unser Dr. Wieser aus Birkdorf sind begeisterte Wildschweinjäger. Am letzten Wochenende im Februar war Wildschweinjagd angesagt. Aufbruch Freitag, den 22., morgens um sechs. Da blieb den Herrn Doktoren nichts anderes übrig, als die Freitagspatienten auf ihren freien Mittwochnachmittag vorzuverlegen.«

Fanni runzelte die Stirn. »Wie bist du bloß darauf gekommen, Jonas danach zu fragen?«

»Mama«, rief Leni belustigt, »darauf bin ich natürlich nicht gekommen. Wie sollte ich denn? Aber in einer Jägerfamilie – Tauffeier oder nicht – dreht sich das Gespräch früher oder später um die Jagd, um Jagdtrophäen, um Jagdausflüge. Als Jonas den Zahnarzt erwähnt hat, bin ich hellhörig geworden.«

»Du schlägst Miss Marple um Längen«, sagte Fanni halb spöttisch, halb bewundernd.

»Ich weiß«, antwortete Leni trocken.

Dann marschierte sie in ihr Zimmer zurück, und Fanni hörte, wie sie den Reißverschluss ihrer Reisetasche zuzog.

Fanni griff sich das Gepäck von Max und ging die Treppe hinunter. Leni folgte ihr.

»Mama«, hörte sie ihre Tochter zu ihrem Rücken sagen, »ich hab da heute jemanden kennengelernt, und wir haben uns für kommenden Samstag verabredet. Das bedeutet, ich werde das nächste Wochenende wieder bei euch in Erlenweiler verbringen.«

Fanni drehte sich lächelnd um. »Ich freu mich immer, wenn du kommst. Hat der Jemand auch einen Namen?«

Leni überholte ihre Mutter auf der Treppe, lief hinunter und rief zurück: »Er ist nicht von hier. Sein Name würde dir nichts sagen.«

11

Als Fanni am Montagnachmittag in ihre Hütte trat, knisterte im Herd bereits ein Feuer. Es war wieder kälter geworden. Die Frühlingssonne hatte sich hinter einem Geschwader schwarzer Wolken versteckt, das ein frischer Ostwind über die Baumwipfel blies.

Sprudel hatte am Vormittag angerufen und gesagt, er wolle für Kaffee und Kuchen sorgen. Fanni solle keine Zeit damit vertun, sie solle nur kommen – bald.

Er hatte Wasser aufgesetzt und die silberne Kanne von Fannis Großmutter mit einem Kaffeefilter aus Keramik, den er nur in Erna Sallers Hinterlassenschaften gefunden haben konnte, samt Filterpapier bestückt. Auf dem Tischchen zwischen den Sesseln stand eine Kristallschale, die ebenfalls von Erna Saller stammen musste, mit winzigen Mohnschnecken darin, die es ausschließlich bei Bäcker Veit in Buchenweiler gab.

Sprudel nahm Fanni so vorsichtig in die Arme, als wäre sie eine Libelle. Noch im selben Augenblick ließ er sie wieder los, als wolle er ihr um nichts in der Welt Fesseln anlegen, sei es auch bloß in Gestalt sie herzlich umfassender Arme.

Stattdessen rückte er ihr den Sessel zurecht.

Bevor er zum Herd ging, um einen Schöpflöffel voll heißes Wasser auf das Kaffeepulver zu gießen, nahm er ein offenes Buch vom Tisch, klappte es zu und legte es auf die Fensterbank. Fanni las den Titel: »Sie sind ja eine Fee, Madame«.

Sie musste lächeln. Sprudel las Märchen, Fabelgeschichten von George Sand. Wie kam er dazu?

Er sucht nach einem Geheimrezept! Nach einer Antwort auf die Frage: Wie locke ich ein Flatterwesen in die Falle, das hierhin und dorthin schwirrt und sich nicht einfangen lässt?

Es war warm in der Hütte, das Kaffeearoma zog durch den Raum, das Gebäck in der Schale duftete.

Fanni kauerte sich in ihren Sessel und wünschte sich, diesen Platz nie mehr verlassen zu müssen.

Fanni Rot möchte in einem Polsterstuhl Wurzeln schlagen – wie abenteuerlich.

Sprudel kam mit der Kaffeekanne, schenkte ein, setzte sich und sagte: »Gestern hatte ich ein langes Gespräch mit Togo-Franz.«

»Wie hast du ihn angeredet?«, fragte Fanni. »Er hat doch so einen unaussprechlichen Namen.«

»Yawovi Agbouibo«, erwiderte Sprudel flüssig. »Aber er hat nichts dagegen, ›Togo-Franz‹ genannt zu werden.«

»Berichte!«, verlangte Fanni. »Was hat er dir erzählt?«

Sprudel ächzte. »So viele kunterbunte Puzzleteilchen ergaben sich inzwischen, dass ich nicht den Hauch einer Ahnung habe, wie ich sie zusammensetzen soll.«

Er schaute eine Weile nachdenklich in seine Kaffeetasse, dann fuhr er fort: »Wir müssen uns ein Schema zurechtlegen, Fanni, Lösungsansätze finden, Hypothesen aufstellen und durchspielen. Das hat uns doch bei unseren früheren Ermittlungen oft weitergeholfen.«

Fanni nickte. »Damit habe ich es ja vor Tagen schon versucht.«

»Aber da hatten wir noch gar nichts«, entgegnete Sprudel, »keinen Hauch von Einblick, den wir unseren Hypothesen hätten zugrunde legen können.«

»Wir hatten einen toten Pfarrer«, sagte Fanni eigensinnig.

Sprudel öffnete den Mund, und es war klar, dass er sagen wollte: »Um durch Für und Wider zu einem schlüssigen Ergebnis zu gelangen, benötigt man eine ganze Reihe von Prämissen.« Stattdessen erwiderte er: »Gut, beginnen wir mit der Person des Pfarrers.«

»Heißt es nicht ›Das Gebaren des Opfers führt zum Täter‹ oder so ähnlich?«, fragte Fanni.

Sprudel atmete tief ein und dann aus. »Also dann. Wie war er denn, unser Pfarrer Winzig?«

»Fett«, sagte Fanni.

Sprudel kramte in dem Stapel Altpapier, das zum Anheizen des Herdes diente, bis er ein Blatt fand, das nur auf einer Seite bedruckt war. Es handelte sich um eine Ankündigung des Osterbasars, den der Birkdorfer Frauenbund am Gründonnerstag abhalten wollte.

Sprudel schrieb »Opfer« auf die leere Seite und darunter »genusssüchtig«.

Fanni diktierte ihm »engstirnig und dogmatisch«. Sprudel schrieb, ohne mit der Wimper zu zucken. Hatte er von Togo-Franz erfahren, wie Pfarrer Winzig seine Schäfchen zu tyrannisieren versucht hatte? Von wem wohl sonst?

Sprudel sagte und schrieb »mitfühlend und wohltätig«, Fanni machte: »Ha.«

Sprudel sah auf. »Togo-Franz sagt«, erklärte er Fanni, »wer sich innerhalb der – zugegeben engen – Grenzen von Pfarrer Winzigs Weltanschauung bewegte, wer drauf achtete, nicht aus der Reihe zu tanzen, der erfreute sich in vollem Ausmaß seiner Aufopferungsfähigkeit und seiner Nächstenliebe.«

»Elsie Kraft«, murmelte Fanni.

»Zum Beispiel Elsie Kraft«, bestätigte Sprudel. »Togo-Franz bezeichnet allerdings die Art und Weise, wie die beiden miteinander umgingen, als Frevel.«

Fannis deutlich spürbare Verblüffung ließ ihn innehalten. »Frevel? Winzig hat Elsie geholfen! Sie hat ihm ihr Leid geklagt, und er hat sie getröstet. Sie hat ihn um Rat gefragt, wenn sie nicht weiterwusste, und er hat sie quasi an der Hand genommen und geführt.«

»Das streitet Togo-Franz ja überhaupt nicht ab«, entgegnete Sprudel. »Aber irgendwie empfand er die Beziehung zwischen den beiden als ungut. Seiner Meinung nach hat Pfarrer Winzig seine Beschützerrolle Elsie gegenüber so intensiv ausgelebt, dass Elsie komplett von ihm abhängig wurde. Sie tat nur noch, wozu Winzig ihr riet, traf keine Entscheidung, die nicht von ihm abgesegnet war. Togo-Franz sagt, Pfarrer Winzig hatte Elsie am Gängelband.«

»Hm«, machte Fanni. »Elsie hat sich von ihm dirigieren und bevormunden lassen.«

Sprudel warf ihr ein Lächeln zu. Ja, Fanni hatte verstanden – wie immer.

»Pfarrer Winzig hätte dafür keine Geeignetere finden können«, fuhr Fanni fort. »Elsie ist zeitlebens von ihren Eltern schikaniert worden. Ihr Mann zeigt ihr die kalte Schulter, ihr Sohn nutzt sie aus.«

»Pfarrer Winzig hat sie umsorgt«, ergänzte Sprudel.

»Dafür hat sie ihn gemästet«, fügte Fanni an.

»Gemästet haben ihn alle«, erwiderte Sprudel. »Jeder wusste, dass der Pfarrer mit Schleckereien herumzukriegen war. Rosie Hübler hat immer Apfeltaschen gebacken, wenn sie ihm Zugeständnisse abschmeicheln wollte, sagt Togo-Franz – Apfeltaschen mit Rosinen und Hagelzucker.«

Fanni nahm sich eine Mohnschnecke und biss hinein. Die Kristallschale war schon fast leer.

Eine einzige von Olgas böhmischen Spezialitäten hätte vermutlich gereicht, dachte sie, und der Pfarrer wäre zu Kreuze gekrochen. Für zwei Liwanzen hätte er Ivo im Wassergrand auf dem Klein-Hof getauft. Aber Olga wollte keinen Kuhhandel, sie wollte faire Behandlung. Und der alte Klein wäre erst recht nicht dafür gewesen, dem Pfarrer schönzutun. Bauer Klein hielt nichts von Raffinesse, er setzte lieber auf ungeschminkte Worte.

»Gesellig«, sagte Sprudel und schrieb das Wort auf sein Blatt. »Gesellig?«

»Laut Togo-Franz hat Pfarrer Winzig seine Pfarrkinder gerne zu sich eingeladen. Samstags nach der Abendmesse standen die Damen vom Frauenbund auf seiner Gästeliste. Er hat ihnen oft selbst gekochte Gulaschsuppe serviert.« Sprudel schmunzelte. »Togo-Franz schien mir ein wenig aufgebracht darüber, dass Winzig bei der Abendmesse jede einzelne der Damen noch extra ermuntert hat zu kommen – während der Kommunion, wenn er die Hostien verteilte.«

Fanni prustete.

»Togo-Franz hat ihn dafür einmal kritisiert«, fuhr Sprudel fort. »Doch damit ist er ziemlich ins Fettnäpfchen getreten. Obwohl auch Rosie Hübler schon mehrmals geäußert hatte, die heilige Kommunion sei ein Sakrament und keine Nachrichtenbörse, hat Pfarrer Winzig sauer reagiert und bald darauf begonnen, Togo-Franz dort und da anzuschwärzen.«

»Selbstgerecht, leicht eingeschnappt und nachtragend«, diktierte Fanni.

Dann war es lange Zeit still im Raum. Ab und zu prasselte das Feuer im Herd auf, ab und zu klirrte eine Kaffeetasse an den Rand des Untertellers.

»Wie war er denn nun?«, fragte Sprudel.

»Er war ein ganz normaler Mensch«, antwortete Fanni, »mit Fehlern und Vorzügen. Elsie Kraft hat ihn vergöttert, Bauer Klein hat ihn zum Teufel gewünscht. Verdient hatte er wohl beides nicht.«

»Er war ein Mensch mit ganz normalen Fehlern und Vorzügen«, murmelte Sprudel, »mit Eigenschaften, die uns schwerlich ein Tatmotiv liefern können.«

»Selbst Heilige wurden hingemordet, wenn es Motive dafür gab«, erwiderte Fanni und begann aufzuzählen:»Eifersucht, Groll, Enttäuschung, Rache, pure Bosheit ...«

Sprudel winkte ab.»Mit solchen Motiven kommen wir nicht weiter. Pure Bosheit! Um aus diesem Grund zu morden, müsste der Täter Pfarrer Winzig nicht einmal gekannt haben.«

Fanni nickte vehement.»Wir dürfen ja auch keinesfalls außer Acht lassen, dass ein Unbekannter die Tat begangen haben könnte. Aber bevor wir anfangen, einem Phantom nachzujagen, ist es wohl besser, die Personen unter die Lupe zu nehmen, die wir an der Hand haben.«

Sprudel zückte den Stift.

»Da hätten wir als Erstes Togo-Franz«, begann Fanni.»Unterstellen wir ihm Groll als Motiv. Zorn auf einen Vorgesetzten, von dem er sich ungerecht behandelt fühlte. Hat er dir denn erzählt, was ihn nach der Beerdigung des Bürgermeisters auf dem Friedhof umgetrieben hat?«

»Ja«, erwiderte Sprudel.»Während der Bürgermeister eingesegnet wurde, war Togo-Franz im Leichenschauhaus, sagt er. An diesem Tag waren in der Gemeinde Birkdorf gleich drei frisch Verstorbene zu beklagen. Unglücklicherweise kann das Leichenschauhaus nur zwei aufnehmen. Togo-Franz hat – im Auftrag von Pfarrer Winzig – zusammen mit dem örtlichen Bestattungsunternehmer nach einer Möglichkeit gesucht, kurzzeitig drei Särge unterzubringen. Allerdings mussten sie feststellen, dass der einzige Ausweg darin bestand, zwei der Särge übereinanderzustapeln, und das fanden beide pietätlos. Der Bestatter machte schließlich den Vorschlag, den Toten, der am nächsten Morgen begraben werden sollte, für eine Nacht in der Friedhofskapelle unterzubringen. Togo-Franz hielt das für eine gute Idee.«

Sprudel nickte zweimal vor sich hin, dann sprach er weiter:»Weil sich dieser Tote sowieso schon im Leichenwagen des Bestatters befand, verließ der Bestatter den Friedhof durch den Nebenausgang beim Leichenhaus und fuhr den Wagen zum Vordereingang, wo die Kapelle steht. Togo-Franz eilte inzwischen quer über den Friedhof.«

Sprudel sah Fanni bedeutungsvoll an.»Er sagt, er sei so schnell über den Friedhof gelaufen, wie es der Respekt vor den dort Ruhenden zuließ. Er wollte vor dem Bestatter in der Kapelle sein, um

Platz für den Sarg zu machen. Vor der Altarstufe stehen nämlich zwei Buchsbaumbüsche in Keramiktöpfen, die beiseite geschoben werden mussten.«

»Gute Erklärung«, meinte Fanni, »sogar nachprüfbar. Warum hat er das nicht schon bei der ersten Vernehmung erzählt?«

Sprudel zuckte die Schultern. »Vielleicht hat er es ja versucht.«

»Spricht er wirklich so schlecht deutsch?«, fragte Fanni.

»Ich habe keine Ahnung«, antwortete Sprudel, »französisch spricht er jedenfalls erstklassig. Das ist in Togo Amtssprache.«

Fanni kam die Erkenntnis, dass Sprudel eine ganze Menge über Togo-Franz' Heimatland erfahren hatte. Die beiden müssen stundenlang zusammengesessen haben, dachte sie.

»Er sagt«, fuhr Sprudel indessen fort, »dass er am Grab des Bürgermeisters eine Gruppe von Personen bemerkt hat, als er über den Friedhof zur Kapelle lief. Merkwürdig kam ihm das nicht vor. Warum auch, hat er mich gefragt, warum hätte dort niemand zuwege sein sollen, schließlich hatte soeben eine Beerdigung stattgefunden. Er konnte ja nicht ahnen, dass die Trauergäste schon seit einer Weile im Dorfwirtshaus saßen.«

»Ansonsten hat er niemanden gesehen?«, fragte Fanni.

Sprudel verneinte.

»Falls der Bestattungsunternehmer bestätigt«, sagte Fanni, »dass er sich zur Tatzeit mit Togo-Franz im Leichenschauhaus aufhielt, können wir den Gastpriester von der Verdächtigenliste streichen.«

Sprudel strich Togo-Franz' Namen durch und antwortete: »Er hat heute Morgen im Kommissariat seine Aussage gemacht.«

»Der Bestattungsunternehmer?«, fragte Fanni.

»Weil ich am Samstagabend eine Menge Zeit übrig hatte«, erwiderte Sprudel nickend, »habe ich mich ein wenig nützlich gemacht. Togo-Franz hatte sich bereits um kurz vor sechs verabschiedet. Er musste um sieben die Abendmesse halten und vorher noch zur Beichte sitzen. Ich dachte über den Fall nach, und plötzlich hielt ich es für eine gute Idee, mal mit dem Kommissar Liebig zu reden. Also habe ich ihn angerufen. Obwohl er mindestens dreißig Jahre jünger ist als ich, hatte er an diesem Samstagabend nichts Besseres vor.« Sprudel schmunzelte. »Der Herr Kommissar ist zu mir aufs Saller-Anwesen gekommen und hat Pizza mitgebracht.«

Fanni sah ihn ungläubig an.

Sprudel stand auf, ging zum Herd und legte Holz nach. »Marco ist ein netter Kerl«, sagte er, »höflich, intelligent, witzig. So einer, den man sich als Sohn wünschen würde.«

Verstehe, dachte Fanni, manchmal fühlst du dich einsam. Ich auch, obwohl ich einen Sohn habe, wie man ihn sich nur wünschen kann.

Laut sagte sie: »Geht der junge Herr Kommissar einer erfolgversprechenden Spur nach oder tappt er im Dunkeln?«

Sprudel kehrte zu seinem Sessel zurück. »Er konzentriert sich im Moment darauf, herauszufinden, was den Pfarrer veranlasst hat, in vollem Ornat ans Grab des Bürgermeisters zurückzukehren.«

»Was oder wer«, warf Fanni ein.

Sprudel sprach weiter: »Und es ist ihm mittlerweile gelungen, die vier Ministranten ausfindig zu machen, die Winzig auf dem Weg vom Friedhof über den Birkenplatz zur Sakristei begleitet haben – besser gesagt: ihm vorausgeeilt sind.«

»Und sie behaupten, Indiana Jones habe Pfarrer Winzig entführt.«

Sprudel starrte sie verdattert an. Als Fanni keine Erklärung dazu abgab, fuhr er fort: »Die vier haben übereinstimmend ausgesagt, dass der Pfarrer auf dem Weg zur Sakristei von einem Mann aufgehalten wurde. Leider konnte keiner der Jungen verstehen, worüber die beiden sprachen, weil sie alle zu weit entfernt waren. Die Beschreibungen des Mannes, die Marco aus den Buben herausgeholt hat, klingen ihm ein wenig zu phantasievoll, sagt er. Außerdem weichen sie ziemlich voneinander ab. In einem Punkt sind sich die Jungen allerdings einig: Sie haben den Mann noch nie zuvor gesehen.«

»Dann kommt er auch nicht aus unserer Gemeinde«, stellte Fanni fest. »Hier kennt jeder jeden – von klein an.«

»Marco Liebig sieht das auch so«, sagte Sprudel, »und ich gebe ihm recht, obwohl ich von einer einzigartigen Ausnahme weiß. Einer äußerst liebenswerten Dame, die es seit Jahrzehnten versteht, so gut wie unbekannt zu bleiben.«

Fanni wedelte die Anspielung mit der Hand beiseite und begann zu resümieren: »Der Kommissar sucht also nach einem Fremden, der am Mittwoch, den 20. Februar, nachmittags den Pfarrer auf dem Birkenplatz angesprochen hat, als der sich auf dem Weg zur Sakristei befand.«

Sprudel nickte. »Marco fragt überall herum.«

»Viele Antworten wird er nicht bekommen«, murmelte Fanni, »weil ja halb Birkdorf beim Leichenschmaus saß.«

»Er bekam zwei«, sagte Sprudel. »Eine Patientin, die gerade Dr. Wiesers Praxis verließ, hat einen Mann über den Birkenplatz gehen sehen, der ihr – wie sie es ausgedrückt hat – ›in Birkdorf noch nicht untergekommen ist‹. Dieser Mann ist – exakt zur gleichen Zeit – einer Putzfrau aufgefallen, als sie den Abfall aus den Büroräumen der Sparkasse zu der Restmülltonne brachte, die in einer Mauernische zwischen Sparkasse und Arztpraxis steht.«

Fanni hatte schweigend zugehört. Bevor sie zu der Frage ansetzen konnte, die ihr Sprudel wohl an der Nasenspitze ansah, fuhr er fort:

»Der Zeitpunkt steht nicht nur fest, er passt auch. Beide Zeuginnen haben übereinstimmend ausgesagt, dass die Kirchturmuhr gerade drei schlug, als sie auf die Straße traten.«

Fanni machte den Mund auf, aber wiederum kam ihr Sprudel zuvor:

»Groß, schlank, sonnengebräunt, Wildlederjacke, breitkrempiger Hut.«

»Indiana Jones«, sagte Fanni.

Sprudel sah sie verständnislos an. Fanni erklärte es ihm.

»Dieser Mann hat den Pfarrer angesprochen«, fuhr sie fort, »kurz nach drei Uhr, als Dr. Wiesers Patientin auf dem Nachhauseweg war und die Putzfrau wieder in der Sparkasse. Fragt sich, ob er dem Pfarrer Übles wollte.«

Sprudel zuckte die Schultern. »Wir haben die Antwort, sobald Marco Liebig Lederjacke gefunden hat.«

»Wie will er ihn denn finden?«, erkundigte sich Fanni.

»Er geht von der Annahme aus«, sagte Sprudel, »dass Lederjacke hier aufgetaucht ist, um mit Winzig eine alte Rechnung zu begleichen. Und das brachte ihn darauf, ein bisschen in der Vergangenheit des Pfarrers zu kramen.«

»Kein schlechter Ansatz«, meinte Fanni. »Darauf hätten wir selbst kommen können – viel früher schon.«

Sprudel zog einen mehrmals gefalteten Zettel aus der Brusttasche seines Flanellhemdes, glättete das Papier und begann, die Notizen darauf vorzulesen: »Geboren am 1. März 1958 in Lam im Bayerischen Wald. Volksschule in Lam, Gymnasium in Cham, Priesterseminar in Regensburg, Kaplan in Zwiesel, Kötzting und Schwandorf, Pfarrer in Birkdorf.«

»Mit dieser mageren Ausbeute soll Lederjacke ausfindig gemacht werden?«, stöhnte Fanni.

»Da ist halt Ermittlungsarbeit gefragt«, entgegnete Sprudel. »Die zermürbende Tour. Zum Glück liegen diese Orte alle nicht weit von hier, da lässt sich gut hinfahren und ein paar Stündchen herumhorchen.«

Fanni gab keine Antwort darauf. Sie saß nur da und brütete vor sich hin.

»Ich kann schier hören, was du denkst«, sagte Sprudel nach einer Weile. »Marco Liebig sucht nach einer Nadel im Heuhaufen, von der wir nicht einmal wissen, ob es sie gibt. Du hast ja recht. Es ist eine sehr dünne Spur, die Marco da quer durch den Bayerischen und den Oberpfälzer Wald treibt. Aber wenn er sich darauf beschränkt, nur hier in Birkdorf herumzuschnüffeln, hat er noch schlechtere Karten ...«

Sprudel verstummte, setzte jedoch nach wenigen Augenblicken noch mal an: »Marco ist zu Ohren gekommen, in Birkdorf würde getuschelt, der alte Klein hätte den Pfarrer erschlagen – aus Wut, aus Rache und weil Klein sowieso ein Halunke sei. Solche Hinweise lässt unser junger Kommissar keineswegs links liegen.«

Fanni öffnete den Mund, um Sprudel zu unterbrechen, überlegte es sich jedoch anders und ließ ihn weiterreden.

»Obwohl Marco davon ausgeht, dass es sich bei den Verdächtigungen nur um üble Nachrede handelt, hat er Kleins Alibi überprüft. Dummerweise erwies sich dieses Alibi als nicht ganz astrein. Klein behauptet nämlich, an dem fraglichen Mittwochnachmittag beim Zahnarzt in Altfleck gewesen zu sein. Marcos Leute haben aber bei der Überprüfung festgestellt, dass an Mittwochnachmittagen keine Sprechstunden abgehalten werden. Den Zahnarzt selbst konnten sie dazu nicht befragen, weil er vergangenen Freitag die Praxis für zwei Wochen geschlossen hat und in Osterurlaub gefahren ist. Seine Sprechstundenhilfe konnten sie auch nicht ...«

Sprudel brach ab und starrte Fanni an, die von einem Ohr bis zum anderen grinste.

»Bauer Klein bekam am Mittwoch, den 20. Februar, vom Zahnarzt in Altfleck drei Zähne gezogen«, klärte sie Sprudel auf und hob dabei die Hand, als wolle sie ihre Worte beschwören.

»So, so, Miss Marple«, erwiderte Sprudel, »und woher wissen wir das?«

Fanni sagte es ihm.

»Wie schon angenommen«, resümierte Sprudel, »wird Klein als Täter nicht herhalten. Aber weil Marco gern Nägel mit Köpfen macht, will er auch noch die Alibis von Bene und Olga überprüfen. Der alte Klein soll nämlich den Pfarrer deshalb erschlagen haben, weil es Ärger wegen der Taufe von seinem Enkel gab. Marco fragte sich, ob die Abfuhr, die der Pfarrer den Kleins in dieser Sache erteilt hat, nicht eher ein Motiv für die Eltern des Kindes gewesen wäre.«

»Olga war mit dem Alten beim Zahnarzt, und Bene hat dem Tierarzt dabei geholfen, Resi von einem Stierkalb zu entbinden«, antwortete Fanni trocken.

Sprudel verbeugte sich. »Meine Verehrung, Miss Marple.«

»Marco Liebig und seine Leute werden eine Menge zu tun bekommen«, fuhr Fanni fort, »wenn sie bei jedem, der eine Auseinandersetzung mit dem Pfarrer gehabt hat, das Alibi überprüfen wollen. Da wäre noch Jonas Böckl beispielsweise. Bei ihm verhält es sich gerade umgekehrt: Pfarrer Winzig hat sich geweigert, Jonas' Kind zur Taufe in einem anderen Sprengel freizugeben.«

Sprudel verdrehte die Augen himmelwärts, und Fanni schmunzelte. Denkt er, was ich denke?, fragte sie sich. Herrgott, schau dir doch mal an, wie deine Angestellten schachern und agitieren?

Sie kam nicht dazu, es herauszufinden, weil Sprudel sagte: »Marco muss nach jedem Strohhalm greifen, jede noch so winzige Spur verfolgen. Der Tatort selbst gibt gar nichts preis – keinen Schimmer vom Täter, keinen Schatten einer Tatwaffe.«

»Rund mit einer Zacke dran«, murmelte Fanni, »ein Stein?«

Sprudel schüttelte den Kopf. »In der Wunde fanden sich keine Rückstände. Die Tatwaffe muss sehr glatt gewesen sein – glatt und von der Zacke abgesehen gerundet wie ein Ei aus Stahl.«

»Ein Stahlei«, wiederholte Fanni, »mit einer Zacke dran.« Sie rieb sich mit beiden Handflächen übers Gesicht. »Was soll das für ein Gegenstand sein?«

»Das fragt sich Marco auch«, antwortete Sprudel. »Er hat ein ganzes Blatt voller Skizzen gemalt – allesamt abstrakte Skulpturen.«

»Skulpturen«, wiederholte Fanni. Sie blickte aus dem Fenster den Wolkengebilden nach, die der Ostwind vor sich hertrieb. Erst jetzt bemerkte sie, dass es in der Hütte kälter geworden war. Hatte Sprudel kein Holzscheit mehr nachgelegt? Sie sah ihn an. Er lächelte ein wenig trübselig und sagte leise: »Es ist schon spät, Fanni.«

»Wie spät?«, fragte Fanni. Sie hatte mittags, nachdem Hans Rot in sein Büro zurückgefahren war, das Haus so überstürzt verlassen, dass ihre Armbanduhr, ihr Schal und ihr Portemonnaie liegen geblieben waren.

»Halb fünf«, antwortete Sprudel.

Fanni sprang auf. »Wenn ich den Hügel hinunterrenne«, sagte sie eilig, »schleunigst in den Wagen hüpfe und ein wenig schneller fahre als sonst, dann könnte ich noch vor Hans zu Hause sein.«

Sie schlüpfte in ihre Wanderschuhe. Sprudel schnürte seine bereits zu.

»Ich begleite dich«, bestimmte er, »und komme dann noch mal zurück, mach den Abwasch und lösch die Glut.«

Bevor sie widersprechen konnte, schob er sie aus der Tür und schloss ab.

12

In der Nacht von Montag auf Dienstag schlief Fanni gar nicht gut. Zuerst lag sie lange wach, und als der Schlaf endlich kam, brachte er beklemmende Illustrationen mit. Bilder von Kugeln aus Stahl – mit Stacheln gespickt wie römische Morgensterne, mit einem Kranz aus spitzen Zacken wie der Kopf der Freiheitsstatue, mit einem einzigen riesigen Zinken wie bei einem Schwertfisch.

Gegen halb vier verschwammen die Zerrbilder und schufen Raum für einen lang gezogenen Ton. Er schmerzte in den Ohren. Davon wachte Fanni auf.

Stille.

Plötzlich setzte das Heulen wieder ein. Es gehörte zur Feuerwehrsirene.

Hans Rot wälzte sich aus dem Bett und reckte den Hals aus dem Fenster.

»Nichts zu sehen«, hörte Fanni ihn murmeln. Er schlurfte aus dem Schlafzimmer in Richtung Küche.

Hans Rot würde nun aus sämtlichen Fenstern gaffen und alle vier Himmelsrichtungen nach einem Feuerschein absuchen.

Voyeur.

Dein Mann legt eben Interesse für seine Mitmenschen an den Tag! Nur eine Soziopathin kuschelt sich unters Plumeau, wenn dem Nachbarn das Dach überm Kopf wegbrennt.

Hans kam zurück und kroch unter die Bettdecke.

»In Erlenweiler tut sich nichts«, brummte er, »in Birkdorf und in Buchenweiler auch nicht. Das Feuer muss hinter den Hügeln ausgebrochen sein. Altfleck oder Birkenweiler, in einem von den beiden brennt es.«

Fanni fragte sich, wie dieser Brand wohl entstanden war. Seit Mitternacht fiel feuchter Schnee, den die Wolken aus dem Osten als dichten Schleier abluden, und nässte alles ein.

Von der Hauptstraße her tönte jetzt der Klang der Martinshörner herüber. FFW Birkdorf, FFW Metten, vermutete Fanni.

Ein paar Minuten später heulte ein dritter Feuerwehrwagen vorbei.

Deggendorf, dachte Fanni, die haben den längsten Anfahrtsweg. »Ein schwerer Brand«, flüsterte sie.

Als ihr Mann morgens um halb acht aus dem Haus ging, beschloss Fanni, sich noch mal ein Viertelstündchen hinzulegen, weil sie sich so müde und zerschlagen fühlte.

Ein Viertelstündchen bloß, nahm sie sich vor.

Um neun wachte sie wieder auf.

Sie glotzte ungläubig auf das Zifferblatt des Weckers auf ihrem Nachttisch.

Sie sind weg, die eineinhalb Stunden, vorbei, verstrichen, verronnen – und basta!

»Hausarbeit im Zeitraffer«, murmelte Fanni, »Mittagessen aus der Kühltruhe.«

In der Zufahrt liegen fünfzehn Zentimeter Schnee – schwer wie Beton!

»Von mir aus«, muckte Fanni auf, »darüber kann sich Hans hermachen – nach Büroschluss.«

»Klar mach ich das, Fannilein«, sagte Hans Rot beim Mittagessen gut gelaunt, »der Pappschnee ist doch viel zu schwer für meine kleine Maus.«

Fanni sah ihn skeptisch an. Was erheiterte ihn so?

Nach dem nächsten Schluck Weißbier, den er nahm, erfuhr sie es.

»Heute Nacht hat das Saller-Anwesen gebrannt«, sagte er, »das hat er jetzt davon, der Erbschleicher.«

Fanni biss die Zähne zusammen und krallte die Fingernägel in ihre Handflächen.

Sprudel ist tot! Sprudel ist tot! Sprudel …

Reiß dich zusammen, Fanni Rot!

»Die Scheune soll gebrannt haben wie Zunder«, freute sich Hans. »Drei Löschzüge mussten ausrücken.«

»Ist jemand verletzt?«, presste Fanni heraus.

Ihr Mann schüttelte den Kopf. »Das Wohnhaus steht noch. Annas Bankert hätte weiterschlafen können. Aber vermutlich hat ihn das Löschwasser aus dem Bett geschwemmt.«

Fanni atmete ganz langsam aus.

Sprudel lebt!

Lass dir bloß nichts anmerken!

Sie konnte es kaum erwarten, bis Hans endlich sein Glas geleert, sich – recht vergnügt – von ihr verabschiedet hatte und dann unmelodisch pfeifend in seinen Wagen gestiegen war.

Kaum außer Kontrolle ihres Mannes, tat Fanni zum zweiten Mal innerhalb von knapp drei Wochen etwas, was sie sich noch nie zuvor erlaubt hatte.

Sie ließ die benutzten Teller auf dem Esstisch stehen, würdigte die Pfanne mit dem Rest der Pilzsoße keines Blickes, verschwendete nicht einen einzigen Gedanken an den Knödel, der noch in seinem Topf im Wasserbad dümpelte.

Fanni griff nach irgendeiner Jacke, schlüpfte in irgendwelche Schuhe, schoss in die Garage und ließ ihren Wagen an.

Ganz im Gegensatz zu ihrer sonstigen Fahrweise beschleunigte sie auf dem Erlenweiler Ring bis auf vierzig Stundenkilometer. Sie bremste an der Einbiegung zur Hauptstraße scharf ab, doch nur um sofort wieder Gas zu geben und einem Linienbus der Firma Artmeier die Vorfahrt zu nehmen.

Als sie – nach rekordverdächtigen fünf Minuten – bei ihrem Waldstück ankam, musste sie feststellen, dass der Wirtschaftsweg nicht geräumt war.

Widerwillig gestand sich Fanni ein, dass sie im Schnee stecken bleiben würde, falls sie versuchte, mit dem Auto zur Hütte zu fahren.

Also zu Fuß.

Fanni nahm sich nicht die Zeit, den Wagen auf dem Schotterstreifen neben der Forststraße zu parken, sondern ließ ihn einfach stehen und rannte zu ihrem Trampelpfad. Der nasse Schnee hatte das Steiglein in eine Rutschbahn verwandelt.

Verbissen arbeitete sie sich durch den Matsch. Nach ungefähr fünfzig Metern veränderte sich der Sumpf unter ihren Füßen. Die Schneedecke zeigte sich auf einmal weniger nass und schmierig. Fannis Füße sanken zwar noch immer ein, aber sie fanden Halt.

Und dann entdeckte sie die Fußspuren.

Sprudel! Bitte lass es Sprudels Spuren sein, bettelte Fanni und wusste selbst nicht, ob sie die große Fichte am Fuß des Steilhangs darum bat oder den Schneehut, der einen kleinen Felsen krönte, oder die diffusen Sonnenstrahlen, die sich plötzlich durch die Baumwipfel stahlen.

Als Fanni die ersten Schritte im Steilhang tat, rutschte sie weg. Sie griff taumelnd nach tief hängenden Zweigen, nach Felsbrocken, nach Heidelbeerbüschen und Brombeerranken. So hangelte sie sich Stück für Stück hinauf.

Auf einmal lag ein umgeknickter Baumstamm quer in ihrer Aufstiegsroute. Fanni krallte die Finger in seine Rinde und kroch auf allen vieren über ihn hinweg.

Zehn Meter noch bis zur Oberkante des Steilhanges.

Fünf.

Zwei.

Dort, wo der Steilhang ins Plateau abknickte, hatte jemand ein Loch in den Schneematsch gegraben, sodass ein dicker Wurzelstrang sichtbar wurde.

Sprudel?

Fanni packte die Wurzel mit beiden Händen und zog sich hinauf.

Dann rannte sie übers Plateau auf die Hütte zu.

Sprudel!

Die Tür flog auf, und Fanni stürzte sich in Sprudels Arme.

Sie standen eine Weile eng aneinandergeschmiegt auf dem Fleckerlteppich im Eingang. Fannis Atem ging heftig. Sprudel hielt sie und lachte leise in sich hinein.

Was?

Er freut sich, dass seine Scheune gebrannt hat. Hättest du dich sonst in seine Arme gestürzt?

Sprudel schälte Fanni aus ihrer Jacke, half ihr, die Schuhe abzustreifen, und führte sie zu einem der Polstersessel, den, in dem er bisher immer gesessen hatte.

Fanni kuschelte sich an Sprudels Brust.

»Nein, mir wurde kein Härchen versengt«, versicherte er ihr, als Fanni genug Atem geschöpft hatte, um fragen zu können. »Eigentlich ist nur der Stadel abgebrannt. Das Haus, wenn auch etwas verrußt, steht noch. Den größten Schaden hat das Löschwasser angerichtet, aber in ein, zwei Tagen ist zumindest der Anbau wieder bewohnbar.«

Fanni richtete sich auf. »Wo willst du inzwischen …?«

Sprudel lächelte verlegen.

»Natürlich«, rief Fanni. »Du kannst hier wohnen, so lange du willst.«

Sprudel nickte. »Es ist nicht nur wegen des Wasserschadens. Halb Birkdorf pilgert seit heute Vormittag zum Saller-Anwesen, um die Brandstelle zu besichtigen und darüber zu diskutieren, wer hier wohl gezündelt hat.«

»Soll das heißen, dass jemand absichtlich …?« Fanni fing wieder an zu keuchen.

Sprudel nickte und streichelte dabei beruhigend ihre Schulter. »Der Sachverständige von der Feuerwehr spricht von Brandstiftung.«

Fanni drückte sich noch enger an ihn.

Jetzt wird er gleich behaupten, dass er in großer Gefahr schwebt, dass ihm sämtliche Birkdorfer ans Leder wollen, dass man Profikiller – Verzeihung, Profibrandstifter auf ihn gehetzt hat, nur damit du noch näher ranrückst.

Sprudel hat es nicht nötig, mit gezinkten Karten zu spielen, lehnte sich Fanni gegen die Gedankenstimme auf.

Das tat er auch nicht.

»Der Brandexperte sagt, dass in der Scheune heute Nacht mehrere Kerzen gebrannt haben müssen«, berichtete Sprudel. »Sie waren so unter den schrägen Balken positioniert, dass das spröde Holz Feuer fangen konnte.«

Fanni schüttelte den Kopf. »Wie sollten ein paar Kerzen dicke Balken in Brand setzen?«

»Die Balken in der Saller-Scheune waren rissig, geradezu bröckelig an der Oberfläche, und sie waren trocken wie ein Reisigbesen«, erklärte Sprudel. »Späne und Spreißel standen heraus, die müssen lichterloh aufgeflackert sein, nachdem die Kerzen angezündet waren. So konnte sich das Feuer in die Balken fressen. Danach hat es nicht mehr lang gedauert, bis der ganze Stadel in Flammen aufging.«

Fanni starrte den Herd an, in dem es krachte und prasselte.

Wie beim Anschüren, dachte sie, eine winzige Flamme setzt die Späne in Brand, und die bringen ein dickes Holzscheit zum Brennen.

»Kerzen«, überlegte sie daraufhin laut. »Was ist denn das für ein Brandstifter, der Feuer legt, indem er ein paar Kerzen anzündet?«

Sprudel bettete Fannis Kopf in seine Halsbeuge. »Der Brandexperte hat etwas entdeckt, das uns einen Hinweis auf den Täter geben könnte. Er hat Wachsreste auf dem erdigen Fußboden der Scheune gefunden. Unser Fachmann meint, die Kerzen müssen schwarz gewesen sein.«

Fanni rückte ein Stückchen von Sprudel ab und richtete sich auf.

Sprudel seufzte gottergeben.

»Satanisten?«, fragte Fanni.

Sprudel nickte. »Ja, die Vermutung, dass Teufelsanbeter in meiner Scheune eine schwarze Messe gefeiert haben, drängt sich wohl auf. Wahrscheinlich haben sie zu spät gemerkt, dass einer der Balken Feuer gefangen hat, und sind schleunigst getürmt.«

Fanni stand auf, legte beide Hände ins Kreuz und bog den Rücken durch.

Sprudel verschränkte seine vereinsamten Arme vor der Brust.

Fanni machte ein paar Schritte in Richtung Sofa, kehrte zurück, blieb vor Sprudel stehen und schüttelte den Kopf. »Satanisten in Birkdorf! Davon wüsste die gesamte Gemeinde.«

»Die Theorie lautet folgendermaßen«, klärte Sprudel sie auf. »Eine Gruppe von Satanisten aus der Stadt hat von dem leer stehenden Saller-Anwesen erfahren und wollte es für ihre Zwecke benutzen. Die Bande hatte keine Ahnung, dass neuerdings wieder jemand dort wohnt.«

Sogar Großmutters Silberkanne konnte erkennen, was Fanni von dieser Annahme hielt.

Die Theorie verdient ein Ungenügend!

Schnaubend begab sich Fanni zu dem leeren Sessel auf der anderen Seite des Tisches und ließ sich hineinplumpsen.

Sprudel tat erneut einen tiefen Seufzer.

»Diese Satanisten«, mäkelte Fanni, »müssten mindestens in einem, wenn nicht in mehreren Autos angereist sein. Und davon soll niemand was gemerkt haben?«

»Fanni«, wandte Sprudel ein, »sie sind mitten in der Nacht gekommen.«

»Dann waren sie ja erst recht ganz prima zu hören«, trumpfte Fanni auf. »Ich weiß genau, wie mucksmäuschenstill es nachts in Erlenweiler ist. In Birkenweiler wird es kaum anders sein. Wenn auf dem Erlenweiler Ring nach Mitternacht Motorengeräusch und

Türenschlagen zu hören ist, dann steht Hans Rot auf und schaut aus dem Fenster. Und ich wette, in Birkenweiler gibt es mehr als einen Hans Rot.«

Sprudel lachte, stimmte ihr aber zu. »Du hast recht. Ich hätte eigentlich was hören müssen – aus dem Bett gestiegen wäre ich wegen eines anhaltenden Autos allerdings nicht.«

Fanni stand wieder auf und lief nervös hin und her. »Eine, vielleicht mehrere Personen haben sich nachts zu Fuß nach Birkenweiler geschlichen«, überlegte sie. »Dort sind sie in deine Scheune eingebrochen und haben in nächster Nähe der pulvertrockenen Balken Kerzen angezündet – schwarze Kerzen. Warum?«

»Sie wollten Feuer legen und die Satanisten zum Sündenbock machen«, bot Sprudel als neue Erklärung an.

Fanni nickte, lief auf und ab, schüttelte den Kopf.

Plötzlich blieb sie stehen. »Sie wollten ein Zeichen setzen! Wollten eines klarmachen: Hier wohnt der Teufel. Er soll verbrennen.«

»Ein bisschen theatralisch, findest du nicht?«, schmunzelte Sprudel.

»Sicher«, antwortete Fanni, »sehr sogar. Aber wo heftige Emotionen im Spiel sind, wird's nun mal theatralisch.« Sie deutete mit dem Zeigefinger auf Sprudel. »Wer ist denn eingezogen ins Saller-Anwesen? Der Erbschleicher, derjenige, der Elsie Kraft und Rosie Hübler um Erna Sallers Hinterlassenschaft gebracht hat. Eine Hinterlassenschaft, die Elsie dringendst nötig hatte, weil sie ihrem Jungen den Meisterlehrgang damit finanzieren wollte.«

Sprudel starrte Fanni erschrocken an. »Du verdächtigst Elsie Kraft und Rosie Hübler – fromm, tugendhaft, angesehen?«

»Und verkorkst bis in die Knochen, jedenfalls was Elsie betrifft«, konterte Fanni. »Elsie ist in ihrem Leben so oft zurückgestoßen, verletzt, geschmäht, gekränkt worden, dass sie möglicherweise den neuerlichen Schlag, den ihr das Schicksal zugefügt hatte, nicht verwinden konnte. Ist es denn nicht denkbar, dass ihr gemartertes Hirn plötzlich all die Plagen, die jemals über sie gekommen waren, auf eine einzige Person projizierte?« Und zwar auf Sprudel. Sprudel, den Teufel, der in einem Flammenmeer zur Hölle fahren sollte?

Sprudel rieb seine Stirnfalten, bis sie rot anliefen.

Toll, Fanni! Du mit deinen Beschuldigungen. Sprudel wäre heute

Nacht beinahe die Matratze unterm Hintern abgefackelt, und du hast nichts Besseres zu tun, als gleich darauf deine verschrobenen Theorien auf ihn einprasseln zu lassen!
»Wir sollten einen Tag lang ausspannen«, sagte Sprudel auf einmal. »Irgendwo hinfahren. Den Brand samt all den Scherereien, die er nach sich ziehen wird, vergessen; den toten Pfarrer ruhen lassen und den Bayerwald genießen. Könntest du nicht vorgeben, den morgigen Tag mit Leni zu verbringen? Sie würde uns decken.«

»Das würde sie mit Vergnügen«, stimmte Fanni zu. Sie dachte einen Moment lang nach, plötzlich blitzte es in ihren Augen auf. »Aber ich glaube, das ist nicht nötig. Morgen ist Mittwoch, der 12. März, da fährt Hans zu einer seiner Fortbildungen. Zwischen acht und achtzehn Uhr sitzt er in Regensburg in einem Akademiesaal.«

»Wir fahren nach …«, begann Sprudel begeistert.

»Lam«, fiel ihm Fanni ins Wort.

»Lam?«

»Wir werden nicht an den Brand denken«, beteuerte Fanni, »und auch nicht an den toten Pfarrer. Aber wir könnten uns in seinem Heimatort danach erkundigen, was der lebendige Winzig in jungen Jahren so getrieben hat.«

Sprudel gab sich geschlagen.

»Wir treffen uns um kurz nach acht in Deggendorf am FH-Parkplatz«, bestimmte Fanni. »Dort kann ich meinen Wagen stehen lassen, ohne dass es jemandem auffällt.«

Sprudel nickte versonnen.

So einfach lässt sich Unheil nicht vergessen, dachte Fanni. Der Brand hat Sprudel bereits wieder eingeholt. Er wird viel darüber nachgrübeln müssen. Entstand das Feuer durch ein Missgeschick? Oder war es wirklich ein Anschlag auf ihn? Man müsste mit Elsie und Rosie einmal ein Wörtchen reden.

Wenn du nicht gleich machst, dass du nach Hause kommst, wird dein Mann ein Wörtchen mit dir reden!

Fanni sah, wie Sprudel aufschreckte, als sie mit einem scharrenden Geräusch ihre Stiefel anzog. »Ich muss gehen, Sprudel, hab zu Hause alles stehen und liegen lassen.«

Er sprang ebenfalls auf. »Ich komme mit, Fanni. Der Abstieg muss eine einzige Rutschpartie sein.«

»Glaubst du, das ändert sich dadurch, dass du dabei bist?«, entgegnete sie.

Sprudel schnürte bereits seine Wanderschuhe zu. »Ich muss sowieso nach Birkenweiler hinunter. Der ermittelnde Beamte wollte sich ein weiteres Mal an der Brandstätte umsehen, und ich möchte vor Ort sein – falls sich noch was findet. Außerdem muss ich mir ein paar Sachen einpacken, wenn ich eine oder zwei Nächte hier in der Hütte verbringen will.«

Er hielt für Fanni die Hüttentür auf und sah missbilligend auf ihre Stiefel. Sie waren aus plüschgefüttertem Wildleder und hatten dicke Kreppsohlen mit wenig Profil – schön warm bei trockener Kälte, schnell durchnässt und schlüpfrig bei matschigem Schnee.

Fanni bemerkte seinen Blick und zuckte die Schultern. »Ich hatte es eilig, wollte nicht ewig mit den Schnürsenkeln der Wanderschuhe herumfummeln.«

Sprudel lächelte sie gefühlsduselig an und nahm sie bei der Hand.

Selbst Sprudels Profilsohle fand wenig Halt auf dem Feuchtschnee, der inzwischen an Eiklar erinnerte – fast durchsichtig, glitschig, nass.

Sie rutschten und schlitterten, fingen sich, machten ein paar Schritte und rutschten wieder. Zu Beginn des Steilstücks, an der Kante, wo das Plateau in den Abbruch überging, landete Fanni auf dem Hosenboden. Spontan beschloss sie, einfach weiterzurutschen. Sie ließ Sprudels Hand los.

Auf dem Hintern, dachte sie, geht es am schnellsten.

Sprudel folgte ihr schlingernd, aber aufrecht. Als er sie weiter unten, wo es wieder flacher wurde, einholte, stand Fanni bereits wieder auf den Beinen. Ihre Hose tropfte, in ihren Stiefeln gluckerte es.

Eine halbe Stunde später stellte Fanni den Wagen in der Garage ab. Die nasse Hose hatte bereits ihre Unterwäsche durchweicht. In den triefenden Schuhen fühlten sich ihre Zehen an, als wären sie zu Schwämmen mutiert.

Fanni hastete auf die Haustür zu. Sie steckte soeben den Schlüssel ins Schloss, da kreissägte es hinter ihr: »Haben Sie es schon gehört, Frau Rot?«

Fanni drehte sich um. Sie musste Frau Praml abwimmeln.

»Gewiss meinen Sie den Brand, Frau Praml«, sagte sie. »Ja, davon habe ich gehört.«

Wenn du meinst, damit gibt die sich zufrieden, dann hast du dich aber geschnitten!

»Elsie sagt, Satanisten …«, begann Frau Praml. Da fiel ihr Blick auf die halbkreisförmige Türmatte aus Gummi, auf der Fanni stand. Es tropfte darauf hinunter. Frau Praml blinzelte. Kein Zweifel, die Tropfen kamen aus Fannis Hosenboden.

»Meine Güte«, sägte Frau Praml schrill, »Frau Rot, Sie sind ja ganz nass. Waren Sie etwa wieder joggen? Bei dem Nassschnee? Sie müssen hingefallen sein.«

Fanni nickte kraftlos.

Frau Praml drängte sie beiseite, drehte den Schlüssel im Schloss, öffnete die Tür, schob Fanni hinein und vor sich her. »Schnell, Sie müssen sich was Trockenes anziehen.«

Auf dem Esstisch steht noch das schmutzige Geschirr, und in der Küche sieht es aus wie im Hinterzimmer vom Dorfwirt!

Fanni riss sich die Stiefel von den Füßen und patschte auf schmatzenden Socken durch den Flur – dicht gefolgt von Frau Praml. Sie öffnete die Wohnzimmertür, ließ Frau Praml eintreten, murmelte »Sekunde bloß« und schloss die Tür von innen. Dann eilte sie Nässe versprühend quer durch den Raum auf den Durchgang zum Esszimmer zu, schlüpfte hindurch und klappte von außen die Flügeltür zu, bis der Schließmechanismus deutlich hörbar einschnappte.

Glaub bloß nicht, dass sich Frau Praml lang gefangen halten lässt!

Während sie den Reißverschluss ihrer Hose öffnete, rannte Fanni ins Schlafzimmer. Dort riss sie sich die nassen Sachen herunter, schlüpfte in trockene aus dem Schrank, ohne groß darauf zu achten, was sie da anzog, und raste, während sie den Reißverschluss der Hose zumachte, zurück ins Esszimmer. Sie sprang zum Tisch, warf die Teller ineinander, türmte Besteck und Gläser obenauf und eilte mit dem Geschirrstapel in die Küche. Wohin jetzt damit?

Ins Backrohr!

Fanni öffnete die Klappe und schob alles hinein.

Auf dem Herd stand der Topf mit dem dümpelnden Knödel darin. Fanni nahm ihn und stellte ihn in die Pfanne mit der restlichen – inzwischen gestockten – Pilzsoße. Die Pilze quollen wie Schlacke an den Topfrändern empor. Und wohin damit?

Mikrowelle!
Fanni zwängte Pfanne samt Topf in den Mikrowellenherd. Die
Tür ließ sich nicht ganz schließen, weil der Pfannenstiel ein Stück-
chen herausragte.
Egal!
Fanni schaltete die Espressomaschine ein. Dann raffte sie den
Kochlöffel, das Schneidebrett, das Küchenmesser, ein Schälchen
und einen Becher – alles, was sie zum Kochen benutzt hatte – von
der Anrichte und schleuderte es kurzerhand in die Salatschüssel.
Wohin bitte?
Kühlschrank!
Fanni öffnete die Kühlschranktür und schob die Salatschüssel
hinter das Eimerchen mit Naturjoghurt, aus dem nur sie sich be-
diente. Sie griff sich gleich noch die Milchpackung, dann schloss sie
die Kühlschranktür, und als sie sich umdrehte, stand Frau Praml
da.
»Aber Frau Rot, Sie sollten doch nicht extra ... Obwohl, so ein
Latte macchiato ...«
Das Mahlwerk begann zu rattern.

13

Fanni wusste *es* wirklich schon, und zwar aus erster Hand. Frau Praml würde ihr nicht mehr viel Bemerkenswertes zu berichten haben. Oder doch? Während Frau Praml darauf gewartet hatte, dass Fanni ins Wohnzimmer zurückkam, hatte sie sich ein wenig umgesehen und etwas entdeckt, das sie Fanni nun vor die Nase hielt.

Es war der Tischläufer.

Fanni hatte die Stoffbahn mit den breiten gelben und dunkelgrünen Streifen vor drei Jahren aus Genua mitgebracht, wo sie bei Leni einen zweiwöchigen Urlaub verbracht hatte. Leni war damals – um den Sockel für ihre Doktorarbeit zu erarbeiten – einem Forschungsteam an der Universität von Genua zugeteilt gewesen und hatte ein ganzes Jahr lang in der italienischen Hafenstadt gelebt.

Fanni liebte diesen Tischläufer. Sie hatte ihn zusammen mit Sprudel ausgesucht, mit dem sie jede Minute verbrachte, die sich Leni im Universitätslabor aufhielt. Wenn Leni freigehabt hatte, waren sie zu dritt unterwegs gewesen.

»Zu knallig«, hatte Fanni damals gesagt, als Sprudel den Läufer aus einem Stapel unscheinbarer Genossen herausfischte, »zu lebhaft, zu grell.«

»Gerade deshalb«, hatte Sprudel geantwortet. »Stell dir das Stöffchen auf deinem Wohnzimmertisch vor, umrahmt von den dunklen Bücherregalen.«

Fanni hatte kurz die Augen geschlossen, hatte sich ihr Wohnzimmer vorgestellt, und sofort war sie von der grün-gelben Stoffbahn überzeugt gewesen.

Frau Praml legte sie sich soeben um die Schultern. »Das sind die Farben von Togo«, sagte sie und sah Fanni beschwörend an. »Würden Sie mir den Läufer fürs Wochenende leihen?«

Was will die Praml denn mit dem Tischläufer?

Fanni erstickte den Gedanken, bevor er als Frage aus ihrem Mund schlüpfen konnte.

Die Antwort war ohnehin schon unterwegs. »Wissen Sie, Frau

Rot, Pfarrer Winzig hat samstags immer die Damen vom Frauenbund zu sich zum Essen eingeladen. Togo-Franz kann so eine Tradition nicht einfach unter den Teppich kehren. Das will er auch gar
nicht, im Gegenteil. Er hat uns einen Abend unter dem Motto
›Birkdorf liegt in Togo‹ versprochen. Na ja, die Idee dazu hatte unsere Vorsitzende, aber Togo-Franz war sehr angetan von dem Vorschlag. Er will Maisfladen für uns backen.«

Frau Praml drapierte den Tischläufer so, dass die Stoffenden auf
ihrer linken Schulter zu liegen kamen. »Wir vom Frauenbund bringen natürlich auch alle was zu essen mit, etwas original Afrikani-
sches. Ich koche Hirse mit Sahne, Honig und Rosinen, Elsie macht
einen Salat aus Erdnüssen, Rosie brät Yamswurzeln.«

Sie nahm den Tischläufer von den Schultern und hielt ihn Fanni
wieder vor die Nase. »Rosie hat gemeint, es wäre eine passende
Geste, wenn wir alle in den Nationalfarben Togos erscheinen würden. Leider hab ich nichts in Grün-Gelb. Aber Ihr Läufer hier …«

Ausgerechnet!

Frau Praml wartete auf eine Antwort.

Fanni nickte matt. »Gern.«

Frau Praml lächelte, dann nahm sie die Stoffbahn noch einmal in
Augenschein. »Die Flagge von Togo hat in der rechten oberen Ecke
noch ein rotes Feld mit einem weißen Stern darin. Rot und weiß. So
ein Tuch besitze ich. Das binde ich um die Frisur – schauen Sie.« Sie
wand sich Fannis Tischläufer um den Kopf und verknüpfte die En-
den vorn so, dass sie über der Stirn wippten.

Witwe Bolte in der Kammer …!

Fanni stockte der Atem.

Frau Praml wirkte sehr zufrieden.

Sie nahm den Kopfputz wieder ab, setzte sich an den Tisch und
machte sich über ihren Milchschaum her.

Während sie löffelte, berichtete sie Fanni von dem Brand auf
dem Saller-Anwesen. Frau Praml wusste auch bereits über die
schwarzen Kerzen Bescheid, und der kollektive Scharfsinn des
Frauenbundes hatte schon die Verbindung zu Satanisten herge-
stellt.

Woher diese Satanisten plötzlich kommen sollten, konnte Frau
Praml auch nicht erklären.

»Rosie meint«, sagte sie, »dass es sich um junge Leute aus unserer Gemeinde, auf jeden Fall aber aus dem Landkreis handelt. ›Die hängen nicht an die große Glocke, was sie sind und was sie treiben‹, meint sie. ›Die geben sich ganz normal. Schwarze Kleidung mit Nieten, schwarze Augenringe, gespenstisch weiße Gesichter – so werden sie doch bloß im Fernsehen dargestellt. Die feiern ihre schwarzen Messen klammheimlich nachts in abgelegenen Scheunen. Wer könnte davon wissen?‹«

Alle!

»Merkwürdig kommt mir das schon vor«, insistierte Fanni. »Da sollen Jugendliche nachts aus ihren Betten verschwinden, mit schwarzen Kerzen und was weiß ich für Utensilien bewaffnet durch Birkdorf schleichen und sich in einer alten Scheune versammeln, durch deren Bretterritzen man jedes Streichholz flackern sieht. Aber niemand merkt was von dem ganzen Spektakel. In Birkdorf bleibt doch sonst nichts lang geheim.«

»Da täuschen Sie sich aber gewaltig, Frau Rot«, widersprach Frau Praml. »Grausen würde einem, wenn man wüsste, was alles so vorgeht in unserer Gemeinde. Lug und Trug und Ehebruch, Falschheit und doppelte Moral.«

Fanni wurde rot.

»Rosie Hübler hat sich die Scheune heute Mittag angesehen«, fuhr Frau Praml fort. »Der Aufregung nicht wert, meint sie. Um den Stadel ist's eh nicht schad, und das Wohnhaus selbst hat kaum was abgekriegt.«

Frau Praml unterbrach ihre Expertise, um zu fragen: »Kennen Sie das Saller-Anwesen, Frau Rot?«

Als Fanni den Kopf schüttelte, machte Frau Praml weiter: »Die Außenwände des Wohnhauses, sagt Rosie, sind zwar durch das Feuer verrußt, und der Putz wird bröckeln, weil die Mauern beim Löschen komplett eingewässert wurden, aber was soll's. Da muss man halt ein bisschen renovieren. Im Haus drinnen, meint Rosie, kann das Wasser allenfalls im Flur stehen, das bisschen Wasser halt, das von dem gepflasterten Gehweg durch die Tür hineingeflossen ist. Und das macht gar nichts, sagt Rosie, weil der Flur gefliest ist und eine Treppenstufe tief unter der Wohnküche liegt, in die er führt. Komplett unbeschädigt, hat Rosie festgestellt, ist der Anbau im Westen – der Wintergarten und das kleine Wohnzimmerchen –, weil der am weitesten vom Brandherd entfernt liegt. Rosie sagt, der

Saller-Erbe kann problemlos in dem Haus wohnen bleiben, bis er einen Käufer gefunden hat.«

»Der Erbe sucht nach einem Käufer?«, fragte Fanni verblüfft. Frau Praml sah sie an, als wäre ihr in ihrem ganzen Leben noch nie so viel Unverstand untergekommen. »Ja, was soll er denn sonst tun? Er wird sich kaum in Birkenweiler einnisten.«

»Warum denn nicht?«, fragte Fanni unbesonnen.

Weil ihn hier keiner haben will, den Erbschleicher, den Bankert der Anna Saller!

Frau Praml trank von ihrem milchschaumentblößten Latte macchiato und schwieg. Nach einer Weile sagte sie: »Das Saller-Anwesen würde dem Erben schön was einbringen. Rosie hat vergangenes Jahr mal mit einem Interessenten verhandelt, als sie und Elsie noch dachten …«

Fanni musste niesen.

»Sie haben sich erkältet, Frau Rot«, stellte ihre Nachbarin die Diagnose. »Sie sollten sich ins Bett legen und heißen Tee mit Holunderlikör und Honig trinken.«

Obwohl Fanni zustimmend nickte, machte Frau Praml keine Anstalten, aufzustehen und zu gehen.

Wer sagt denn, dass der Holunderlikörhonigtee nicht warten kann?

»Für Elsie Kraft ist die entgangene Erbschaft wohl noch schwerer zu verwinden als für Rosie Hübler«, fischte Fanni nach Anhaltspunkten.

»Ja, ja, wegen ihres Sohnes«, bestätigte Frau Praml. »Er macht Elise die Hölle heiß.« Sie begann, unruhig auf ihrem Sitz hin- und herzurutschen, klappte den Mund auf und wieder zu, schluckte, schnaufte ein paarmal tief ein.

Nun spuck es schon aus!

»Heute Nachmittag um zwei Uhr«, sagte Frau Praml – offensichtlich hatte sie beschlossen, Fanni ins Vertrauen zu ziehen, »war Frauenbundversammlung. Außertourlich, weil Rosie ein Schreiben von der Diözese bekommen hat. Es heißt darin, dass der Nachfolger von Pfarrer Winzig tatsächlich erst nach Ostern seinen Dienst in Birkdorf antreten kann. Sehen Sie das Problem, Frau Rot? Die Karwoche! Die Auferstehungsfeier – und Togo-Franz ganz allein in der Pfarrei. Der Frauenbund trägt jetzt eine große Verantwor-

tung. Wir haben eine gute Stunde lang darüber diskutiert, wie wir unseren Gastpriester seelsorgerisch unterstützen können.«
Frau Praml machte eine Pause.

Jetzt komm!

»Danach hat Rosie von dem Brand erzählt, und alle haben gesehen, wie Elsie dabei vor lauter Schadenfreude gegrinst und gefeixt hat.«
Frau Praml legte für einen Moment die Hand über ihren Mund, als schäme sie sich für Elsie. Dann fuhr sie fort: »Rosie hat sie hart gerüffelt. ›Elsie‹, hat sie gesagt, ›der Herrgott sieht Schadenfreude gar nicht gern, und unserem lieben verstorbenen Pfarrer Winzig – wäre er noch unter uns – würde das auch nicht gefallen‹. Sie hätten hören sollen, Frau Rot«, fügte Frau Praml an, »wie überdreht Elsie darauf reagiert hat.« Sie schwieg und schüttelte fassungslos den Kopf.

»Meine Tochter würde sagen«, nahm sie nach einer Weile den Faden wieder auf, »Elsie ist komplett von der Rolle. Glauben Sie es oder nicht, Frau Rot, Elsie hat Rosie lauthals angeschrien! ›Pfarrer Winzig ist tot‹, hat sie geplärrt, ›der ist für niemanden mehr da! Und wer ist uns statt seiner geblieben? Togo-Franz, ein Neger, der nicht mal den Text von ›Meerstern ich dich grüße‹ kann, einer, von dem wir nicht wissen, ob nicht er unseren Pfarrer erschlagen hat. Der Herrgott, ha, der Herrgott hat sich von jeher einen Dreck für mich interessiert. Da werd ich mich wohl freuen dürfen, wenn ein paar Satanisten dem Erbschleicher die Bude anzünden.‹«
Frau Praml verbarg das Gesicht in den Händen. »Der Auftritt war uns allen so peinlich, Frau Rot, so furchtbar peinlich. Ein paar von uns haben angefangen, Elsie zu beschimpfen. Aber Rosie hat für Ruhe gesorgt. Sie ist eine gute Vorsitzende, klug, bedacht, redlich.«
Fanni nieste. »Wenn man in Rechnung stellt«, sagte sie mit hörbar verstopfter Nase, »wie schwer es Elsie ihr Leben lang hatte, dann kann man ihr den Auftritt getrost verzeihen.«
»Das sagt Rosie auch«, stimmte ihr Frau Praml zu, »und sie hat uns gebeten, über die schreckliche Szene nichts verlauten zu lassen. Sie erzählen es doch nicht weiter, Frau Rot?«
Fanni nieste dreimal zur Bekräftigung.
Frau Praml wünschte ihr Gesundheit und sah sie abwägend an. Dann wiederholte sie betont: »Rosie ist eine gute Vorsitzende.«
Fanni wartete.

Zögernd fuhr Frau Praml fort: »Schauen Sie, Frau Rot, unser Frauenbund besitzt großen Einfluss. Nehmen wir Togo-Franz als Beispiel. Was hätte mit ihm geschehen können, wären wir vom Frauenbund nicht zu der Ansicht gelangt, dass er nie und nimmer Pfarrer Winzigs Mörder sein kann. Denken Sie nur, wie schwer der Umstand wiegt, dass er aus dem Friedhof rannte, als Pfarrer Winzig tot dalag. Eine Zeit lang haben selbst wir an Togo-Franz gezweifelt. Bis uns der Heilige Geist ein Licht aufgehen ließ: Würde ein Priester Gottes einen anderen hinmorden? Nie, nie, niemals. Inzwischen ist Togo-Franz in der Gemeinde gänzlich rehabilitiert. Gemeinsam bemühen wir uns nun, dass er der schweren Aufgabe gerecht werden kann, die ihm durch das Verglühen unseres Leitsterns auferlegt wurde.«

Originaltext Rosie Hübler, was den letzten Satz betrifft?

Schau an, dachte Fanni. Der Frauenbund hat Togo-Franz offiziell freigesprochen. Beweise hin oder her, der Frauenbund richtet nach eigenem Ermessen.

Aber worauf will Frau Praml eigentlich hinaus?

Sie sollte es gleich erfahren.

»Schauen Sie, Frau Rot, bei Ihnen verhält es sich noch viel bedenklicher als bei Togo-Franz. Als dieses schreckliche Verbrechen begangen wurde, befanden Sie sich mit Sicherheit auf dem Friedhof, denn Sie mussten inzwischen zugeben, dass Sie den toten Pfarrer dort gesehen haben. Dass Sie das vertuschen wollten, bringt Sie in schweren Verdacht.«

Fanni versuchte zu erwidern, dass sie als Täterin gewiss nicht so dumm gewesen wäre, jemandem von der Leiche zu erzählen. Aber Frau Praml ließ ihr keine Zeit dazu.

»Sie könnten die ganze Sache ins Reine bringen, Frau Rot, wenn Sie dem Vorschlag folgen, den Rosie in der letzten Sitzung gemacht hat: Treten Sie vor den Frauenbund, stehen Sie Rede und Antwort, erklären Sie, begründen Sie.«

Hohes Gericht, Fanni Rot bittet um ein gnädiges Urteil!

Fanni machte den Mund auf.

Du solltest hingehen, Fanni! Du solltest die Damen fragen, wer dich auf dem Friedhof gesehen hat!

Aus Fannis Mund kam ein Niesen.

»Gesundheit.« Das war die Stimme von Hans Rot.

»Oh«, rief Frau Praml, »schon Feierabend! Da haben wir uns aber ordentlich verplauscht, Ihre Frau und ich.«

»Nett von Ihnen, Frau Praml«, schmeichelte ihr Hans Rot, »dass Sie auf ein Schwätzchen hereingeschaut haben zu meiner Fanni. Sie ist viel zu oft allein mit ihren Büchern.«

Fanni machte sich davon. Sie eilte in die Küche, nahm das schmutzige Geschirr – ein Stück nach dem anderen – aus dem Backrohr, ließ kaltes Wasser darüberlaufen und räumte es in den Geschirrspüler. Falls ihr Mann unversehens in der Küche auftauchte, konnte sie die Klappe des Backrohrs schließen und den Rest des Geschirrs wieder dahinter verschwinden lassen.

Ihr Mann tauchte nicht auf, er plauderte mit Frau Praml.

Fanni nahm Pfanne samt Topf aus der Mikrowelle, schöpfte zuerst den Knödel heraus, wickelte ihn in Klarsichtfolie und legte ihn in den Kühlschrank. Dann spülte sie den Topf ab, füllte ihn mit frischem Wasser und stellte ihn auf den Herd, um Nudeln darin zu kochen. Zum Abendbrot sollte es Makkaroni mit Schinken geben.

Fanni hatte die restliche Pilzsoße aus der Pfanne in den Biomüll gekippt, die Pfanne gespült und weggeräumt, die Salatschüssel aus ihrem Versteck im Kühlschrank befreit, ebenfalls abgewaschen und verstaut, als sie die Haustür ins Schloss fallen hörte.

Das Nudelwasser siedete bereits.

Beim Abendessen leuchtete Fannis Kopf wie ein roter Lampion. Hans Rot sah sie vorwurfsvoll an.

»Was für ein Blödsinn, bei dem Wetter draußen rumzulaufen – in Sommerhosen und Wildlederschuhen!«

Frau Praml hatte also gepetzt.

Nicht bloß gepetzt, sie hat bei Hans Rot über dich hergezogen!

Fanni beeilte sich, ins Bett zu kommen.

Am folgenden Morgen fühlte sie sich schlapp, aber nicht fiebrig.

Ein paar wärmende Sonnenstrahlen müssten sich blicken lassen, dachte sie, damit wir unseren kleinen Ausflug richtig auskosten können, Sprudel und ich.

Aber die Sonne machte sich rar, als sie gegen neun Lam erreichten, einen kleinen Ort am Fuße des Osser, dessen Gipfel von der deutsch-tschechischen Grenze auf zwei Länder verteilt wurde.

Sprudel fasste die noch mit Altschnee bedeckten Felsen ins Auge.
»Ich hatte gehofft …«, murmelte er, brach ab und fuhr dann fort:
»Nun gut, suchen wir nach Pfarrer Winzigs Wurzeln.«

Fanni sah sich auf dem Marktplatz des Dörfchens um. Ein, zwei
Cafés, ein paar Geschäfte, ein Frisörsalon. »Wo?«

Sprudel deutete auf die Kirche, die am Südende das Platzes auf-
ragte.

»Sankt Ulrich«, stand auf einem Blatt zu lesen, das Sprudel aus
einem Ständer am Eingang fischte. »Erbaut 1699, eingeweiht 1765,
im Jahre 1905 erweitert.«

Fanni und Sprudel betraten das Gotteshaus. Leere Gänge, leere
Kirchenbänke, kein Betender vor der Kreuzigungsgruppe auf dem
Hochaltar. Sie wanderten ein Weilchen herum, bewunderten die
barocke Holzfigur des Kirchenpatrons, würdigten die geschnitzte
Kanzel. Dann schauten sie sich ratlos an.

»Der Friedhof«, flüsterte Fanni und strebte auf den Ausgang zu.

Zwischen den Gräbern blies der kalte böhmische Wind. Fanni
fröstelte. Sie liefen über den Hauptweg, bogen planlos hierhin und
dorthin ab.

Nach gut zehn Minuten stießen sie auf das Grab.

»Josef Winzig † 12. März 2003, Martha Winzig † 30. Januar 2004«.

»Heute ist Josefs Todestag«, sagte Fanni.

»Zweifellos«, antwortete Sprudel. »Bleibt die Frage, ob es sich
um die Eltern von Pfarrer Winzig handelt.

»Um wen denn sonst?«, fragte eine Stimme hinter ihnen. Sie gehörte einer alten Frau, die ein Grablicht in der Hand hielt. Sie
drängte sich zwischen Fanni und Sprudel, bugsierte die Kerze in
ein Gefäß aus Schmiedeeisen und Glas, das auf einem Moospolster
thronte, zündete sie an und klappte das Hütchen darüber.

»Sind Sie mit ihm verwandt?«, fragte Sprudel.

Die Alte schüttelte den Kopf. »Die Winzigs waren keine Einhei-
mischen. Hatte der Krieg hierher verschlagen. Und jetzt sind sie
wieder weg. Keiner erinnert sich mehr an die.«

»Sie offensichtlich schon.«

Die Alte nickte. »Die Winzigs waren meine Nachbarn. Er hat mir
immer die Formulare für die Ämter ausgefüllt. Dafür zünd ich ihm
an jedem Todestag ein Grablicht an.« Sie äugte von Sprudel zu
Fanni. »Und Sie?«

Fanni schluckte. Sprudel kam ihr zu Hilfe. »Wir sind Bekannte von Pfarrer Winzig. Bei einem Rundgang durch Ihren Friedhof ist uns das Grab hier aufgefallen.«

»Den Buben hab ich schon lang nicht mehr gesehen«, sagte die Alte.

»Kommt er so selten in seinen Heimatort?«, fragte Sprudel.

Die Alte dachte nach. »Das letzte Mal, glaube ich, ist er nach seiner Priesterweihe da gewesen – hat eine Messe gelesen.«

»Hat er denn hier keine Freunde aus der Schulzeit, die er ab und zu besucht?

Die Alte verneinte. »Der Bub ist ja schon in jungen Jahren ins Internat gekommen – nach Cham.« Sie schlurfte davon.

Fanni und Sprudel standen eine Weile schweigend da, dann sagte Sprudel ergeben: »Ich nehme an, jetzt machen wir einen Abstecher nach Cham.«

»Jawohl«, entgegnete Fanni. »Zur nächsten Station in Pfarrer Winzigs Lebenslauf.« Sie begann zu rekapitulieren: »Geboren am 1. März 1958 in Lam im Bayerischen Wald. Volksschule in Lam, Gymnasium in Cham, Priesterseminar in Regensburg, Kaplan in Zwiesel, Kötzting und Schwandorf, Pfarrer in Birkdorf.«

»Seine Gymnasialzeit hat Winzig demnach im Internat verbracht«, folgerte Sprudel. »Wie viele Gymnasien es in Cham wohl gibt?«

Fanni zuckte die Schultern. »Zwei vielleicht – heutzutage.« Sie überlegte einen Moment lang. »Aber in den Sechzigern gab es bestimmt nur eines.«

Fanni und Sprudel schlenderten über den Stadtplatz von Cham und fanden das Städtchen auf Anhieb sympathisch. Ein wenig trug auch wohl die Sonne dazu bei, die sich jetzt um die Mittagszeit endlich blicken ließ und erstaunlich wärmte.

Sprudel blickte sehnsüchtig in die Auslage einer Konditorei.

»Sprudel«, mahnte Fanni, »wir müssen zuerst das Gymnasium finden, wenn wir was über den Schüler Winzig erfahren wollen. Um ein Uhr geht die Mehrzahl der Lehrer vermutlich nach Hause zum Essen, und nur eine Handvoll Betreuer bleibt bei den Internatsschülern zurück. Das Sekretariat wird womöglich schon um zwölf geschlossen.«

»Wir wissen ja gar nicht, wo wir nach dem Gymnasium suchen

sollen«, murrte Sprudel. »Nach demjenigen, das es schon in den Sechzigern gab.«

Fanni nahm ihn bei der Hand. »Siehst du den Sportplatz da drüben? Würde mich wundern, wenn er nicht zu einer Schule gehörte.«

»Zufallstreffer«, murmelte Sprudel, als sie drei Minuten später vor einem Gymnasium standen, das ihnen passend schien. Über Treppen und Flure suchten sie sich den Weg zum Sekretariat. Bevor Sprudel anklopfen konnte, packte ihn Fanni am Arm.

»Was tischen wir denen auf?«, fragte sie leise. »Wie begründen wir unser Interesse an einem ehemaligen Schüler namens Josef Winzig?«

»Wie wär's mit der Wahrheit?«, flüsterte Sprudel zurück und klopfte entschieden an die Tür.

Die ältliche, recht mollige Dame im Sekretariat zeigte sich freundlich und hilfsbereit. Sie suchte die Jahrgangshefte von 1968 bis 1977 heraus und stieß gleich im ersten auf den gesuchten Namen.

Ob es wohl möglich wäre, fragte Sprudel, mit einem der Lehrer zu sprechen, die damals an der Schule unterrichteten.

Die Dame bedauerte. »Die sind alle pensioniert, etliche wohl schon verstorben.« Sie starrte auf die Schülerlisten im Jahrgangsheft von 1977. »Josef Winzig, der Name kommt mir bekannt vor. Seltsam, denn ich arbeite erst seit 1980 hier im Sekretariat.« Sie dachte eine Weile nach. »Mir ist so, als wäre dieser Name ab und zu hinter vorgehaltener Hand erwähnt worden. Könnte sein, dass sich der Junge was hat zuschulden kommen lassen. Aber ich habe mich nie dafür interessiert, kannte ihn ja nicht.«

»Gibt es denn niemanden, der darüber Bescheid weiß?«, fragte Fanni.

Erneut starrte die Sekretärin auf die alten Schülerlisten und dachte nach. Plötzlich rief sie: »Bogenbacher! Sepp Bogenbacher war in den Siebzigern als Hausmeister hier angestellt. Anfang der Achtziger hat er gekündigt und nicht weit von hier ein Café aufgemacht. Sepp Bogenbacher müsste was wissen. Fragen Sie ihn.«

Die freundliche Dame beschrieb den Weg zu »Bogenbachers Café an der Promenade«. Dann kopierte sie die Schülerlisten aus den Jahrgangsheften von 1968 bis 1977, drückte Sprudel die Seiten in die Hand, sah auf ihre Armbanduhr und sagte entschuldigend:

»Tut mir leid, ich muss pünktlich um zwölf Uhr zwanzig wegkommen, sonst erwische ich den Bus nach Hause nicht.«

Als sie aus dem Schulportal traten, sagte Sprudel: »Es ist mir vorhin schon aufgefallen – drüben am Fluss.«

»Was?«, fragte Fanni neugierig.

»Das hübsche Café«, antwortete Sprudel. »Der Wegbeschreibung nach muss es das sein, das jener ehemalige Hausmeister betreibt. Da können wir gemütlich sitzen, Kaffee trinken, Kuchen essen, uns die Schülerlisten ansehen ...«

»... und Sepp Bogenbacher ausfragen«, beendete Fanni den Satz.

Winzigs Name tauchte Jahr für Jahr in den Listen auf.

Fanni und Sprudel hatten sich darauf geeinigt, nicht gleich mit der Tür ins Haus zu fallen. Sie hatten bei einer jungen Frau in weißer Bluse und schwarzem Rock, die zu ihnen an den Tisch kam, Kaiserschmarrn und Kaffee bestellt, hatten gegessen und ab und zu einen Blick in die Schülerlisten geworfen.

»Weißt du, wer Winzigs Klassenkamerad war?«, fragte Sprudel plötzlich und deutete auf den letzten Namen auf einer Klassenliste.

»Ulrich Zankl«, las Fanni.

»Hieß nicht euer Bürgermeister so?«, erkundigte sich Sprudel. »Der, an dessen Grab Winzig erschlagen wurde?«

»Das kann nicht derselbe Ulrich Zankl sein«, sagte Fanni. »Unser Bürgermeister war über siebzig, als er starb. Winzig war gerade mal fünfzig.«

»Ulrich Zankl junior vielleicht«, überlegte Sprudel, »der Sohn des Bürgermeisters. Früher wurden die Söhne doch meistens nach den Vätern genannt. Bei Winzig war es ja auch so.«

»Sohn«, erwiderte Fanni verblüfft. »Nie von einem gehört. Der Bürgermeister hat zwei Töchter. Ich hab sie bei der Beerdigung gesehen. Beide sind verheiratet und haben Kinder.«

Sie beugte sich über die Listen und begann, sie genau zu studieren, eine nach der anderen. Nach einer Weile sagte sie:

»Dieser Ulrich Zankl ist nur in vier der Klassenlisten erwähnt. In den ersten paar nicht und in der letzten auch nicht. Er muss die Schule vor dem Abitur verlassen haben.«

Von Sprudel kam keine Antwortet. Er hielt nach der Frau Ausschau, die sie bedient hatte. Weil sie nirgends zu sehen war, ging er an die Theke und bestellte bei dem älteren Mann, der dort Milchtüten in ein Schubfach räumte, zwei Gläser Mineralwasser.

Zwei Minuten später kam der Mann an ihren Tisch; Fanni raffte die Listen zusammen, um Platz zu schaffen.

Der Mann räusperte sich. »Ich wollte Sie nicht belauschen. Aber als der Name Ulrich Zankl fiel, bin ich hellhörig geworden.«

»Kannten Sie den Jungen?«, fragte Fanni eilig.

»In den Siebzigern gab es niemanden in Cham, dem der Name nicht geläufig gewesen wäre. Es war so eine tragische Geschichte.«

»Wir würden sie sehr gerne erfahren.« Sprudel bat den Mann, den Fanni für Bogenbacher hielt, sich zu ihnen zu setzen. Sie warf Sprudel einen fragenden Blick zu und erhielt ein sachtes Kopfschütteln zur Antwort.

Genau! Wozu lange Erklärungen abgeben, wenn sich das Gespräch mit dem damaligen Hausmeister ganz von selbst ergibt?

»Ulrich Zankl junior«, begann Bogenbacher, »hatte mit knapp achtzehn Jahren einen tödlichen Unfall. Er ist spätabends auf dem Weg von seiner Stammkneipe zurück zum Internat von einem Steg in den Regen gestürzt und hat sich dabei das Genick gebrochen. Zuerst hieß es, er war besoffen.«

»Aber dem war nicht so«, sagte Sprudel, weil Bogenbacher schwieg.

Der nickte schließlich und fuhr fort: »Zankl hatte an diesem Abend nicht mehr als eine Halbe. Als das herauskam, fing einiges Gerede an. Ein paar recht unschöne Sachen sind dabei an den Tag gekommen.«

Meine Güte, dachte Fanni, weil der Gastwirt wieder schwieg, will er sich denn alles aus der Nase ziehen lassen?

Doch nach einer kurzen Pause sprach er weiter: »Zankl war Mitte der Siebziger als neuer Schüler in die Klasse gekommen, die drei Jahre später Abitur machen sollte. Er freundete sich offenbar recht schnell mit seinen beiden Banknachbarn an: Josef Winzig und Gerd Holler.« Bogenbacher strich über seinen Dreitagebart. »Die drei hätten unterschiedlicher nicht sein können. Zankl, klein, rundlich, mondgesichtig, war der Faule. Holler, groß und schlaksig, war der Vernünftige. Winzig, bullig wie ein Preisboxer, war der Teufelskerl. Holler hat für Winzig oft die Kastanien aus dem Feuer holen müssen.«

»Was hat Winzig denn so angestellt?«, erkundigte sich Sprudel, weil der Gastwirt wieder eine Pause machte.

Der winkte ab. »Was Lausbuben halt so treiben. Mit den Jahren wurde es aber immer ärger. Kurz bevor Zankl herkam, wäre Winzig beinahe von der Schule geflogen, weil er einen anderen Schüler gezwungen hatte, sein Geometrieheft aufzuessen. Holler war damals Klassensprecher und hat Winzig herausgepaukt. Er hat jeden Lehrer einzeln bekniet, gegen den Rauswurf zu stimmen. Danach ist es besser geworden. Jedenfalls dachten das alle.«

Der ehemalige Hausmeister barg das Gesicht in den Händen, als schäme er sich dafür, dass man die Situation damals falsch eingeschätzt hatte.

Nach einer Weile fuhr er fort: »Mit Zankl hatte Winzig das ideale Opfer gefunden. Er hat ihn fast wie einen Sklaven gehalten, hat ihn aufs Übelste drangsaliert. Und Zankl hat sich nicht dagegen gewehrt. Winzig konnte all seine Wut an ihm auslassen. Deshalb ist er wohl nach außen hin nicht mehr auffällig geworden. Selbst Holler wusste vermutlich nicht alles, was da lief. Viele glauben, dass Winzig mit Zankl auch ein homosexuelles Verhältnis hatte. Letztendlich spielt es aber keine Rolle …«

Fanni fühlte, wie eine vage Furcht in ihr hochkroch. Furcht vor dem, was Bogenbacher nun erzählen würde.

»Eines Abends – ungefähr ein Jahr vor dem Abitur – hingen Winzig, Zankl, Holler und noch ein paar aus der Klasse in ihrer Stammkneipe herum. So gegen zehn machten sie sich auf den Nachhauseweg. Mitten auf der Regenbrücke soll Winzig plötzlich zu Zankl gesagt haben: ›Spring da runter!‹

Niemand dachte – so sagten Winzigs Klassenkameraden später –, dass Zankl wirklich springen würde. Er selbst vielleicht auch nicht. Aber auf einmal war der Zankl weg. Alle haben gerufen und nach ihm Ausschau gehalten. Doch Zankl blieb verschwunden. Ein paar sind zur Telefonzelle gelaufen, um die Polizei zu alarmieren. Holler ist zum Flussufer hinuntergestiegen und hat nach Zankl gesucht. Er ist ein Stück in den Fluss hineingewatet. Dabei muss ihn die Strömung erfasst haben. Holler wurde abgetrieben. Später haben ihn zwei Sanitäter ein paar hundert Meter weiter flussabwärts aufgelesen. Er hatte ein zersplittertes Schienbein, mehrere Rippenbrüche, etliche Platzwunden. Zankl hatte weniger Glück gehabt.

Er war tot – Genickbruch. Holler lag ein halbes Jahr im Kranken-haus, dann wurde er in eine Rehabilitationsklinik geschickt. Er kehr-te nie an unser Gymnasium in Cham zurück.«

»Und Winzig?«, fragte Fanni.

»Er veränderte sich«, antwortete der Gastwirt. »Fing plötzlich an, in die Kirche zu gehen, und redete davon, Geistlicher zu wer-den, obwohl er bis dahin unbedingt Architektur hatte studieren wollen. Als langsam immer mehr hässliche Details ans Licht ka-men, standen die Abiturprüfungen fast vor der Tür. Man legte Winzig nichts in den Weg, denn eine Schuld an Zankls Tod konnte ihm nicht nachgewiesen, vielleicht nicht einmal vorgeworfen wer-den.«

»Er hat sich nach dem Abitur wahrscheinlich nie mehr hier se-hen lassen«, meinte Sprudel.

Bogenbacher nickte. »Aber eines Tages stand eine Notiz unter ›Land und Leute‹ in der Zeitung, in der hieß es, dass er in Regens-burg zum Priester geweiht worden ist.«

Die junge Frau, die Fanni und Sprudel bedient hatte, war inzwi-schen zurückgekommen. Sie eilte an den Tisch. »Herr Bogenbacher, der Spirituosenhändler …«

Der Gastwirt stand auf und hastete durch den Hinterausgang davon. Sprudel bat um die Rechnung.

Als sie aus dem Café traten, war es wieder kalt geworden – kalt und spät. Rasch suchten sie sich den Weg zum Parkplatz an der Further Straße, wo Sprudel den Wagen abgestellt hatte.

Fanni fror. Sie fror so sehr, dass ihre Zähne klapperten. Sprudel schob den Regler für die Heizung bis zum obersten Anschlag und fuhr los.

Erst auf Höhe von Miltach war Fanni so weit, dass sie sprechen konnte, ohne dass ihre Zähne aufeinanderschlugen.

»Was auch immer sich Winzig während seiner Schulzeit aufs Kerbholz geladen hat«, sagte sie, »warum sollte ihn die Vergeltung dafür erst mehr als dreißig Jahre später ereilen?«

Sprudel versuchte gerade, an dem Holzfuhrwerk vorbeizuspä-hen, das er schon seit Chammünster zu überholen trachtete. Wäh-rend er dazu ansetzte, gab sich Fanni selbst die Antwort auf ihre Frage: »Weil ihn der Rächer aus den Augen verloren hatte.«

Als Fanni in Deggendorf aus dem Wagen stieg, musste sie Sprudel hoch und heilig versprechen, am nächsten Tag so weit als möglich das Bett zu hüten.

»Du musst das auskurieren«, sagte er.

Sie nickte schlotternd, weil ihr ein eisiger Windstoß unter den Mantel fuhr.

Sprudel begleitete sie zu ihrem Auto. Er kündigte an, den morgigen Tag für Behördengänge nutzen zu wollen.

»So eine Erbschaft macht eine Menge Arbeit.«

14

Fanni ging früh zu Bett.

Als sie am Donnerstagmorgen, es war der 13. März, die Augen aufmachte, regnete es in Strömen. Dieser Regen wird den nassen Schnee in einen Sumpf verwandeln, dachte Fanni.

Sie stand auf, schlüpfte in ihren Morgenmantel und richtete das Frühstück für Hans Rot. Nachdem er das Haus verlassen hatte, starrte sie eine Weile aus dem Schlafzimmerfenster, dann legte sie sich wieder ins Bett, zog sich die Decke ans Kinn und blieb noch ein Stündchen liegen. Erst gegen halb neun stand sie wieder auf.

Bis zehn beschäftigte sie sich mit Hausarbeit. Aber auf einmal verlangte es sie nach frischer Luft. Sie beschloss, zum Klein-Hof hinaufzugehen, um sich mit Kartoffeln zu bevorraten. Leni aß so gern Schupfnudeln, Maultaschen, alles, was sich aus Kartoffelteig zubereiten ließ. Wenn sie am Wochenende kam, wollte Fanni sie mit einem dieser Gerichte überraschen.

Sie zog einen alten Anorak an, stülpte sich die Kapuze über den Kopf, schlüpfte in Gummistiefel und patschte über die Wiese.

Schon von Weitem hörte sie den alten Klein belfern: »Du schickst mir den Ivo nicht nach Birkdorf zu der Nachtigall. Die soll herkommen, wenn sie was braucht. Wir liefern nicht frei Haus. An den Singvogel, den raffgierigen, schon gar nicht. Wenn sie auf unserm Stadelboden in der Hinterlassenschaft von meiner Alten herumstöbern will, dann ist ihr der Weg auch nicht zu weit.«

Als der Bauer Fanni bemerkte, verzog sich sein Mund, der sich während der Schimpftirade zu einem mürrischen Viereck verformt hatte, zu einem Lächeln. »Ja, die Frau Fanni. Kartoffeln? Ja freilich. Hätten Sie doch antelefoniert, der Ivo hätt Ihnen ja ein Säckchen voll gebracht. Aber kommen Sie rein, Frau Fanni, rein in die Stube, damit Sie mir nicht nass werden, bis die Olga Ihre Kartoffeln herrichtet.«

Fanni trat durch die Tür zur Wohnküche und blieb knapp dahinter stehen. Einerseits weil sie keine nassen, lehmigen Tapser auf dem Fußboden hinterlassen wollte, andererseits weil der Weg durch etliche Kartons blockiert war. Der Bauer stieg über die Barrikade und deutete, während er zur Kredenz schlurfte, mit dem Daumen auf die Kartons.

»Die Olga hat das da aufgebaut – das Weib hat einen Ordnungsfimmel.«

»Ausmisten hat noch in keinem Haus geschadet«, meinte Fanni. Der alte Klein nickte. »Ich sag eh nix. Und höchste Zeit ist es auch, dass der Krempel von meiner Alten aus der Schlafstube kommt. Zehn Jahre ist es schon her …«

Er bückte sich, schloss eines der beiden unteren Türchen der Kredenz auf und langte hinein.

»Hat die Caritas eine Altkleidersammlung angekündigt?«, fragte Fanni.

»Wie kommen Sie jetzt auf die Caritas?«, wunderte sich Klein. Der Groschen fiel, bevor Fanni antworten konnte. »Ah wo, in den Schachteln sind keine Klamotten, die hat der Bene längst weggebracht. Da drin ist lauter Zeug, von dem die Olga sagt: ›Überflüssig, aber trotzdem zu schad zum Wegwerfen.‹ Die Gebetbücher von meiner Alten sind da drin, die Heiligenbilder, die Rosenkränze, die Wachsstöckel, die Wetterkerzen. Kommt alles auf den Stadelboden. Fünf Kisten stehen längst oben. Die Olga kramt ja ständig irgendwo herum.«

Der Bauer ächzte, als er sich mit einer Flasche und zwei Schnapsgläsern in der Hand wieder aufrichtete. »Sie müssen ein Gläschen Selbstgebrannten mit mir trinken, Frau Fanni. Bei dem Sauwetter braucht man was, das dem Katarrh den Schneid nimmt.«

»Wetterkerzen«, murmelte Fanni.

Klein schenkte ein, reichte ihr ein volles Glas, prostete ihr zu und sagte: »Das war halt so Brauch früher. Meine Mutter selig hat immer beim ersten Donnerschlag eine schwarze Kerze angezündet, und dann haben wir uns alle an den Tisch gesetzt und gebetet. Gewitter waren gefährlich. Oft hat der Blitz in einen Heustadel eingeschlagen, und dann war meistens nix mehr zu retten, das ganze Gehöft ist abgebrannt. Bei Gewitter ist die Angst umgegangen. Kein Wunder, dass die Weiber …«

Wetterkerzen waren per definitionem schwarz! Mit schwarzen Kerzen hatten sich die Bauersleut seinerzeit vor Blitzschlag schützen wollen. Klein besaß noch einen ganzen Karton voll davon.

Fanni verschluckte sich an Bauer Kleins Selbstgebranntem. Sie hustete und japste, Tränen rollten ihr über die Wangen. Klein rückte näher und klopfte ihr so sanft er es vermochte auf den Rücken. Fanni taumelte einen Schritt vorwärts.

»Er gerät gern ein wenig beißend, der Selbstgebrannte«, sagte er.

Kurz nach Mittag rief Sprudel an. »Wie geht's dir, Fanni?«

»Gut geht's, keine Spur mehr von Grippe. Spätestens um zwei bin ich beim Hütterl«, antwortete Fanni energisch.

Sprudel seufzte, und Fanni hätte in diesem Moment nicht sagen können, ob aus Erleichterung oder aus Resignation. Sie sollte es gleich erfahren.

»Fanni«, belehrte Sprudel sie, »diese Nacht hatte es drei Grad unter null, und heute regnet es. Aus dem Fußweg durch den Wald ist eine Bobbahn geworden, und auf dem Wirtschaftsweg kann man Meisterschaften im Eisschnelllauf austragen.«

Fanni versprach ihm, sich mit Grödeln und Skistöcken auszurüsten. Sprudel seufzte tief.

Er erwartete Fanni an der Plateaukante über dem Steilabhang. Als sie bei ihm ankam, nahm er sie bei den Schultern, hielt sie auf Armeslänge von sich und studierte ihr Gesicht.

Fannis Wangen glänzten tiefrot, aber das kam bloß von der Anstrengung des Aufstiegs. Sie hatte sich neben dem unbegehbar vereisten Trampelpfad auf verkrustetem Altschnee hocharbeiten müssen und war bei jedem Schritt bis auf den Waldboden durchgesackt. Sprudels Trittspuren hatte sie kaum nützen können, die meisten waren mit Regen- und Schmelzwasser vollgelaufen.

Sprudel nahm sie an der Hand, führte sie über das Plateau zur Hütte, öffnete hastig und schob sie hinein. Kaum hatte er die Tür hinter sich zugemacht, schnappte Fanni nach Luft und riss ihre Jacke auf.

»Finnische Sauna, Sprudel?«

Er lachte verlegen.

Kaffee hatte er auch schon gekocht. Und Zimtnudeln hatte er bereitgestellt. Wo kamen die denn her? Sie sahen lecker aus. So luftigen Hefeteig brachte eigentlich nur Olga zustande.

Eine Tasse Kaffee und eine halbe Zimtnudel lang musste Fanni sämtliche Symptome aufzählen, die sie in den Tagen zuvor verspürt hatte, und bei jedem einzelnen musste sie schwören, dass es verschwunden war. Erst danach ließ sich Sprudel herbei, ihr von einem Telefongespräch mit Marco Liebig zu berichten, das er mittags geführt hatte.

»Marco fahndet intensiv nach dem Mann in der Lederjacke«, berichtete er. »Nachdem ich ihm von unserem Ausflug nach Cham erzählt hatte, meinte er, es könne sicher auch nicht schaden, diesen Gerd Holler zu vernehmen. Obwohl der Gedanke, dass Holler seinen damaligen Freund nach so vielen Jahren zur Verantwortung ziehen wollte, ziemlich abwegig erscheint.«

Selbst Fanni kam dieser Gedanke von Minute zu Minute unsinniger vor. Wir haben, überlegte sie, uns ja eigentlich erst die halbe Vergangenheit Winzigs angesehen. Wie verhielt er sich im Priesterseminar in Regensburg, wie als Kaplan in Zwiesel?

Vorbildlich, sozial, hilfsbereit – wetten? Nachdem er sich wegen Zankls Tod vom Saulus zum Paulus gewandelt hatte.

»... sprüht ja schon Funken«, hörte sie Sprudel plötzlich sagen. Er stand auf und regelte die Luftzufuhr für das Herdfeuer herunter.

»Apropos Funken«, begann Fanni.

Sprudel gab einen Knurrlaut von sich. »Was den Brand meiner Scheune betrifft, hapert es mit Ergebnissen genauso wie im Fall Winzig. Satanisten, sagen die Ermittler, sind auf fünfzig Kilometer im Umkreis keine zu finden. Schwarze Messen, Satansverehrung, Black Metal und alles, was sonst noch zu diesem Kult gehört, scheint ziemlich aus der Mode gekommen zu sein.«

»Bei uns auf dem Land wissen die Leute halt, dass man den Teufel nicht extra zu rufen braucht«, entgegnete Fanni trocken.

»Wir werden vermutlich nie erfahren«, fuhr Sprudel fort, »wer meine Scheune auf dem Gewissen hat. Morgen früh rücken ein Baggerlader und ein Lastwagen der Firma Stiegelmeier an. Bis zum Abend werden wohl all die verkohlten Bretter und Balken beseitigt sein. Übrig bleibt nur ein schwarzer Fleck. Der Juniorchef der Firma hat mich gefragt, ob er Humus draufkippen soll, damit was anwächst.«

Sprudel beugte sich vor und schaute Fanni forschend an. »Was meinst du dazu?«

»Willst du das Anwesen denn behalten?«, fragte Fanni geradeheraus.

Sprudel lächelte verschämt. »Für einen Pendler wie mich, der regelmäßig zwischen Ligurien und Niederbayern hin- und herreist, wäre ein Domizil in Birkenweiler gar nicht schlecht.«

Fanni nickte, wandte aber ein: »Müsstest du den Hof nicht rundum renovieren?«

»Die Brand-, besser gesagt die Wasserschäden an den Außenmauern dürfte die Wohngebäude-Versicherung übernehmen, weil alle Beiträge bezahlt sind. Im Anbau lässt sich, für ein paar Wochen jedenfalls, ganz bequem wohnen, sodass ich die restlichen Zimmer des Hauses nach und nach selbst modernisieren könnte.«

»Und das würde dir Spaß machen?«, fragte Fanni.

»Ich kann mir ja Zeit lassen«, erwiderte Sprudel.

»Zeit«, murmelte Fanni, stand auf und griff nach ihrer Jacke.

»Morgen?«, fragte Sprudel.

»Morgen um zwei«, versprach Fanni.

Fanni machte auf der Heimfahrt einen Umweg übers Edekageschäft. Sie musste zum Abendessen ein Stück Fleisch auf den Tisch bringen, wenn sie Hans Rot nicht reizen wollte. Die ganze vergangene Woche über hatte sie hauptsächlich vegetarisch gekocht.

Sie kam mit zwei Körben voll Einkäufen nach Hause, die sie noch in Speisekammer und Kühlschrank verstauen wollte, bevor Hans vom Büro zurückkehrte.

Sie sah nach der Uhrzeit und dachte, das müsse leicht zu schaffen sein.

Nur wenn dir Frau Praml nicht auflauert!

Fanni hatte Glück.

Das Fleisch brutzelte in der Pfanne, als Hans Rots Wagen in die Zufahrt bog. Es lag köstlich angebräunt auf seinem Teller, als er sich an den Tisch setzte.

Hans hatte an diesem Tag nicht viel zum Besten zu geben.

Ob ihm wohl schon zu Ohren gekommen ist, dass Bauer Klein tatsächlich ein Alibi hat?, fragte sich Fanni.

Ihr Mann kaute an seinem Steak und schwieg.

Er brütet vielleicht neue Anschuldigungen gegen Klein aus. Gewiss ist ihm bereits zugetragen worden, dass du heute Morgen länger auf dem Klein-Hof zugange warst, als man braucht, um ein Säckchen Kartoffeln zu holen.

Im Flur klingelte das Telefon.

Es war Leni. Ja, antwortete sie auf Fannis Frage, sie würde wie geplant morgen kommen, allerdings abends erst und nicht vor sieben.

»Hebst du mir was vom Abendbrot auf, Mami«, bat sie. »Ich komme mit einem Wolfshunger direkt aus dem Labor.«

»Ich warte mit dem Essen auf dich«, sagte Fanni. »Papa isst sowieso beim Dorfwirt – Schweinshaxe. Die Schützen feiern ihren Sieg über einen Verein aus der Oberpfalz, Schwandorf, glaub ich.«

»Schweinshaxe«, sagte Leni abfällig. Im Gegensatz zu Fannis jüngster Tochter Vera hatten Leni und Leo die Vorliebe ihrer Mutter für vegetarische Gerichte – geerbt?, angenommen?

»Für uns zwei mache ich Schupfnudeln, und dazu gibt's saure Milch«, kündigte Fanni an.

»Cool, Mami«, rief Leni.

Fanni kicherte. »Leni«, meinte sie, »du solltest den Artikel lesen, der gestern im Birkdorfer Wochenblatt stand. Heutzutage ist nichts uncooler, als ›cool‹ zu sagen. Das Wort ist genauso out wie ›krass‹ und ›super‹. Man sagt jetzt ›steil‹, glaube ich.«

»Ich kann da eh nicht mehr mithalten. Langsam muss ich mich damit abfinden, zur längst überholten Generation ›Cool und Krass‹ zu gehören. Man wird halt nicht jünger«, gluckste Leni. »Erst gestern habe ich mich dabei erwischt, mir eine feste Beziehung auszumalen. Krass, oder?«

»Steil«, antwortete Fanni. »Braucht man dazu nicht einen Partner?«

»Ich erzähl dir von ihm«, kündigte Leni an, »morgen Abend bei Schupfnudeln und saurer Milch.«

Als Fanni am Freitag kurz vor zwei Uhr beim Hütterl ankam (sie war recht gut vorwärtsgekommen, weil sie in ihre Fußstapfen vom Vortag treten konnte, die sich, nachdem es aufgehört hatte zu regnen, einigermaßen hielten), fand sie die Tür versperrt. Sie fummelte den Schlüssel aus ihrer Hosentasche und schloss auf.

Im Herd glomm ein schwaches Feuer. Sprudel hatte also im Hütterl übernachtet, war aber dann morgens nach Birkenweiler abgestiegen.

Fanni entfachte die Glut mit einem Knäuel Altpapier und legte

Holzscheite nach. Sie setzte gerade Kaffeewasser auf, als Sprudel hereinschnaufte.

»Länger gedauert, als angenommen«, hechelte er. »Menge Zeit gekostet.«

Fanni gab ihm einen Kuss auf die Backe und deutete auf den Polstersessel unter dem Fenster, denjenigen, den sie in Gedanken als Sprudelloge bezeichnete. Er ließ sich hineinfallen.

Während er langsam zu Atem kam, deckte Fanni das Tischchen. »Was hat dich denn aufgehalten?«, fragte sie, nachdem Sprudel einen Schluck Kaffee genommen hatte und wieder sichtlich flacher atmete.

»Olga«, antwortete er.

»Mirzas Schwester?«

Sprudel nickte. »Wir haben geputzt.«

Fanni runzelte die Stirn, starrte ihn an und schwieg. Deutlicher hätte sie ihm nicht sagen können, dass sie im Moment keine Lust auf Rätselraten hatte.

Sprudel ergab sich und begann zu erzählen: »Heute Morgen habe ich die Hütte schon sehr früh verlassen und bin zum Saller-Anwesen hinuntergegangen. Ich wollte versuchen, alles so weit zu säubern, dass ich wieder dort wohnen kann.«

»Warum?«, unterbrach ihn Fanni. »Magst du das Hütterl nicht?«

Sprudel lächelte ein bisschen wehmütig. »Ich mag es sehr, Fanni. Und ich möchte, dass es unser geheimer Rückzugsort bleibt. Darum ziehe ich morgen früh wieder aufs Saller-Anwesen. Die Leute aus Birkenweiler würden sehr bald wissen wollen, wo ich die Abende und die Nächte verbringe. Sie müssten nicht lange suchen.«

Fanni nickte. Sprudel hatte recht. Es war klüger, keine Aufmerksamkeit auf die Hütte zu lenken.

»Tagsüber muss ich ab morgen sowieso im Anwesen verfügbar sein«, fuhr Sprudel fort. »Die Handwerker, die den ramponierten Außenputz erneuern, wollen anrücken, und den Klempner hab ich auch bestellt. Er soll sich die Rohrleitungen im ganzen Haus einmal ansehen.«

»Es wird also ernst mit dem Renovieren«, stellte Fanni fest. Dann sagte sie mahnend: »Du warst also heute Morgen auf dem Weg zum Saller-Anwesen …«

»Richtig, das war ich.« Sprudel fiel wieder ein, was er eigentlich erzählen wollte. »Als ich in Birkenweiler ankam, bin ich gleich zum Bäcker gegangen. Ich wollte …«

Er schlug sich mit der flachen Hand an die Stirn. »Ich hab sie stehen lassen. Ich hab die böhmischen Golatschen, die ich beim Bäcker für uns gekauft habe, auf dem Tisch in meinem Wintergarten stehen lassen.«

»Verspeisen wir morgen«, beschwichtigte ihn Fanni. Und dann sah sie den Zusammenhang. »Olga beliefert den Bäcker von Birkenweiler mit böhmischen Spezialitäten! Daher die Zimtnudeln gestern.«

Sprudel nickte. »Olga und Ivo haben gerade die Golatschen gebracht, als ich bei der Bäckerei ankam. Sie hat mich erkannt.«

»Woher sollte Olga dich kennen?«, fragte Fanni erstaunt.

»Sie hat sich schlapp gelacht, als ich sie das gefragt habe«, antwortete Sprudel. »›Frau Fanni und Herr Sprudel haben herausgefunden, wer die Mirza erschlagen hat‹, das bekommen Olga und Ivo vom alten Klein jeden Tag quasi als Nachtgebet vorgetragen. ›Der Bauer verehrt Frau Fanni und Herrn Sprudel wie andere Maria und Josef‹, sagt Olga, und den Herrn Sprudel habe er ihr so genau beschrieben, dass sie inzwischen jede Falte an ihm kennt.«

Fanni prustete laut.

»Olga wusste sogar, dass ich das Saller-Anwesen geerbt habe. Die Kleins haben aber mit niemandem darüber gesprochen. Das hat der Alte so angeordnet. ›Die Frau Fanni und der Herr Sprudel legen gewiss keinen Wert drauf, dass die Geschichte von damals noch mal aufgekocht wird und die Leut sich wieder das Maul über sie zerreißen. Die Birkdorfer meinen zwar, sie sind die ganz Schlauen, aber dass der Saller-Erbe Sprudel dieser Kommissar Sprudel von damals ist, darauf kommen sie nicht. Hab jedenfalls noch nichts verlauten hören. Und wir sind die Letzten, die sie drauf bringen werden‹, so hat der Bauer gesagt.«

Fanni war gerührt. Der alte Klein wollte sie beschützen. Sie musste blinzeln, als wäre ihr etwas ins Auge geraten.

»Der alte Klein überrascht mich immer wieder. Gibt sich wie ein Sklaventreiber und ist in Wirklichkeit feinfühlig wie Santa Benigna.«

»Harte Schale, weicher Kern«, meinte Sprudel.

»Borstige Schale«, berichtigte Fanni. Dann sagte sie: »Olga hat dir wohl Hilfe angetragen.«

»Sie hat mich gefragt, wie ich zurechtkomme, so ganz allein auf dem Anwesen. Da hab ich ihr halt erzählt, dass es alles Mögliche zu tun gibt, dass ich aber jetzt nach dem Brand erst einmal sauber machen müsste.« In Sprudels Gesicht zeigten sich noch Spuren vormaligen Erstaunens, während er weiterredete: »Mir hat es für eine ganze Weile die Sprache verschlagen, als Olga sagte, sie müsse zwar jetzt nach Hause zurück, aber in spätestens einer Stunde wolle sie kommen und mir beim Putzen helfen. Natürlich habe ich versucht, das Angebot höflich abzulehnen, aber sie hat mich nicht zu Wort kommen lassen. Und dann hat sie noch gesagt, ich würde ihr wirklich einen Gefallen tun, wenn ich sie ein bisschen von dem, was sie mir schuldet, abtragen ließe.«

»Zu schulden glaubt«, warf Fanni ein.

Sprudel nickte. »So habe ich das auch richtiggestellt. Bloß Olga hat es nicht gelten lassen. Und so kam es, dass wir den halben Tag gemeinsam geputzt und gefegt und aufgeräumt haben. Am Ende stand ein Riesenkarton voll mit ausrangiertem Kram im Flur.«

»Auf dem Klein-Hof hat Olga neulich die Schlafkammer vom Bauern ausgemistet«, berichtete Fanni. »Platz schaffen scheint ihr Hobby zu sein.«

»Ivo hat mir erzählt, was er und seine Mutter aus dem Schlafzimmer des Alten alles rausgeholt haben«, sagte Sprudel.

Fanni fielen die Kartons ein, die bei Kleins in der Wohnstube gestanden hatten. »Erwähnte er auch die schwarzen Kerzen, die Olga in den Schränken der Bäuerin gefunden hatte?«, fragte sie.

»Die Frau Fanni«, seufzte Sprudel, »immer einen Schritt voraus.«

»Ein seltsamer Zufall ist das Auftauchen dieser schwarzen Kerzen schon«, entgegnete Fanni. »Ich bin ziemlich erschrocken, als Klein davon erzählt hat. Aber weißt du, was ich glaube, Sprudel? Halb Birkdorf sitzt noch auf Kerzen aus der Zeit, als sich die Bauern noch um den Tisch versammelt und gebetet haben, wenn ein Gewitter aufgezogen ist.«

»Elsie Kraft scheint die magischen Kräfte schwarzer Kerzen noch immer zu beschwören«, antwortete Sprudel.

»Wie kommst du auf so was?

»Ivo hat mir erzählt, dass Elsie – nachdem sie mitbekommen hatte, dass am Klein-Hof ausgemistet wird – regelmäßig vorbeigekommen ist, um nachzusehen, was dabei anfällt. Sie hat in den Kartons auf dem Stadelboden herumgekramt und sich dies und jenes heraussucht. Olga hat ihr die Sachen überlassen, ohne zweimal hinzusehen. Ivo dagegen hat aufgepasst, was Elsie mitgenommen hat: Weihwasserschüsselchen, Liederbücher – Kirchenlieder versteht sich –, Häkeldeckchen und …«

»Schwarze Kerzen«, beendete Fanni den Satz.

15

Sprudel drückte die Tür der Hütte von außen zu und schloss ab.

Sie hatten sich noch eine Weile über Elsie Kraft unterhalten, hatten sich gefragt, ob sie verrückt genug war, aus Wut über die entgangene Erbschaft das Saller-Anwesen anzuzünden.

»Fehlt ihr dazu nicht die Unerschrockenheit?«, sagte Fanni, während Sprudel seinen Schlüssel einsteckte. »So eine Aktion verlangt Mut, Tatkraft, Planung.«

»Wie auch immer«, erwiderte Sprudel, »ich werde die Information an Marco Liebig weitergeben, er kann sich Elsie ja mal vornehmen!«

Sie beeilten sich beim Abstieg, weil Sprudel um fünf Uhr am Saller-Anwesen eintreffen musste. Togo-Franz hatte seinen Besuch angekündigt.

»Es tut gut«, hatte Sprudel ihn zitiert, »flüssig sprechen und erschöpfend verstehen zu können, wenn auch nur für ein Stündchen.« Viel mehr Zeit konnte Togo-Franz nicht erübrigen, denn um sieben Uhr musste der Priester Firmunterricht halten. Sprudel wollte dann wieder zur Hütte aufsteigen und eine letzte Nacht dort verbringen.

Der vereiste Fußweg hatte in der vergangenen Stunde eine gut fünf Zentimeter dicke Schneedecke bekommen, und noch immer schneite es in dicken Flocken. Fanni trat vorsichtig auf den Trampelpfad, merkte aber sofort, dass sich die Schneedecke mit der darunterliegenden Eisschicht fest verbunden hatte.

Sie begann, talwärts zu stapfen.

Prächtige Wintersportverhältnisse, dachte sie. Das brachte sie auf eine Idee. Sie drehte sich zu Sprudel um.

»Morgen fährt Hans in aller Frühe zu einem Schützenwettkampf nach Erding. Und wir beide sollten etwas für unsere Gesundheit tun.«

Sprudel ächzte. Er schien zu ahnen, was kommen würde.

»Wir gehen langlaufen«, verkündete Fanni. »Die Loipen am Kalteck müssen herrlich sein bei dem Neuschnee.«

»Du hast recht«, gestand ihr Sprudel zu, »und in einer frisch gespurten Loipe macht das Langlaufen ja auch Spaß.«

Im vergangenen Winter, und auch schon in dem zuvor, waren Fanni und er hin und wieder beim Langlaufen gewesen. Sprudels Ski lagerten seither im Keller der Rots. Hans Rot hatte nichts davon gemerkt, weil ohnehin zwei Kellerwände entlang Sportgeräte von den Rot-Kindern aufgereiht standen: Ski, Snowboards, Inlineskater, Schlittschuhe ...

»Wir laufen von Kalteck über den Schuhfleck nach Sankt Englmar«, beschloss Fanni.

Sprudel stieß ein Schnauben aus. »Fanni, das sind mindestens zwölf Kilometer – einfache Strecke. Wir müssen ja auch wieder zurück!«

»Vierzehn«, sagte Fanni trocken, »vierzehn Kilometer hin und vierzehn zurück. Aber wir haben ja den ganzen Tag dafür Zeit. In Sankt Englmar machen wir eine lange, lange Pause. In einem Café.«

Sprudels Miene hellte sich auf.

Fanni lachte laut. Für ein Stück Torte hätte Sprudel die Arktis durchquert.

Fanni kam um kurz vor fünf nach Hause. Frau Praml ließ sich nirgends blicken, und Fanni beeilte sich, die Haustür hinter sich zu schließen.

Sie begann auf der Stelle, die Kartoffeln zu schälen, die sie bereits am Vormittag als Basis für den Schupfnudelteig gekocht hatte.

Kurz nach fünf polterte Hans Rot vom Büro auf dem Weg zu seiner Schweinshaxe herein. Während er Freizeitkleidung anzog, grummelte er leise vor sich hin.

Fanni zerdrückte die Kartoffeln mit einem Stampfer.

Obwohl freitags für Hans und seinen Kollegen Senftl bereits am Mittag Büroschluss war, hatten heute beide wegen einer Betriebsversammlung länger in ihrer Dienststelle bleiben müssen. Hans hatte Fanni erzählt, worum es bei der Sitzung gehen würde: »Neue Richtlinien! Einsparungen! Das Ganze läuft für einige von uns auf Versetzung oder vorzeitigen Ruhestand hinaus.«

Fanni fragte sich, wie es wohl sein würde, wenn ihr Mann Rentner war.

Hans schlüpfte soeben in seine Jacke, hakte den Reißverschluss ein, angelte den Wagenschlüssel von der Kommode, warf ein »Ghm später« durch die Küchentür und verließ das Haus.

Fanni streute Mehl, Salz und Muskat auf die zerdrückten Kartoffeln, schlug ein Ei drauf, tauchte die Hände in den Mischmasch und begann zu kneten.

Viertel vor sechs.

Fanni formte aus dem Kartoffelteig Nudeln in der Größe ihres kleinen Fingers und briet sie nach und nach in einer Pfanne. Die fertigen Schupfnudeln stellte sie in der Backröhre warm.

Halb sieben.

»Sieben«, hatte Leni gesagt.

Fanni ging in den Keller.

Sie sprayte gerade »Grip & Glide« auf ihre und auf Sprudels Langlaufski, als sie Lenis Wagen in die Zufahrt einbiegen hörte. Fünf Minuten später tappten zwei Plüschbären an Lenis Füßen die Kellertreppe herunter.

Leni umarmte ihre Mutter und gab ihr einen Kuss auf die Wange. Dann sah sie mit hochgezogenen Augenbrauen auf die Ski, die Fanni soeben in ihre Halterung zurückstellte.

»Wir gehen morgen langlaufen, Sprudel und ich«, sagte Fanni.

Leni machte das Victory-Zeichen.

Gemeinsam stiegen sie die Treppe wieder hinauf.

Während Fanni die Schupfnudeln aus dem Ofen holte, sah Leni nachdenklich aus dem Fenster. Plötzlich drehte sie sich zu ihrer Mutter um.

»Sag mal, Mami, das Hütterl, von dem du mir neulich erzählt hast, das benutzt ihr ja dann morgen nicht, du und Sprudel.«

Fanni schüttelte den Kopf und setzte sich an den Tisch.

»Würdest du es mir leihen?«, bat Leni.

Fanni sah sie fragend an.

»Wir haben uns eine Menge zu erzählen«, erklärte Leni. »Das Hütterl wäre ideal dafür. In den Kneipen ist es zu laut oder zu öde, zum Spazierengehen ist es zu matschig, und wenn wir den Tag hier im Haus verbringen, dann gibt's in Erlenweiler zwei Wochen lang Klatsch und Tratsch.«

Fanni zog den Hüttenschlüssel heraus, der noch in ihrer Hosentasche gesteckt hatte, und legte ihn neben Lenis Teller.

»Danke, Mami.« Leni ließ ihn in ihrer eigenen Hosentasche verschwinden, dann begann sie, Kartoffelnudeln aufzuspießen.

»Wo kommt dein Freund denn her?«, fragte Fanni.

Leni kaute und schluckte, sagte:»Straubing«, und schob eine weitere Fuhre in den Mund.

»Gut«, gab Fanni auf. »Erzähl mir nach dem Essen von ihm.«

Leni nickte.

Während Leni etliche Portionen ihrer Leibspeise vertilgte, berichtete Fanni von all dem, was Sprudel und ihr in den letzten Tagen zu denken gegeben hatte: vom Brand am Saller-Anwesen, von Satanisten, die sich nicht aufspüren ließen. Von Elsie Kraft, die sich nicht nur für Liederbücher und Weihwasserkesselchen, sondern irritierenderweise auch für Wetterkerzen interessierte, und die – konnte so etwas vorkommen? – möglicherweise plötzlich verrückt geworden war. Vom Sohn des verstorbenen Bürgermeisters, der zusammen mit Pfarrer Winzig das Gymnasium in Cham besucht hatte und ein Jahr vor dem Abitur verunglückt war. Von einem Unbekannten in Wildlederjacke, der den Pfarrer auf dem Kirchplatz angesprochen, vermutlich zum Friedhof gelotst und vielleicht dort erschlagen hatte.

Auf einmal unterbrach sich Fanni. »Wieso habe ich das Gefühl, dass du einiges davon schon weißt?«

Leni lachte, schob den leeren Teller beiseite und sagte:»Deine Schupfnudeln sind nicht zu überbieten. Ich wette, nicht mal Olga würde sie besser hinkriegen.«

Sie stand auf. »Ich mach uns einen Espresso, und dann beantworte ich alle Fragen, die dir einfallen.«

Fanni hörte die Kaffeemaschine mahlen, registrierte das Klack-Klack, das immer ertönte, wenn das Kaffeepulver zusammengepresst wurde, und dann hörte sie die Haustür ins Schloss fallen.

Hans Rot kam schon zurück. Es war erst kurz nach acht.

»So früh«, staunte ihn Fanni an.

»Muss zeitig raus«, antwortete er, »und außerdem brauch ich morgen eine ruhige Hand.«

Leni kippte ihren Espresso hinunter.

Plötzlich legte sie ihre Wange an Fannis Wange, flüsterte ihr »Wir unterhalten uns morgen« ins Ohr und eilte in ihr Zimmer hinauf.

Hans Rot schenkte sich ein Glas Mineralwasser ein, und dann begann er, Fanni herumzuscheuchen. Er wolle eine kleine Reisetasche mit dem Nötigsten für eine Nacht nach Erding mitnehmen.

Fanni solle Ersatzwäsche einpacken, Handtuch und Waschzeug, Schlappen und Pyjama – was man halt so braucht.

»Falls wir nämlich«, erklärte ihr Mann gewichtig, »falls wir nämlich gewinnen, dann wird's feucht am Abend, und dann bleiben wir besser über Nacht in Erding.«

Leni schlief noch, als Fanni am Samstagmorgen zwei Paar Ski und zwei Paar Stöcke in ihrem Wagen verstaute.

Sie war mit Sprudel um halb zehn am Skilift von Kalteck verabredet. Unterhalb des Lifthangs befanden sich ein weitläufiger Parkplatz und dahinter der Startpunkt der Loipe, die zum Schuhfleck führte.

Fanni wollte gerade noch mal zurück ins Haus eilen, um ihren Rucksack zu holen und Sprudels Langlaufschuhe, die sie ebenfalls im Keller bei den Sportsachen der Kinder aufbewahrte, als sie plötzlich eine Kinderstimme hinter sich hörte.

»Hallo, Frau Rot.«

Caro Rimmer stand vor der Garage.

»Ist Max auch mit Leni mitgekommen?«, fragte sie.

Fanni schüttelte den Kopf. »Max wohnt doppelt so weit weg wie Leni. Er kommt recht selten.«

»Schade«, sagte Caro enttäuscht. »Nie ist einer zum Spielen da.«

»Ivo wohnt ja nicht weit weg«, versuchte Fanni sie zu trösten, »nur ein paar Schritte über die Wiese.«

Caro schob die Unterlippe nach vorn und die Mundwinkel nach unten. »Der hat nie Zeit. Und mit Mädchen gibt er sich sowieso nicht ab.«

Fanni deutete aufs Nachbarhaus. »Der Praml-Bub ...« Warum vergaß sie bloß immer, wie der Sohn der Pramls hieß?

Weil ihn alle »Praml-Bub« nennen!

Caro schniefte. »Der ist doch schon elf, und er hat Freunde in Birkdorf, zu denen er immer geht.«

Fanni und Caro standen sich gegenüber, und beide schwiegen bedrückt. Was hätte es auch zu sagen gegeben? Caro wusste wohl selbst am besten, dass hier am Erlenweiler Ring hauptsächlich Leute wohnten, deren Kinder längst erwachsen und weggezogen waren.

Irgendwie fühlte sich Fanni schuldig, weil Max nicht da war.

»Caro!«

Ein Mann kam die Zufahrt herauf. Groß, schlank, hellhaarig, braune Wildlederjacke.

Indiana Jones?

Fanni starrte ihn an.

»Ich bin Caros Vater«, stellte er sich vor. »Wir haben uns noch nicht kennengelernt, Frau Rot. Ich wohne ja auch noch nicht lange hier.«

Fanni gab ihm die Hand.

»Caro hatte gehofft, Ihr Enkel sei bei Ihnen«, sagte er.

»Tut mit leid«, antwortete Fanni und musterte ihn. Er war groß und wirkte kräftig. Pfarrer Winzig hätte ihm kaum Widerstand leisten können.

Er war's, wetten, er war's!

Fanni kaute auf ihrer Unterlippe. Die Beschreibung stimmt, überlegte sie, und seine Frau hat mir selbst erzählt, dass er die Lilien auf Frau Kundlers Grab gebracht hat und dann, während die Birkdorfer am Grab des Bürgermeisters vorbeidefilierten, zur Sparkasse gegangen ist. Die hatte aber schon geschlossen, weil es drei Uhr war. Auf dem Rückweg über den Birkenplatz muss Caros Vater unserem Pfarrer Winzig direkt in die Arme gelaufen sein.

»Na, dann mal los«, sagte der gerade zu seiner Tochter. »Wir wollten doch Oma frische Blumen bringen. Und für Opa müssen wir die Hustentropfen aus der Apotheke holen.« Er nickte Fanni zu, drückte sich einen breitkrempigen weichen Hut auf den Kopf, den er zuvor in der Hand gehalten hatte, und setzte sich in Bewegung.

Er ist es, er ist es! Weil er aussieht wie Indiana Jones, weil er in Birkdorf ein Fremder ist und weil er nachweislich am 20. Februar nachmittags um drei über den Birkenplatz marschierte!

»Tschüss, Frau Rot«, rief Caro.

»Herr Rimmer«, krächzte Fanni.

Caros Vater drehte sich um.

Willst du das nicht lieber dem Kommissar überlassen?

»Sorry«, sagte er. »Ich habe glatt versäumt, mich mit Namen vorzustellen. Holler, Gerd Holler. Meine Frau wollte nach der Hochzeit ihren Mädchennamen – den Namen ihrer Mutter – behalten.«

Gerd Holler!

Fanni musste sich an den Kotflügel ihres Wagens lehnen.

»Ist Ihnen nicht gut, Frau Rot?«

Fanni atmete tief durch. »Ich fürchte, sämtliche Kripoermittler im Landkreis suchen nach Ihnen, Herr Holler.«

Holler trat einen Schritt auf sie zu und studierte ihr Gesicht. Plötzlich sagte er: »Ehrlich gesagt, das fürchte ich auch.«

Fanni schluckte.

»Ich konnte es hinausschieben, solange mich niemand erkannte«, sprach er weiter. »Aber damit ist jetzt wohl Schluss.«

Fanni nickte matt.

Holler legt eine Hand auf ihren Arm. »Okay, dann wäre es jetzt so weit –«

Er kann nicht zulassen, dass du ihn verrätst, Fanni!

»– noch heute mache ich meine Aussage bei der Polizei. Aber glauben Sie mir eines, Frau Rot, *ich* habe den ehrenwerten Herrn Pfarrer nicht getötet.«

Er drückte Fannis Handgelenk, dass es beinahe schmerzte. »Als *ich* mit Josef Winzig fertig war, kniete er vor dem Grab des Bürgermeisters und bat um Vergebung für alles, was er Ulrich damals angetan hat – lebendig kniete Winzig da, *really*.«

Damit ging Gerd Holler davon. Caro wartete bereits an der Straße auf ihn. Sie versuchte sich gerade an einer Grätsche zwischen Pramls Gartenzaun und dem Hydranten davor.

Fanni stieg mit zittrigen Knien in ihren Wagen, startete und fuhr los.

Auf dem Parkplatz unterhalb des Lifts stand Sprudel in Fleecejacke und Mütze neben seinem Wagen.

Als sie ihre Ski anschnallten, sagte Fanni: »Ich hab soeben mit Lederjacke gesprochen.«

16

Fanni hatte Sprudel einen sehr hastigen Bericht liefern müssen, denn sie konnten in der Doppelspur nicht lang nebeneinander herlaufen und sich dabei unterhalten. Dazu war viel zu viel Betrieb auf der Loipe an diesem Samstagvormittag.

Am Schuhfleck hatten sie eine kurze Pause eingelegt, hatten einen Schluck getrunken und waren dann weitergelaufen. Kurz nach Mittag hatten sie St. Englmar erreicht. Sprudel hatte auf ein Hinweisschild am Ende der Loipe gezeigt: »Gasthaus zum Holzknecht – böhmische Spezialitäten«.

Fanni begutachtete das ziemlich abgelegene Wirtshaus missmutig und sagte: »Wollen wir nicht lieber im Ort ...« Sie unterbrach sich, als hinter der Frontscheibe eine Frau im Dirndl sichtbar wurde, die Getränke servierte.

Plötzlich steuerte Fanni zielstrebig auf die Eingangstür zu und rammte ihre Ski in den Schneehaufen daneben.

Sie suchten sich einen Ecktisch am Fenster.

»Gerd Holler war es also, der Pfarrer Winzig am Birkenplatz angesprochen und ihn auf den Friedhof entführt hat«, sagte Sprudel, nachdem er drei Liwanzen mit Preiselbeeren und Sahne verspeist hatte. »Vermutlich hatte er keine Ahnung, was aus Winzig geworden war, bis er ihn am Grab des Bürgermeisters in vollem Ornat das Priesteramt ausüben sah.«

»Nach Hollers Ausdrucksweise zu urteilen, muss er einige Zeit im englischsprachigen Raum zugebracht haben«, erwiderte Fanni. Sie dachte einen Moment lang nach. »Ja, seine Frau hat so etwas erwähnt. Holler war wohl bei einer Firma angestellt, für die er Montagearbeiten im Ausland machte.«

Die Frau im Dirndl trat an den Tisch und fragte, ob sie noch Wünsche hätten.

Fanni blickte zu ihr hoch und setzte ihr gewinnendstes Lächeln auf. »Arbeiten Sie normalerweise nicht in Birkdorf beim Dorfwirt am Birkenplatz?«

Die Kellnerin zuckte die Schultern. »Man nimmt, was kommt. Beim Wirt in Birkdorf bin ich nur dann, wenn Feiern anstehen –

Hochzeit, Jubiläum, Beerdigung. Ansonsten schafft es seine Frau allein.«

»Ich hab Sie beim Leichenschmaus vom Birkdorfer Bürgermeister gesehen«, sagte Fanni. »Da ging es ganz schön hoch her.« Sie hörte Sprudel leise seufzen.

»Zweiundsiebzig Portionen Schweinebraten hab ich aus der Küche getragen«, antwortete die Kellnerin, »alles, was bestellt war. Da ist niemand daheim geblieben.«

»Ist nicht der Frauenbund sogar geschlossen angerückt?«, fragte Fanni.

Die Dirndlfrau nickte. »Die Erste, die kam, war Elsie, die Sopranistin. Und kurz darauf konnte man die Stimme von dieser Praml hören – bis in die Küche rein.

»Und Rosie, die Vorsitzende?«, hakte Fanni nach.

Die Kellnerin nahm Sprudels leeren Teller. »Natürlich war Rosie Hübler auch da. Was wäre der Birkdorfer Frauenbund ohne seine Vorsitzende? Alle waren da. Fünfzehn Portionen Schweinebraten für den Tisch vom Frauenbund, und alle waren aufgegessen – ratzeputz.«

»Ach, Fanni«, sagte Sprudel, nachdem sich die Kellnerin anderen Gästen zugewandt hatte. »Du hast dich umsonst bemüht. Die Alibis der Trauergäste sind von den Ermittlern schon längst überprüft worden. Außerdem scheint mir unser Hauptverdächtiger im Moment sowieso Gerd Holler zu sein. Wer sagt denn ...« Plötzlich hielt er inne. Er fasste Fanni ins Auge und meinte: »Erstaunlich, dass du die Bedienung vom Leichenschmaus wiedererkannt hast. Du kannst sie doch nur kurz gesehen haben. Sagtest du nicht schon ein paarmal, du könntest dir keine Gesichter merken?«

»Die Frau hätte ich bestimmt nicht wiedererkannt«, entgegnete Fanni trocken, »aber das Dirndl auf jeden Fall: springende Hirsche aus Goldlamé um Rocksaum und Miederausschnitt.«

Sie drängte zum Aufbruch. »Vierzehn Kilometer!«

»Ich wusste, dass die Strecke zum Martyrium wird«, meinte Sprudel. »Im Gasthaus zum Holzknecht gäbe es bestimmt Zimmer für eine Nacht oder zwei.«

Zurück brauchten sie wesentlich länger als für den Hinweg: Trinkpause bei Ödwies, Trinkpause am Schuhfleck, Verschnaufpause am Hangweg unterhalb des Rauhen Kulm.

Den Tag über war es immer wärmer geworden, der Schnee zeigte sich jetzt pappig, bremste unterm Skibelag.

Noch drei Kilometer.

Fanni blieb stehen. »Eine letzte Rast noch«, sagte sie müde, »dann kommt der Endspurt.« Während sie vom Südausläufer des Rauhen Kulm in die Donauebene hinausblickten, heulte weit unten im Tal eine Feuersirene. Sie rief die Birkdorfer Feuerwehr zum Einsatz. Der Wind trug den Ton zwar hinauf aufs Kalteck, zerfledderte ihn aber dermaßen, dass Fanni und Sprudel nichts mehr wahrnehmen konnten. Die kleine Rauchwolke, die über dem Birkenweiler Hügel schwebte und zügig von den Nebelschwaden aufgesogen wurde, bemerkten sie nicht.

Gegen halb sechs erreichten sie ihre geparkten Autos auf dem inzwischen ausgestorbenen Parkplatz beim Skilift. Beide ächzten, als sie sich bückten, um die Schuhe zu wechseln.

Fanni begann zu frieren.

Zehn Minütchen heiß duschen, dann bist du wieder wie neu!

Aber Sprudel?

Fanni ruckte hoch und legte ihre Hand auf Sprudels Arm. »Gibt's eine Dusche auf dem Saller-Anwesen?«

Sprudel gluckste. »Es gibt ein riesiges Badezimmer. Die Wanne darin kann man auch als Dusche benutzen. Der Duschkopf hängt an einem Gestänge an der Wand und ist mit einem Plastikvorhang umgeben, auf dem sich bunte Fische tummeln.«

Fanni schauderte.

»Es war gar nicht so leicht, Olga daran zu hindern, den Vorhang zu entsorgen. Sie hat aber dann doch eingesehen, dass er seinen Zweck erfüllen muss, bis das Badezimmer mit einer Duschkabine ausgestattet ist.«

Fanni fragte sich, ob sie es je wagen würde, Sprudel in seinem Haus zu besuchen.

Glaub bloß nicht, Hans Rot würde das schlucken!

Als Fanni den Erlenweiler Ring entlangfuhr, sah sie Frau Praml aus der Terrassentür treten und ein Tischtuch ausschütteln. Offensichtlich hatten die Pramls bereits zu Abend gegessen.

Frau Praml stützte die Ellbogen auf die Balustrade, sah nach rechts zum Grundstück der Rots, dann nach links zur Hauptstraße hinunter. Als sie Fanni in ihrem Auto entdeckte, winkte sie frenetisch.

Fanni stellte den Wagen in der Garage ab, griff sich ein Paar Ski und brachte es zum Kellereingang.

Auf dem Rückweg sah sie Frau Praml über den Rasen eilen.

Sie rennt!

Als Fanni mit dem zweiten Paar aus der Garage trat, fand sie sich Nase an Nase mit Frau Praml.

»Haben Sie es schon gehört, Frau Rot?«

Kunstpause.

»Die alte Forsthütte auf dem Birkenweiler Hügel ist abgebrannt. Leute sollen auch drin gewesen sein.«

Es dauerte etliche Augenblicke, bis Fanni begriff, was Frau Praml da gesagt hatte.

Ihr wurde schwindelig, sie musste sich an der Hauswand festhalten.

Leni.

Leni, Leni, Leni!

Fanni ließ die Ski fallen, rannte in die Garage zurück, warf sich auf den Autositz, schlug die Tür zu und startete.

Sie stieß rückwärts aus der Zufahrt, wendete, trat hart aufs Gas und schoss davon, ohne einen einzigen Blick zurück auf Frau Praml zu werfen, die ihr mehr entrüstet als erschrocken nachsah.

Als Fanni die Abzweigung des Wirtschaftsweges erreichte, sah sie, dass die Trasse von Reifenspuren zerfurcht war. Sie jagte den Wagen schlingernd bergwärts. Kurz vor dem Plateau blieb sie in einer tiefen Fahrrille hängen.

Fanni sprang aus dem Auto und hastete auf die Hütte zu. »Leni, Leniiii!«

Wo zuvor das Klohäuschen gestanden hatte, lagen nur noch verkohlte Bretter. Doch das Hütterl zeigte sich intakt, auch wenn es nordseitig einen Überzug aus Ruß bekommen hatte.

Fanni erreichte die Tür, stieß sie auf. Drinnen war es schon fast dunkel. Das Hütterl schien leer.

»Leni?«

Fanni trat ein und schaute sich um, als erwarte sie, dass Leni rußgeschwärzt hinter einem der Sessel hervorgekrochen kam.

Im Herd hörte sie ein Feuer prasseln. Fanni wandte sich ihm zu und sah die silberne Kaffeekanne ihrer Großmutter auf der Herdplatte stehen. Sie griff danach. Da explodierte die Kanne, und Fanni taumelte rückwärts.

»Mami?«

Fanni schlug die Augen auf. Sie realisierte, dass sie ans Sofa gelehnt auf dem Boden hockte. Und dann erschien ihr Leni mit einem Heiligenschein.

Ihr seid beide tot, tot, tot!

Fühlen Tote Schmerzen? Fanni verdrehte die Augen nach oben links, griff sich an den Hinterkopf und ertastete eine stattliche Beule.

»Du hast dir am Holzrahmen vom Sofa den Kopf angeschlagen«, sagte Lenis Stimme.

Fanni fixierte die Quelle dieser Stimme. Leni sah aus wie immer. Ein bisschen angespannt vielleicht. Das Licht der Gaslampe auf dem Bord hinter ihr vergoldete ihre Haare.

»Mami«, fragte sie, »wieso hast du einen benzingetränkten Lappen in die Kaffeekanne gesteckt und sie dann auf die heiße Herdplatte gestellt? Der Brandmeister denkt, du wolltest die Hütte anzünden, um an die Versicherungssumme zu kommen.«

Fanni setzte sich mit einem Ruck auf. Leni war nicht allein. Fannis Blick schnellte von ihr zu Sprudel, von ihm weiter zu einem jungen Mann, der ihr bekannt vorkam, und von dem zu einem Feuerwehrmann.

Alle schauten sie erwartungsvoll an. Plötzlich wurde Fanni wütend.

»Klar, ich habe eine Benzinbombe gebastelt, weil ich hier alles abfackeln wollte, mich und Leni gleich mit. Woher hatte ich bloß das Benzin? Ja, natürlich, das habe ich mit einem Strohhalm aus dem Tank meines Wagens gesaugt. Außerdem habe ich neulich auf dem Saller-Anwesen Feuer gelegt, um Sprudel ins Jenseits zu befördern.« Sie holte Luft. »Und vor drei Wochen habe ich Pfarrer Winzig am Grab des Bürgermeisters erschlagen – mit einem gezackten Stahlei am Stiel.«

»Mami, beruhige dich!« Leni hatte beide Arme um Fanni geschlungen und bemühte sich, sie auf das Sofa zu betten. Fanni fühlte auch Sprudels Hände – auf ihren Schläfen, in ihrem Nacken. Als ihr die Augen zufielen, hörte sie Leni noch sagen:»Mach dir keine Sorgen, Mama, Marco kümmert sich um alles, und er wird alles aufklären.«

Als Fanni das nächste Mal aufwachte, lag sie im Halbdunkel auf dem Sofa. Die Gaslampe auf dem Bord war verschwunden. Der Herd strahlte Wärme ab. Aus der Ecke, in der die Polstersessel standen, drangen gedämpftes Murmeln und ein Lichtschein.

Plötzlich spürte sie Sprudel neben sich.

»Wie fühlst du dich, Fanni?«

Sie versuchte ein Nicken, und es gelang ganz normal.

»Wieso bist du hierhergefahren?«, fragte Sprudel weiter.

Fanni erklärte es ihm. Dann sagte sie:»Und du?«

Sprudel, der neben dem Sofa gestanden und sich zu ihr hinuntergebeugt hatte, setzte sich neben ihren linken Oberschenkel. Fanni rückte ein Stückchen zur Seite, damit es Sprudel bequem hatte.

Er begann zu berichten:»Ich war von Kalteck auf dem Weg zum Saller-Anwesen, wo ich ja ab heute wieder übernachten wollte. Mitten in Birkenweiler kam mir ein Löschwagen der Feuerwehr entgegen. Dahinter fuhr Marco Liebig.«

Mach dir keine Sorgen, Mama, Marco kümmert sich um alles, und er wird alles aufklären!

»Der Kommissar! Ist etwa Leni mit dem Kommissar …?«

»Letztendlich habe ich es doch nicht mehr geschafft, alle deine Fragen zu beantworten«, sagte Leni. Sie war mit Marco Liebig von der Sitzecke herübergekommen, und nun hockten die beiden auf dem Fußboden vor dem Sofa.

»Marco und ich …«

Fanni entfuhr ein Stöhnen.»Jemand hat versucht, euch auszuräuchern.«

Sprudel strich behutsam über ihren Arm.

»Am Nachmittag hat Marco plötzlich Rauch gerochen«, berichtete Leni,»und auf einmal haben wir beide gesehen, wie ein kleines dunkles Wölkchen zwischen zwei Bohlen auf der Nordseite der Hütte hereinschwebte.«

»Da brannte das Klohäuschen bereits lichterloh«, erklärte Marco.»Leni hat sofort über ihr Handy die Feuerwehr alarmiert.«

»Und Marco hat Löschwasser aus dem Brunnen gepumpt«, fügte Leni hinzu. »Bis die Feuerwehr da war, haben wir das Feuer wenigstens so weit in Schach halten können, dass die Bohlen der Hüttenwand nicht in Flammen aufgingen.«

Wie kam der Löschtrupp zur Hütte? Etwa zu Fuß?

»Ein Glück, dass der Wirtschaftsweg nicht mehr so vereist war«, sagte Sprudel, »ein Glück, dass ihn der Feuerwehrwagen benutzen konnte – einerseits.«

Fanni sah ihn verdattert an.

»Andererseits«, fuhr er fort, »sind dadurch alle anderen Wagenspuren ruiniert worden.«

»Ihr glaubt, ein Brandstifter ist mit einem Fahrzeug bis vor die Hütte gefahren?«, fragte Fanni.

»Zumindest nahe an die Hütte heran«, antwortete Marco, »unser Feuerteufel musste trockenes Stroh und Reisig transportieren. Woher hätte er das nehmen sollen in einem tropfenden Wald?«

Es war einen Moment still im Hütterl, dann sagte Sprudel: »Der Brandmeister hat neben der verkohlten Bretterwand des Klohäuschens im Waldboden Reste von schwarzem Wachs entdeckt.«

»Unser Brandstifter«, ergriff Marco wieder das Wort, »muss dort dürres Reisig aufgeschichtet haben. Dann hat er ein paar schwarze Kerzen angezündet und sie daruntergestellt. Daraufhin ist er geflüchtet.« Marco hielt inne, schüttelte den Kopf. »Er ist nicht geflüchtet. Er hat sich versteckt.«

»Wollte zuschauen, wie alles abbrennt«, ergänzte Sprudel. »Stattdessen musste er mitansehen, wie ihr den Brand erfolgreich bekämpft habt und wie die Feuerwehr den Rest erledigte.«

»Später, als alle weg waren«, nahm Fanni da den Faden auf, »ist der Brandstifter zum Hütterl zurückgegangen. Er hat die Glut im Herd neu entfacht, um eine Bombe zu zünden, die er aus der Kaffeekanne meiner Großmutter bastelte. Wieso war die Hüttentür nicht abgeschlossen?«

»Der Brandmeister hatte darum gebeten«, antwortete Leni. »Er wollte zurückkommen, um nachzuprüfen, ob der Brand nicht noch mal irgendwo aufflackert.«

Marco nahm Lenis Hand in die seine. »Ich hatte ebenfalls vor, noch einmal nach dem Rechten zu sehen – allerdings erst nachdem ich Leni nach Hause gebracht hatte. Ich wollte dann später abschließen.«

»Marcos Plan geriet durcheinander«, flocht Sprudel ein, »weil wir uns in Birkenweiler begegnet sind. Marco hielt an, und die beiden haben mir alles erzählt.«

Lenis freie Hand strich über Fannis Arm. »Was für ein Glück, dass Sprudel darauf bestanden hat, sich den Schaden sofort anzusehen. Wir haben spontan beschlossen, gleich noch mal mit ihm hochzufahren. Unterwegs hat uns der Brandmeister eingeholt. In der letzten Kurve vor dem Plateau blockierte dein Wagen den Weiterweg. Da sind wir eilig losgelaufen.«

»Kaum hatten wir die Hüttentür geöffnet«, fuhr Sprudel fort, »schlug uns eine Stichflamme entgegen.«

»Zum Glück war der Brandmeister mit dabei«, ließ sich Leni vernehmen. »Er konnte die Flamme im Nu ersticken.«

»Dann sahen wir eine taumelnde Fanni«, sprach Sprudel weiter, »und kurz darauf sagte der Brandmeister, in der Kanne habe ein benzingetränktes Geschirrtuch gesteckt!«

Fanni zog die Stirn in Falten. »Und er kam auf keine dümmere Idee ...«

Marco Liebig unterbrach sie. »Er hat sich schnell eines Besseren besonnen.«

Es wurde still in der Hütte.

Irgendwann fragte Fanni: »Wie spät ist es denn?«

Sprudel antwortete: »Es geht auf Mitternacht zu. Du hast ein paar Stündchen geschlafen.«

Fannis Kopf zuckte vom Kissen hoch. »Hans!«

Leni hob die Hand, als säße sie in einer Konferenz und wolle sich zu Wort melden. »Ich hab um neun unter einem Vorwand im Erdinger Schützenheim angerufen. Die Siegesfeier war in vollem Gang. Papa wird nicht vor morgen Mittag hier sein.«

Fanni ließ sich zurückfallen, aber Leni sagte: »Mami, sollten wir nicht trotzdem nach Hause fahren. Eine warme Dusche, ein weiches Bett ...«

»Niemand braucht zu erfahren, dass die Hütte Frau Rot gehört«, sagte Sprudel, als sie sich im Schein von zwei Taschenlampen zu den Autos aufmachten.

Marco nickte. »Ich muss den Forstamtsrat zwar über das Feuer informieren, werde ihn aber bitten, nichts über die Eigentumsverhältnisse verlauten zu lassen. Unsere offizielle Version heißt: Eine alte Forsthütte hat gebrannt. Aus purem Zufall war jemand dort und hat die Feuerwehr alarmiert.«

Zufall!

Sprudel hatte ein paar Tage lang in der Hütte gewohnt. Nicht aus Zufall, sondern weil ein Brand sein Anwesen ramponiert hatte. Fanni begann zu zittern. »Der Brandstifter war hinter Sprudel her«, stöhnte sie.

Marco Liebig nickte. »Das denke ich auch.«

»Horrorszenario nach Langlaufmarathon«, sagte Leni, als sie Fannis Wagen von Birkenweiler auf die Hauptstraße steuerte, »bisschen viel für einen Tag.«

Fanni schluckte.

»Mach dir keine Sorgen«, fuhr Leni fort, »Marco bleibt heute Nacht vorsichtshalber bei Sprudel auf dem Saller-Anwesen.«

»Du magst ihn sehr«, sagte Fanni.

»Ich mochte deinen Kommissar von Anfang an, das weißt du doch, Mama«, sagte Leni schmunzelnd, wurde aber schnell wieder ernst. Sie schien zu wissen, dass ihrer Mutter jetzt nicht nach einem dieser Geplänkel war, die ihnen beiden sonst so Spaß machten.

»Schau, Mama«, sagte sie, »ich habe Marco vor genau einer Woche zum ersten Mal gesehen. Was weiß ich schon über ihn?« Sie machte eine nachdenkliche Pause, dann fügte sie hinzu: »Aber dafür mag ich ihn erstaunlich gern.« Sie sah auf und blickte ihre Mutter forschend an. Fanni ersparte es ihr, fragen zu müssen.

»Ich mag ihn auch, *deinen* Kommissar«, sagte sie.

Es ist plötzlich so, dachte Fanni, als wären aus einer Familie zwei geworden. Sprudel und ich mit Leni und Marco auf der einen Seite; Hans Rot mit Vera und ihrem Mann auf der anderen. Minna und Max sind wie ein Gummiband, das beide Familien zusammenhält.

Und Leo?

Ach, Leo. Leo gehört zu sich selbst. Leo ist wie ein Traum, manchmal so echt, als wäre er greifbar, dann so flüchtig, als wäre er einem nie nahe gewesen.

»Marco will gleich am Montag Elsie Kraft vorladen«, riss Lenis Stimme sie aus ihren Gedanken.

»Wegen der schwarzen Kerzen?«, fragte Fanni. Gewiss hatte Sprudel davon erzählt.

»Ja«, antwortete Leni, »aber auch weil sie das stärkste Motiv hat, Sprudel zu hassen. Er hat ihre Zukunftspläne zerstört.«

»So sieht es wohl Elsie«, stimmte Fanni zu, »und es gibt keinen Pfarrer Winzig mehr, der ihr Vernunft predigt.«

Winzig und Elsie, Sprudel und Elsie; Zankl junior und Winzig, Holler und Winzig, Elsie und Rosie, Togo-Franz und Winzig …

Leni setzte den Blinker.

»Sprudel hat erzählt«, sagte sie, »dass ihr beide glaubt, Elsie hätte nicht die nötige Entschlusskraft, Brände zu legen. ›Elsie ist eine labile Person‹, meinte Sprudel, ›die ihr Leben lang misshandelt und herumgestoßen wurde, deren einziger Halt der Dorfpfarrer war‹.«

»Und der ist nun tot«, murmelte Fanni.

»Ja«, antwortete Leni, »aber was wenn dieser letzte Schicksalsschlag Elsie komplett verändert hat? Was wenn der Verlust ihres einzigen Vertrauten bei Elsie Energien geweckt hat, von denen sie selbst nicht wusste, dass sie in ihr schlummern?«

Ja, was wenn?

Leni bog in den Erlenweiler Ring ein. »Marco möchte aber auch Rosie Hübler nicht außer Acht lassen. Wie Elsie ist sie durch Sprudel um ihre Erbschaft gebracht worden. Womöglich hat *sie* die nötige kriminelle Energie, Brände zu legen.«

»Selbst wenn es ihr zuzutrauen wäre«, entgegnete Fanni, »soviel ich gehört habe, lebt Rosies Tochter in sehr guten Verhältnissen in Berlin. Einen Sohn, dem sie allerhand finanzieren müsste, hat Rosie nicht. Warum also sollte ihr so ungemein an der Erbschaft liegen?« Plötzlich sah sie Leni verwundert an. »Ermittelt Marco jetzt auch in den Brandfällen?«

»Am Rande«, erwiderte Leni. »Im Fall Winzig ist Marcos Hauptverdächtiger natürlich dieser Holler. Da passt alles zusammen, sagt er.«

Leni parkte in der Zufahrt zum Rot'schen Haus und legte die Hand auf Fannis Arm.

»Sprudel und Marco wollen morgen in aller Frühe zur Hütte hinaufgehen. Sie möchten sich bei Tageslicht ein genaues Bild von dem Schaden machen, den Feuer und Löschwasser angerichtet haben. Die Stichflamme aus Urgroßmutters Kaffeekanne hat einen

Teil deiner Borde versengt, bevor wir sie ersticken konnten. Ich habe Marco versprochen, mitzukommen.« Leni lachte leise. »Sprudel ist wild entschlossen, die Hütte eigenhändig wieder instand zu setzen. Er gibt sich die Schuld an dem Brand. Hätte nicht er das Saller-Anwesen geerbt, sondern Elsie und Rosie, sagt Sprudel, dann gäbe es für niemanden einen Grund, seine Wut darüber buchstäblich entflammen zu lassen.«

17

Fanni erwachte am Sonntag um kurz vor acht Uhr und spürte als Erstes, dass ihr Hals inwendig brannte. Sie stand auf, holte sich eine Packung Lutschtabletten aus dem Badezimmer, steckte eine davon in den Mund, legte sich wieder hin und schlief noch mal ein.

Gegen zehn fühlte sie sich ein wenig besser. Der Hals tat nur noch beim Schlucken weh.

Fanni stand auf, zog sich an, lüftete ihr Bett, kochte Tee.

Kurz vor elf klingelte das Telefon.

»Spät geworden gestern«, krächzte Hans Rot. »Wir haben uns dann noch ein paar Stunden im Schützenheim aufs Ohr gelegt. Gerade eben wollten wir losfahren, da sind die Erdinger Schützen wieder angerückt – Weißwurstfrühstück.«

Fanni wusste, dass sich bei den Schützen ein Weißwurstfrühstück mindestens bis drei Uhr nachmittags hinzog. Dankbar für den Aufschub setzte sie sich mit James Ellroy in ihren Lehnstuhl.

Sie schlug das Buch auf und dann wieder zu.

Ich könnte Sprudel anrufen.

Er wird noch mit Marco und Leni bei der Hütte sein.

Handy.

Und was willst du ihm sagen? Dass er dir fehlt?

Fanni schniefte, schlug das Buch wieder auf und begann zu lesen.

Sie kam nicht weit. Gerd Hollers Bild erschien zwischen den Seiten, und Fanni fragte sich, ob er wohl der Täter gewesen sein könnte. Dass er es war, der den Pfarrer zum Grab des Bürgermeisters gebracht und ihn gezwungen hatte, sich davor hinzuknien, hatte er selbst zugegeben. Der Schlag auf den Kopf des Knienden hätte von ihm fast reflexartig ausgeführt worden sein können. Außerdem hatte er ein Motiv – eigentlich ein Doppelmotiv. Denn Winzig hatte nicht nur Ulrich Zankls Leben zerstört, sondern mehr oder weniger auch das von Gerd Holler.

Genau: Krankenbett statt Reifeprüfung!

Vermutlich hat er das Abitur gar nicht mehr nachgeholt, dachte Fanni.

Musste sich Jobs suchen, die ihn weit weg von der ostbayerischen Heimat trugen!

Nichts liegt näher, überlegte Fanni, als die Schlussfolgerung, dass Gerd Holler seine Wut nicht im Zaum halten konnte und zuschlug.

Man wird ihm den Prozess machen!

Fanni hoffte, dass Gerd Holler milde Richter finden würde.

Um halb eins erhob sie sich aus ihrem Sessel und machte sich eine Suppe aus Karotten und Brokkoli. Beim Essen stellte sie fest, dass ihr Hals nur noch ein kleines bisschen kratzte. Sie nahm als Nachtisch eine weitere Lutschtablette.

Es ging auf zwei Uhr zu, als Fanni aus der Haustür trat, um die Karottenschalen und den Brokkolistrunk zum Kompost zu tragen. Auf dem Rückweg ließ sie die offene Haustür links liegen und schlenderte ein Stückchen die Zufahrt hinunter, weil sie nachsehen wollte, ob noch ein paar Krokusse blühten oder ob alle schon verwelkt waren.

Vom Straßenrand aus blickten ihr plötzlich Frau Praml und Elsie Kraft entgegen.

Fanni zuckte zusammen.

Sie starrte Elsie an, die einen kurzen Gruß murmelte.

Fanni grüßte verhalten zurück. Sie und Elsie Kraft kannten sich schließlich nur vom Sehen.

Ihr Blick wanderte zu Frau Praml, die jetzt ebenfalls grüßte – sehr, sehr reserviert.

Kein Wunder, du hast sie ja gestern einfach stehen lassen!

»Oh«, machte Fanni. »Oh, Frau Praml, tut mir leid, dass ich gestern so abrupt ...«

»Was war denn mit Ihrer Tochter?«, fragte Frau Praml. »Sie haben plötzlich ›Leni‹ gerufen und sind davongebraust.«

»Ich ... äh«, stotterte Fanni, »ich hatte vergessen, sie abzuholen.«

Frau Pramls Miene hellte sich auf. »Das kenn ich. Siedendheiß wird einem, wenn man nach Hause kommt und vergessen hat, die Kinder von der Schule oder vom Sportplatz mit heimzunehmen.«

Frau Praml schien verdrängt zu haben, dass Leni über das Schul-Sportplatz-Klavierunterricht-Alter längst hinaus war.

Fanni hütete sich, sie daran zu erinnern. »Sind Sie auf dem Weg zur Nachmittagsandacht?«, fragte sie.

»Die fängt erst um fünf an«, antwortete Frau Praml schulmeisterlich. »Elsie«, sie deutete auf ihre Begleiterin, als stünde der gesamte Frauenbund dort am Erlenweiler Ring und Fanni wüsste nicht, wer gemeint war, »Elsie ist auf einen Besuch zu mir herübergekommen. Wir wollten uns bei einer Tasse Kaffee ein bisschen unterhalten, aber wir sind vertrieben worden.« Frau Praml begann an den Fingern abzuzählen: »Mein Mann hockt im Wohnzimmer und schaut Fußball. Mein Sohn hat auf dem Küchentisch eine Rennbahn aufgebaut. Meine Tochter hat zwei Freundinnen da, die in jedem Winkel herumstöbern. Elsie und ich haben jetzt zwei Möglichkeiten: spazieren gehen oder uns im Bügelzimmer einschließen.«

Elsie ...

Fanni wischte einen Regentropfen ab, der ihr auf die Nase gefallen war. Sie sah zu den dunklen Wolken am Himmel hinauf, und dann sah sie zurück zu Frau Praml und Elsie. »Wollen Sie Ihren Kaffee bei mir trinken?«

Beide Frauen nickten simultan. Fanni machte eine einladende Handbewegung zu ihrer offenen Haustür hin.

Frau Praml und Elsie Kraft saßen in Fannis Wohnzimmer und löffelten Milchschaum. Das Gespräch hatte sich vom Brand im Wald – dem inzwischen nur noch wenig Interesse entgegengebracht wurde, jedenfalls seitens Frau Praml – zum Brand auf dem Saller-Anwesen verlagert.

»Es mag sich ja unchristlich anhören«, sagte Elsie Kraft gerade, »aber ich gönn es dem Erbschleicher, dass sein Stadel abgebrannt ist. Warum sollen immer nur wir den Schaden haben.« Sie schnäuzte sich in ihr Taschentuch und wischte sich dann die Augen damit.

Frau Praml tätschelte ihre Hand. »Das wird schon wieder, Elsie. Der Bub ...«

»Der Bub«, unterbrach sie Elsie, »verkraftet es nicht. Er hatte voll und ganz auf diese Erbschaft gesetzt. Wo sollen wir denn jetzt das Geld für seine Meisterprüfung hernehmen?«

»Das hört sich ja an, als könne man ohne Erbschaft oder Lottogewinn niemals Handwerksmeister werden«, sagte Fanni.

»Also der Bub von den Webers«, setzte Frau Praml an und deutete über ihre Schulter, dorthin, wo die Erlenweiler Straße den perfekten Kreis beschrieb, der ihr den Namen »Ring« eingetragen hatte, »der ist jetzt Schreinermeister. Das hat mir neulich die Frau Weber selber erzählt. Und jeden Cent für die Ausbildung, sagt sie, hat er sich von seinem Gesellengehalt abgespart.«

Elsie wischte sich zwei Tränen ab. »Das ist halt nicht jedem gegeben, das Knausern und Knickern.«

Halt dich raus, Fanni!

»Es muss sich auch niemand dazu zwingen«, sagte Fanni, »aber ebenso wenig kann derjenige, der sein Geld ausgibt, erwarten, dass ihm mehr und mehr in den Schoß fällt.«

Elsie schluchzte. »Genau das hat Pfarrer Winzig – Gott hab ihn selig – auch gesagt. Er hat dem Buben den Kopf zurechtgesetzt und mir den Rücken gestärkt. Eine Zeit lang hab ich wirklich gedacht, der Bub verwindet die Sache mit der Erbschaft. Sogar ein Sparkonto hat er eröffnet, auf das jeden Monat automatisch dreihundert Euro von seinem Gehaltskonto überwiesen werden sollten.«

Elsie faltete ihr Taschentuch auseinander und heulte hinein: »Aber dann ist unser Pfarrer erschlagen worden.«

Frau Praml begann wieder zu tätscheln. »Elsie«, gurrte sie, so sanft das einer Kreissäge möglich ist, »Elsie, der Bub wird sich wieder einkriegen, wirst sehen.«

Elsie schüttelte den Kopf und heulte lauter. »Er … ist … er ist außer Rand und Band. Am Freitag vor einer Woche hat er alle seine Ersparnisse abgehoben und ein neues Motorrad gekauft. Das Geld hat ihm natürlich nicht gereicht. Jetzt steckt er auch noch in den Schulden.«

Sie schnäuzte sich. »Der Bub ist genauso ein Heißsporn, wie mein jüngerer Bruder einer war. Und eines Tages wird er sich umbringen auf seinem Motorrad – wie mein Bruder.«

Was soll man dazu sagen, dachte Fanni.

Einer Soziopathin wie dir fällt dazu natürlich nichts ein!

Frau Praml fiel offensichtlich ebenfalls nichts dazu ein, denn sie wechselte das Thema. »Ein Jammer, dass die Polizei nicht herausfindet, wer den armen Pfarrer Winzig erschlagen hat.«

Elsie wischte sich die letzten Tränen ab und nickte. »Rosie meint, dass es vielleicht doch Togo-Franz gewesen sein könnte. Immerhin ist er am Friedhof davongelaufen, und später hat er nicht zugegeben, dass er dort war.«

»Stimmt«, warf Fanni ein, »das haben Sie ja selber mitbekommen.«

»Was?«, fragte Elsie.

»Wie Togo-Franz beim Verhör gelogen hat.«

»Ich? Nein«, antwortete Elsie. »Rosie hat – Rosie ist zufällig an der Tür gestanden, hinter der Togo-Franz befragt worden ist. Sie hat mir dann alles erzählt.«

Rosie Hübler hatte die Lauscher drin! Elsie hat bloß weitergetratscht!

»Rosie hat mir auch erzählt, dass Sie, Frau Rot, erst lang nach allen anderen ins Wirtshaus gekommen sind.«

»An Rosie ist eine Detektivin verloren gegangen«, warf Frau Praml ein, »ihr schwante von Anfang an, dass Sie den toten Pfarrer entdeckt hatten, Frau Rot. Sie hat es mir gesagt, als sie vorbeikam, um mich um Hilfe beim Seniorenabend zu bitten. Der fand zwei Tage nach Pfarrer Winzigs Hinscheiden statt.«

Rosie Hübler ist also jene Informationsquelle gewesen!

»Sie wollten Ihre Rolle allerdings lieber geheim halten, nicht wahr, Frau Rot?«, fügte Frau Praml spitz hinzu.

»Daraus mussten wir natürlich gewisse Schlüsse ziehen«, trumpfte Elsie auf.

Fanni schluckte. Es tat wieder weh.

Zeit für ein Verteidigungsplädoyer vor dem Frauenbundtribunal, Fanni Rot!

Bevor sie zu einer Antwort ansetzen konnte, fuhr Elsie fort: »Rosie stand in der Nähe der Tür und sprach gerade mit einem der Pfarrgemeinderäte, als Sie zum Leichenschmaus eintrafen, Frau Rot. Sie hat gleich gemerkt, wie verstört Sie waren.«

Offenbar war Frau Praml zu dem Schluss gekommen, dass es sich nicht schickte, die Gastgeberin derart in die Enge zu treiben, denn sie sagte schnell: »Verstört schien mir auch der Dorfwirt an diesem Tag gewesen zu sein. Sein Schweinebraten war schier ungenießbar.«

»Fett, schwammig, versalzen«, stimmte ihr Elsie zu.

»Meine Tochter hat ihre ganze Portion verputzt. Sie musste sich dann zu Hause übergeben ...« Frau Praml unterbrach sich und spitzte die Ohren. »Ihr Mann kommt nach Hause, Frau Rot!« Sie wandte sich an Elsie. »Dann wollen wir beide mal …«

Fanni begleitete die zwei Frauen nach draußen.

Von Hans Rot war nichts zu sehen. Leni musste heimgekommen und gleich nach oben gegangen sein.

»Ich nehm den Weg über die Klein-Wiese«, sagte Elsie. Sie bedankte sich bei Fanni für den Latte macchiato und steuerte auf den Komposthaufen zu, neben dem ein flacher Trittstein den Durchschlupf zur Klein-Wiese erleichterte.

Frau Praml sah ihr nach. »Das hat sie einfach mal gebraucht, die Elsie. Sie hat sich ausweinen müssen.«

Ihr Sohn wird davon bestimmt nicht vernünftiger!

»Wissen Sie, Frau Rot«, fuhr Frau Praml fort, »ich hab mir schon Sorgen gemacht um die Elsie. Rosie sagt, seit dem Tod des Pfarrers ist sie schier nicht mehr zurechnungsfähig. Gut möglich, dass sie sich zu Sachen hinreißen lässt …«

Sagt Rosie Hübler, Lauschohr und Luchsauge!

»Ich hab das zuerst nicht so ernst genommen«, sprach Frau Praml weiter, »aber neulich hab ich Elsie zu Hause abgeholt – wissen Sie, Frau Rot, wir hatten Rosenkranzandacht in der Buchenweiler Kapelle –, und da hab ich in ihrem Vorhaus einen Kerzenständer gesehen, einen mit einer schwarzen Kerze darin. Das hat mir keine Ruhe mehr gelassen. Andererseits kann ich mir einfach nicht vorstellen …«

Natürlich nicht. Wer ist schon so blöd, das Corpus Delicti im eigenen Vorhaus auszustellen!

»Ich glaube, Sie müssen sich nicht aufregen, Frau Praml«, sagte Fanni. »Elsie kann die Brä… kann den Brand beim Saller-Anwesen gar nicht gelegt haben, dazu ist sie viel zu ängstlich.«

Frau Praml nickte, während sie sich zum Gehen wandte. »Ja, Elsie hätte jemanden dazu gebraucht, jemanden mit Rückgrat.«

Als Fanni ins Haus zurückkehrte, stand Leni in der Küche und plünderte den Kühlschrank.

Fanni öffnete das Gemüsefach. »Karotten?«

»Zwei.«

Fanni legte noch eine Zitrone und drei Tomaten zu den Karotten. Auf der Anrichte befanden sich schon Käse, Quarkaufstrich,

Räucherschinken und Brot. Fanni packte alles in eine Tasche aus Isoliermaterial.

Das Kühlschrankplündern war lieb gewonnene Tradition. Während der Studienzeit hatte Fanni ihre Zwillinge immer mit Lebensmitteln für eine ganze Woche versorgt, sooft sie nach Hause gekommen waren, und sie hatte damit auch noch weitergemacht, nachdem beide schon einen Doktortitel hatten.

»Höchste Zeit, loszufahren«, sagte Leni. »Morgen in aller Frühe muss ich ins Labor. Versuchsreihen nehmen es einem echt übel, wenn man sich zu wenig um sie kümmert.«

Sie nahm Fanni die Tasche ab, wandte sich in Richtung Flur und drehte sich dann wieder zu ihrer Mutter um. »Sprudel hat nicht gewagt, sich hier zu melden, weil er nicht wusste, ob Papa schon zurück ist. Er bittet dich, ihn morgen über sein Handy anzurufen. Er wird den ganzen Tag auf der Hütte sein.«

»Was ...«, begann Fanni.

Lenis Antwort kam, bevor sie weiterreden konnte. »Instandsetzungsarbeiten.« Als sie Fannis argwöhnischen Blick auffing, stellte sie die Tasche zurück auf die Anrichte und legte den Arm um ihre Mutter. »Der Schaden ist nicht allzu groß«, erklärte sie. »Das Klohäuschen ist zwar komplett abgebrannt, aber die Wand, an die es angebaut war, steht solid da. Die Bohlen sind nur außen ein wenig angekohlt. Innen waren sie voll Ruß, aber den habe ich heute schon abgewaschen. Die Wand wird halten, sagen beide Männer. Zwischen den Bohlen haben sich allerdings Klüfte gebildet, sodass es durchzieht. Deshalb will Sprudel außen Styroporplatten anbringen und sie mit Holz verkleiden. Und wenn Marco mal ein paar Tage freihat, wollen die zwei zusammen ein neues Klohäuschen bauen.«

Leni kam Fannis Protest zuvor: »Das wird Spaß machen, sagt Marco.« Sie nahm die Tasche wieder auf, grinste Fanni an und kam erneut ihrer Frage zuvor: »Am Freitag stehe ich hier wieder auf der Matte. Bevor Marco zu mir nach Nürnberg kommen kann, und sei es auch bloß für ein Wochenende, müssen der Brandstifter und derjenige, der Pfarrer Winzig erschlagen hat, hinter Schloss und Riegel sitzen.«

18

Drinnen ließ sich der Hütte kaum anmerken, dass sie zwei Tage zuvor in Gefahr geraten war, abzubrennen. Leni hatte sauber gemacht und den versengten Stoff von den Borden entfernt. Außen hatte Sprudel bereits Styroporplatten befestigt, sodass der frische Wind, der schon wieder wehte, kein Schlupfloch fand. Sprudel und Fanni saßen sich in den Sesseln gegenüber. Sprudels Armbanduhr, die er auf dem Fensterbrett abgelegt hatte, bevor er zum Brunnen gegangen war, um sich die Hände zu schrubben, zeigte Montag, den 17. März, vierzehn Uhr an.

Fanni hatte Apfelstrudel mitgebracht. Sprudel machte sich heißhungrig darüber her. Sie erzählte ihm indessen von dem gestrigen Kaffeekränzchen mit Frau Praml und Elsie Kraft.

»Elsie macht sich große Sorgen um ihren Sohn«, sagte sie abschließend. »Sie scheint mir mehr bekümmert über ihn als zornig auf dich.«

Sprudel schob den leeren Teller zur Seite. »Marco hat sie heute früh vernommen.«

»Woher weißt du das?«, fragte Fanni.

»Ich habe mit ihm telefoniert, kurz bevor du gekommen bist.« Sprudel setzte sich bequemer zurecht. »Weil Brandstiftung nicht in sein Ressort fällt, hat er Elsie Kraft offiziell im Fall Winzig verhört. Dabei ist auch er zu der Ansicht gelangt, dass Elsie schier unfähig ist, selbstständig zu handeln. Sie hat sich in den vergangenen Jahren komplett von Pfarrer Winzig leiten lassen.« Sprudel strich sich über die Stirn. »Da stellt sich doch die Frage: Hat jemand dessen Platz eingenommen? Elsies Sohn vielleicht?«

Fanni schüttelte vehement den Kopf. »Dann würde sie anders über ihn reden. Mit Respekt, nicht mit Sorge.«

Sprudel gab ihr uneingeschränkt recht. »Marco hat Elsie natürlich wegen der schwarzen Kerzen befragt. Sie gab offen zu, dass sie vom Klein-Hof ein ganzes Bündel davon mitgenommen hat. ›Ich weiß‹, hat sie gesagt, ›schwarze Kerzen werden heutzutage einem Satanismuskult zugeschrieben. Aber bei uns haben sie als Wetterkerzen eine lange Tradition. Rosie hat erst kürzlich ihre Liebe für sie entdeckt. Bis auf eine habe ich ihr alle gegeben, die ich hatte. Rosie hat wunderschöne Gestecke daraus gemacht. Eines steht jetzt in der Kirche.‹«

Rosie Hübler besitzt schwarze Kerzen?

»Ja«, nickte Sprudel, »da hat Marco auch aufgehorcht. Aber Rosie hat ein Alibi, genau wie Elsie. Danach gefragt, was sie in der Nacht vom 10. auf den 11. März – als meine Scheune brannte – gemacht habe, sagte Elsie nicht etwa ›geschlafen‹, sondern ›gefeiert‹. Die ganze Familie feierte den achtzigsten Geburtstag eines Verwandten in Buchenweiler. Für die, die am nächsten Tag nicht zur Arbeit mussten, wurde es eine sehr lange Nacht. Elsie sagte, Rosie und sie seien erst morgens um fünf aufgebrochen.«

Sprudel stand auf und legte Holz nach. Als er an den Tisch zurückkehrte, fuhr er fort: »Am Nachmittag des 15., also vorgestern, hat der Frauenbund von zwei bis fünf Küken aus Silberdraht für den Osterbasar gebastelt. Rosie und Frau Praml sind etwas früher gegangen, weil sie Birkenzweige sammeln wollten – gemeinsam! –, um später die Drahtküken darauf zu befestigen.«

»Sackgasse«, stellte Fanni fest. »Wie kommt Marco im Fall Winzig weiter?«

»Holler behauptet«, erwiderte Sprudel, »Winzig sei ihm wie ein Hündchen gefolgt, als er ›Komm mit!‹ zu ihm sagte. Das schlechte Gewissen sei ins Gesicht geschrieben gewesen.«

Fanni kaute auf ihrer Unterlippe, als sie sich die Szene vorstellte. Holler, groß, schlank, athletisch voraneilend, Pfarrer Winzig kugelrund, im spitzenbesetzten Chorhemd hinter ihm herstolpernd.

Und niemand hatte die beiden gesehen.

»Holler sagt«, berichtete Sprudel, »in seinem Kopf hätte es wie mit einem Schmiedehammer gepocht: Winzig soll Buße tun, Buße tun, Buße tun! Aber er schwört, dass er ihn nicht angefasst hat. Er hat ihm befohlen, vor dem Grab von Ulrich Zankls Vater niederzuknien und die Stirn auf den Boden zu drücken. Das hat Winzig gehorsam getan. Daraufhin hat ihn Holler angewiesen, den schmerzensreichen Rosenkranz zu beten – zweimal, einmal für den Junior und einmal für den Senior. Als Winzig zu murmeln begann, sei er weggegangen.«

»Du glaubst ihm«, sagte Fanni.

»Marco glaubt ihm«, nickte Sprudel. »Er hat Holler gehen lassen, obwohl der Verdacht, dass er der Täter ist, durchaus als fundiert gelten kann.«

»Fundierter jedenfalls als die Konsequenz, die sich ergäbe, wenn Holler an Winzigs Tod unschuldig ist«, sagte Fanni.

Sprudel zog die Augenbrauen hoch.

»Jemand kam des Wegs«, erklärte Fanni, »sah den Pfarrer so zweckmäßig da knien und schlug ihm den Schädel ein. Wieso?«

Sprudel seufzte. »Ich weiß es nicht, Fanni.«

Fanni erhob sich. Sie musste nach Hause. Hans würde heute pünktlich heimkommen.

Das Weißwurstfrühstück tags zuvor in Erding hatte sich bis zum Abend hingezogen. Hans war erst gegen Mitternacht zur Tür hereingepoltert und am Morgen verkatert ins Büro gefahren. Er hatte in der Mittagspause auf dem Sofa ein Nickerchen gehalten und dann angekündigt, er werde sich gleich nach dem Abendbrot ins Bett legen.

Zusammen verließen Fanni und Sprudel das Hütterl.

Auch Sprudel wollte zeitig auf seinem Anwesen zurück sein. Togo-Franz hatte kundgetan, dass es ihm nach einer Plauderei auf Französisch verlange, und Marco wollte später noch zu einem Meinungsaustausch vorbeikommen.

»Morgen früh«, kündigte Sprudel an, während sie das Plateau querten, »hole ich vom Baumarkt eine Ladung Bretter, und dann beginne ich sofort damit, die Hüttenwand zu vertäfeln.«

Fanni erhob keinen Einspruch. Sie wusste, was immer sie auch vorbrachte, Sprudel würde sich nicht von seinem Plan abbringen lassen.

Und der Brandstifter, der hinter Sprudel her ist, läuft noch immer frei herum. Der lacht sich ins Fäustchen, wenn er ihn hier mutterseelenallein im Wald herumwerkeln sieht!

Schweigend überwanden sie die Steilstufe.

Weiter unten, dort wo das Waldstück wieder flacher wurde, nahm Fanni Sprudels Hand.

»Bitte, bitte, gib acht auf dich.«

Sprudel blieb stehen, legte die freie Hand auf ihre Wange und lächelte sie an.

Wirst du jetzt weich?

Fanni rührte sich nicht vom Fleck. Sie standen ganz still da. Plötzlich löste sich aus dem Steilstück über ihnen ein Stein und kugelte den Abhang herunter. Sprudel riss Fanni zur Seite. Der Stein sprang an ihr vorbei, hüpfte über einen Wurzelstock und blieb auf dem Moospolster dahinter liegen.

Fanni und Sprudel gingen Hand in Hand weiter.

Als Fanni am Dienstagmorgen aufwachte, schien die Sonne. Um neun Uhr zeigte das Thermometer vor dem Küchenfenster bereits laue dreizehn Grad an.

Es muss heute sein, dachte Fanni. Der Grabstein muss gewaschen werden, und zwischen die Ranken des Immergrüns muss ich frische Veilchen setzen.

Ostern stand vor der Tür. Höchste Zeit für Fanni, sich um das Grab ihrer Eltern zu kümmern.

Sie packte Putzlappen, Eimer, eine kleine Schaufel und eine leere Blumenschale in ihren Wagen. Auf dem Weg zum Friedhof hielt sie bei der Gärtnerei an der Hauptstraße an, wo sie einen Dreilitersack schwarze Erde und ein Dutzend Veilchen kaufte.

Als die Kirchturmuhr zehn schlug, hatte Fanni den Grabstein gesäubert und die Veilchen eingesetzt. Weil sie die Pflanzen noch wässern musste, eilte sie zu der Wasserleitung neben dem Leichenhaus am gegenüberliegenden Rand des Friedhofs, um eine der Gießkannen zu füllen, die dort immer bereitstanden.

Auf dem Rückweg stieß sie unter dem Friedhofskreuz beinahe mit Jonas Böckl zusammen. Jonas hatte Fanni samt Gießkanne nicht kommen sehen, weil er eine riesige Blumenschale – mit Veilchen und schwankenden Weidenkätzchen bestückt – vor sich hertrug. Er blieb stehen. »Das war aber knapp, Frau Rot.«

Was tut denn Jonas hier beim Grab des Bürgermeisters?

Auch Fanni war stehen geblieben.

Plötzlich machte Jonas zwei Schritte nach links, bückte sich und stellte die Schale vor dem Grab ab, das – vom Kreuz getrennt – neben dem des Bürgermeisters lag. Fanni linste auf den Grabstein. »Böckl«, ach so.

»Jetzt sehen Sie sich das an, Frau Rot«, murrte Jonas. »Was denkt sich denn meine Mutter, wo die Schale noch hinsoll?«

Fanni schaute sich die Grabstelle an. Unter etlichen Buchsbäumchen rankte sich Efeu, dazwischen sprossen Primeln. In der rechten vorderen Ecke stand eine Vase mit Tulpen, daneben der Weihwasserkessel. Aus der vorderen linken Ecke glänzte es golden zwischen Schneeglöckchen. Fanni lehnte ihre Gießkanne an die Grabeinfassung, beugte sich hinunter, schob schlanke Blättchen und dralle Glöckchen beiseite, und dann starrte sie auf das, was ihr da entgegenblinkte.

Die Skulptur stellte, so abstrakt sie auch ausgeführt war, eindeutig einen Engel dar. Aus einem eiförmigen Körper ragten zwei spitze Dreiecke, die zweifellos als Flügel gedacht waren.

»Ein Ei mit einer Zacke«, murmelte Fanni.

Zwei Zacken!

Nicht wenn man die eine als Griff benutzt.

»Frau Rot, ist Ihnen der Geist von meinem Großvater erschienen?«, rief Jonas. »Oder haben Sie sich vor dieser Verstümmelung des Erzengel Gabriel erschreckt, den Frau Praml meiner Mutter zum Sechzigsten geschenkt hat?«

Fanni richtete sich auf. »Schau, Jonas«, sagte sie, »genau so wie der Engel auf eurem Grab muss der Gegenstand ausgesehen haben, mit dem Pfarrer Winzig erschlagen wurde.«

Jonas' Kinnlade sackte nach unten. Er fixierte den Engel. Plötzlich sprang sein Blick zum Grab des Bürgermeisters, kehrte wieder zurück und blieb auf Fanni haften.

»Sie meinen, der Täter hat sich unseren Engel geschnappt, hat den Pfarrer damit erschlagen, und dann hat er die Figur wieder an ihren Platz zurückgelegt, als wäre nichts geschehen?« Er schluckte. »Ganz schön dreist.«

»Womöglich ist meine Theorie viel zu weit hergeholt«, gab Fanni zu. »Aber was könnte es schaden, den Engel auf Spuren zu untersuchen.«

Und was hättest du da gern? DNS vom Täter, Blut vom Opfer? Mach dich nicht lächerlich, Fanni, Gewebespuren jeder Art wären längst zersetzt – Bakterien, Käfer, Würmer ...!

Jonas rückte seine Schale ein Stück vom Grab weg, trat einen Schritt näher, beugte sich über den Engel und streckte die Hand aus.

»Das würde ich nicht tun«, rief Fanni.

Jonas erstarrte und sah zu ihr hoch.

»Stell dir vor«, sagte Fanni, »der Engel *ist* die Tatwaffe. Möchtest du, dass deine Fingerabdrücke drauf sind?«

Jonas zog seine Hand zurück. »Geil«, murmelte er. »Sie sind echt krass, Frau Rot. Klar, sonst hätten Sie damals den Mord an Mirza nicht aufgeklärt.«

»Wir sollten Kommissar Liebig anrufen«, sagte Fanni. »Hast du ein Handy, Jonas?«

Jonas zückte es. Er hatte sogar Marcos Nummer eingespeichert. Fanni überließ es ihm, dem Kommissar von dem Fund zu berichten. Sie ging in die Hocke und betrachtete den Engel noch einmal eingehend.

Vielleicht sind Spuren drauf.

Nach drei Wochen Regen und Schnee? Träum weiter, Fanni!

Sie hörte, wie Jonas sagte: »Hey, klar, bis dann, Alter«, und richtete sich auf.

»Marco schickt einen von der Spusi, der den Engel abholt«, berichtete Jonas. »Ich soll auf ihn warten.«

Fanni nickte. Sie nahm ihre Gießkanne auf und wollte gehen, als ihr einfiel zu fragen: »Woher kennst du Marco Liebig eigentlich so gut?«

»Wir sind beim Wehrdienst zusammen auf einer Stube gewesen«, antwortete Jonas. »Da haben wir uns angefreundet, weil ich ein Waffennarr bin und Marco Waffen verabscheut.«

»Aha«, machte Fanni verwirrt.

Jonas lachte laut. »Ich hab mich um Marcos Gewehr gekümmert, und er hat dafür sämtliche Formulare und Anträge für mich ausgefüllt.« Ein bisschen verlegen setzte er hinzu: »Ich hab es nicht so mit dem Schreibkram.«

Das schienen die Lehrkräfte am Deggendorfer Comenius-Gymnasium auch schnell gemerkt zu haben, nachdem Jonas von der Grundschule dorthin übergetreten war. Noch bevor er die mittlere Reife erreicht hatte, war er geschasst worden. Wegen des Schreibkrams – vor allem aber wegen seiner Faxen.

»Seit Marco Kommissar ist«, erzählte Jonas weiter, »kommt er um eine Dienstwaffe nicht herum. Manchmal geb ich ihm ein bisschen Nachhilfe – in Waffenkunde und so. Schließlich bin ich gelernter Büchsenmacher.«

Sie sind erwachsen geworden, die Kinder vom Erlenweiler Ring!

Leo und Leni, Vera, Jonas, Bene … Jonas ist fünf Jahre jünger als Leni und Leo. Demnach muss er jetzt – achtundzwanzig muss er sein.

Er ist achtundzwanzig, verheiratet, hat zwei Kinder, und du duzt ihn!
Ich kenne Jonas, seit er Windeln trug. Soll ich ihn plötzlich siezen? Er würde mich für verrückt erklären.
Aber er siezt dich!
Fanni entschloss sich, ein andermal darüber nachzudenken, ob das ein Problem darstellte oder nicht. Sie musste nach Hause. In weniger als zwei Stunden würde ihr Mann zum Mittagessen heimkommen. Vorher wollte sie noch mit Frau Praml sprechen. Ihr gingen ein paar Fragen im Kopf herum, die ihr Frau Praml wohl beantworten konnte.

Zum einen wollte Fanni wissen, ob dem Frauenbund auch vierzehnjährige Mädchen angehörten, zum anderen wollte sie sich erkundigen, wie es Frau Praml und Rosie beim Zweigesammeln für die Drahthühner ergangen war.

Es traf sich wie bestellt: Frau Praml rückte gerade mit einem Besen, den sie an einem Teleskopstiel befestigt hatte, den Spinnweben zwischen Dachüberstand und Backsteinmauer ihres Hauses auf der Rot'schen Seite zuleibe, als Fanni in ihre Zufahrt bog.

»Ich finde, das ist Männerarbeit«, kreissägte Frau Praml durchdringend, während Fanni ausstieg, und lehnte den Stiel an die Mauer.

»Verschnaufpause?«, fragte Fanni. Sie deutete auf ihre Haustür.

Frau Praml sprintete über den Rasen.

Eine knappe Stunde und zwei dicke Milchschaumhauben später hatte Fanni ihre Antworten.

19

Hans Rot schaufelte seine Spaghetti bolognese derart schweigsam in sich hinein, dass Fanni die Gewissheit beschlich, ihr Mann müsse noch immer unter seinem Kater leiden. Er trank sein Bier nur zur Hälfte aus und verzog sich wieder ins Büro.

Fanni packte die Zwetschgenbavesen für Sprudel ein, die sie zubereitet hatte, während die Spaghetti weich kochten.

Ein Hoch auf Zwetschgenbavesen, sie sind ruck, zuck fertig!

Das Rezept dafür hatte Fanni Olgas verstorbener Schwester Mirza zu verdanken. »Wenn pressiert«, hatte Mirza damals zu Fanni gesagt, »nix geht über Bavesen. Nehmen Sie Scheibe von Toastbrot, bestreichen es mit Zwetschgenmus. Dann kleben zweite Scheibe drauf, tunken das Packel in verquirltes Ei mit Milch und Zucker und braten in Pfanne goldgelb.« Fanni musste lächeln, als sie an Mirzas verkorkstes Deutsch dachte. In Sachen deutsche Sprache war der Straßenstrich wohl kein guter Lehrmeister gewesen. Im Gegensatz zu Mirza sprach Olga grammatikalisch richtig, wenn auch mit schwerem Akzent. Fanni hatte sie einmal danach gefragt, wer ihr den deutschen Satzbau beigebracht habe.

»Groschenromane, Frau Rot«, hatte Olga geantwortet. »Sie ahnen gar nicht, was man aus Groschenromanen alles lernen kann.«

Als Fanni ihren Wagen am Fuß des Birkenweiler Hügels parkte, stellte sie mit Befriedigung fest, dass die warme Märzsonne den Schnee fast weggeschmolzen hatte. Ein paar schmutzig weiße Flecken befanden sich noch da und dort, hauptsächlich in schattigen Mulden, wo der Wind den Schnee im Januar meterhoch angehäuft hatte. Der Wirtschaftsweg sah weitgehend aper aus. Fanni hätte mit dem Wagen bis zur Hütte fahren können, entschied sich jedoch dagegen. Der Fußmarsch würde ihr guttun. Die Sonnenstrahlen würden das letzte Kratzen in ihrem Hals vertreiben.

Während sie noch das oberste Stück des Steilhangs hochstieg, hörte sie schon das Hämmern.

Als sie ums Hütteneck bog, sah sie, dass Sprudel bereits ein Drittel der Wand verkleidet hatte. Er musste in aller Frühe zu arbeiten angefangen haben.

Sechs Uhr mindestens!

Sprudel legte den Hammer weg und schloss Fanni in die Arme. Und dann war es genauso wie am Tag zuvor. Sprudel aß heißhungrig, und Fanni erzählte. Doch diesmal erzählte sie von einem Engel aus Bronze, der möglicherweise Pfarrer Winzigs Schicksal erfüllt hatte.

»Ein Engel«, schmunzelte Sprudel zwischen zwei Bavesen, »hat den Pfarrer ins Jenseits befördert.«

»Vielleicht«, sagte Fanni, »vielleicht musste sich der Engel dafür hergeben. Wenn ja, wird er wohl nichts mehr darüber verlauten lassen. Himmlische Botschaften hätten wir allenfalls vor drei Wochen von ihm bekommen.«

»DNS-Spuren sind lange haltbar«, widersprach Sprudel, »und der Engel lag, wie du sagtest, geschützt zwischen den Pflanzen. Vielleicht lässt sich ihm noch das eine oder andere entlocken.«

Fanni sah gedankenvoll zu, wie Sprudel von seinem dritten Bavesen abbiss und genussvoll kaute.

Sehr gut, lass ihn in Ruhe essen, bevor du mit der Geschichte herausrückst, die du dir da zusammengereimt hast!

Sprudel schluckte den letzten Bissen des letzten Bavesen hinunter und lehnte sich zurück. Fanni wollte soeben den Mund aufmachen, da griff er in die Brusttasche seines Flanellhemdes und sagte: »Wegen all dieser – ähm – Vorfälle in letzter Zeit haben wir unsere Hypothesenliste ganz vergessen. Solche Listen haben uns doch bisher immer einen großen Schritt vorwärts gebracht – im Fall Mirza, im Fall Annabel ...«

Er glättete den Zettel, auf den er drei Wochen zuvor den Namen des Opfers geschrieben hatte. Darunter stand ein durchgestrichenes »Togo-Franz«. Sprudel nahm einen Stift von der Fensterbank und schrieb noch zwei Namen darunter, die er sofort wieder durchstrich: »Elsie Kraft«, »Gerd Holler«.

»Ende?«, erkundigte sich Fanni.

Sprudel sah sie an, schüttelte den Kopf und schrieb: »Rosie Hübler«.

»Wie kommst du ...?«, begann Fanni, ohne den Satz zu beenden.

»Gestern Abend«, entgegnete Sprudel, »hatte ich wieder einen Plausch mit Togo-Franz. Wir kamen – wie meistens – auf Winzig zu sprechen, und Togo-Franz meinte, Winzig müsse früher einmal einen psychischen Schock erlitten haben, der ihn völlig aus der Bahn geworfen hat.«

Sprudel machte eine Pause, stülpte seine Wangenfalten hierhin und dorthin und fuhr dann fort: »Togo-Franz ist weise. ›Winzigs Helfersyndrom‹, hat er gesagt, ›resultierte aus Schuldgefühlen gegenüber anderen; seine Fresssucht aus Schuldgefühlen gegenüber sich selbst.‹ Damit kam Togo-Franz der Wahrheit so nahe, dass ich nicht anders konnte, als ihm die Geschichte von Winzig, Zankl und Holler zu erzählen, die damit endete, dass sich Winzig seinen Traumberuf versagte und ins Priesterseminar eintrat.«

Sprudel gluckste leise. »Bei Togo-Franz muss man keine Angst haben, dass er tratscht.« Ernst sprach er weiter: »Ich habe ihm dann auch noch berichtet, wie Winzig und Holler nach all den Jahren wieder zusammengetroffen sind und was sich dabei abgespielt hat.

Jedes Mal, wenn ich daran denke, muss ich mich darüber wundern, das niemand die beiden auf dem Weg zum Friedhof gesehen hat. Togo-Franz hat dazu gemeint: ›Vielleicht sind sie sehr wohl gesehen, nur nicht wahrgenommen worden.‹ So arbeitet es doch, das menschliche Auge. Bestimmte Bilder stuft es als bedeutungslos ein und kehrt sie unter den Teppich. Togo-Franz muss ähnliche Überlegungen angestellt haben, denn plötzlich hat er ganz erstaunt geschaut.«

Sprudel beugte sich vor und hielt Fannis Blick fest. »Ihm ist auf einmal eingefallen, dass er – kurz nachdem Pfarrer Winzig erschlagen worden sein musste – Rosie Hübler gesehen hat. Aber damals hat er das Bild als bedeutungslos eingestuft.«

Sprudel nickte zwei-, dreimal vor sich hin. »Er hat es deshalb als bedeutungslos eingestuft, weil Rosie in der Friedhofskapelle die Topfpflanzen gegossen hat. Die Kapelle ist ihr Revier. Nach jeder Beerdigung ist sie dort anzutreffen. Warum also nicht auch nach der des Bürgermeisters?«

»Sie war da, sie war noch auf dem Friedhof!«, rief Fanni. »Ich wusste es, ich wusste es!«

Sprudel überging ihren Ausruf. »Rosie hat gelogen«, sagte er. »Ich kenne nämlich die Vernehmungsprotokolle. Sie hat ausgesagt, dass sie vom Grab direkt zum Dorfwirtshaus gegangen ist.«

Er schrieb »Machte falsche Angaben« unter den Namen »Rosie Hübler«.

»Rosie hat eine ganze Menge betrogen und gelogen«, meldete sich Fanni zu Wort. »Und sie hatte ein Riesenglück, dass sie damit nicht aufgeflogen ist.«

Sie begann an den Fingern aufzuzählen. »Im Fall Winzig behauptet sie, nach der Beerdigung sofort ins Dorfwirtshaus gegangen zu sein. Dagegen sprechen zwei Dinge: die Beobachtung von Togo-Franz und eine überzählige Portion Schweinebraten.«

»Schweinebraten?«

»Am Tisch des Frauenbundes wurden beim Leichenschmaus für die fünfzehn angemeldeten Frauen fünfzehn Portionen Schweinebraten serviert. Eine blieb übrig. Das hätte eigentlich auffallen müssen, und alle hätten sich gefragt, wer fehlt. Aber Rosie hatte eben Glück. Frau Pramls Tochter war früher als geplant aus Fischerdorf zurückgekommen, wo sie Reitstunden nimmt. Sie ist in Birkdorf aus dem Bus gestiegen, der direkt vor dem Dorfwirtshaus hält, und ist hineingegangen, um sich den Hausschlüssel zu holen. Sie wusste, dass ihr zu Hause niemand öffnen würde. Ihr Bruder war bei einem Freund. Ihr Vater saß im Dorfwirtshaus am Tisch des Gemeinderats und ihre Mutter am Tisch des Frauenbundes. Frau Pramls Tochter trat, kurz nachdem der Schweinebraten serviert worden war, zu dem Platz ihrer Mutter und verkündete, sie habe auch Hunger. Frau Praml wollte dem Mädchen ihre eigene Portion abtreten, aber eine Tischnachbarin sagte: ›Nimm doch die hier, sonst wird sie bloß kalt.‹ Frau Pramls Tochter setzte sich und aß. Damit waren alle Plätze belegt, und wenig später waren alle Teller leer. Das Praml-Mädchen ging nach Hause.

Und kotzte!

Aber wieder fiel niemandem was auf, denn gleich darauf saß Rosie da. Frau Praml hatte sie kurz zuvor mit einem der Pfarrgemeinderäte an der Tür stehen sehen. Sie dachte natürlich, Rosie wäre von Anfang an dabei gewesen und von dem Herrn in ein Gespräch verwickelt worden. Alle dachten, Rosie sei von Anfang an im Wirtshaus gewesen und machten entsprechende Aussagen.«

»Aber Rosie war noch eine ganze Zeit lang auf dem Friedhof«, stellte Sprudel fest.

»Ja«, sagte Fanni, »und dort hat Rosie den Togo-Franz gesehen und auch mich!«

»War sie es ...?«

»Ja«, nickte Fanni. »Rosie hat ausgesprengt, dass ich den toten Pfarrer gefunden habe. Sie wusste es! Frau Praml hat sie es bereits am nächsten Tag gesteckt. Rosie wusste sogar, was für eine Bedeutung man dem beimessen konnte, als noch niemand ahnte, dass der Pfarrer erschlagen worden war. Später hat sie mich vor dem Frauenbund als verdächtig hingestellt.«

»Hat sie auch ...?«

»Ja«, nickte Fanni wieder. »Rosie hat gestreut, Togo-Franz hätte abgestritten, dass er sich zur Tatzeit auf dem Friedhof befand.«

Sprudel wollte etwas bemerken, aber Fanni ließ ihn nicht zu Wort kommen.

»Am Tag des Hüttenbrands hatte der Frauenbund Bastelstunde von zwei bis fünf. Rosie und Frau Praml verließen die Runde allerdings schon um vier, um Birkenzweige zu sammeln. Das könnte man als Alibi gelten lassen, hätte mir Frau Praml heute Vormittag nicht erzählt, dass ihr Rosie abhandengekommen war. ›Stellen Sie sich vor, Frau Rot, ich hatte noch keine zwei Ästchen abgeschnitten, da war Rosie weg. Wir haben uns verloren und nicht mehr gefunden.‹ Ich habe Frau Praml gefragt, wer denn die Idee hatte, das Basteln sein zu lassen und Zweige zu sammeln. ›Na, Rosie natürlich. Rosie hat immer die Ideen. Und es war ein guter Vorschlag, die Küken auf Zweige zu setzen.‹«

»Rosie Hübler wird doch nicht ...«, fing Sprudel an, doch wieder ließ ihn Fanni nicht zu Ende sprechen. »Im Fall Scheunenbrand auf dem Saller-Anwesen hat Rosie ein sehr schönes Alibi. Mit mindestens zwanzig anderen hat sie die ganze Nacht hindurch den achtzigsten Geburtstag eines Verwandten gefeiert. Erst um fünf Uhr früh ist sie zusammen mit Elsie Kraft nach Hause gegangen. Fragt sich nur: Wo war Rosie zwischen eins und zwei? Da hat ihr Mann sie nämlich gesucht und nach ihr gerufen. Ihren Freundinnen vom Frauenbund hat Rosie später erzählt, er wäre so besoffen gewesen, dass er seine eigene Frau nicht mehr erkannt habe. Und noch eine Frage: Wo ist das Gesteck mit den schwarzen Kerzen abgeblieben, das Rosie dem Jubilar mitgebracht hat?«

Sprudel fuchtelte mit seinem Stift. »Weißt du, welchen Schluss das alles zulässt, Fanni? Rosie hat nicht nur Pfarrer Winzig umgebracht, sondern auch die Brände gelegt. Haben wir dafür ein sichtbares Motiv?«

»Das für die Brandstiftungen stand heute Morgen in der Zeitung«, antwortete Fanni trocken.«

Sprudel sah sie verdattert an.

»Das Haus der Hüblers wird zwangsversteigert«, teilte ihm Fanni mit.

»Rosie hätte die Erbschaft also noch dringender gebraucht als Elsie«, staunte Sprudel. »Aber hieß es nicht, Rosie hätte eine gut situierte Tochter?«

»Die sich«, erwiderte Fanni, »laut Frau Praml stets geweigert hat, ›auch nur einen Cent in den hässlichen Hübler-Kasten zu stecken, der für zwei Personen sowieso viel zu groß ist‹.«

»Verstehe«, sagte Sprudel. »Rosie war wütend auf mich. Sie hat mir die Schuld dafür gegeben, dass sie ihr Heim nicht retten konnte. Deshalb hat sie meines angezündet – und später das Hütterl. Sie muss mir nachspioniert haben, dachte womöglich, das Hütterl gehörte zur Erbschaft. Aber warum sollte sie Pfarrer Winzig erschlagen haben?«

»Eifersucht«, bot Fanni an. »Winzig hatte ja nur Augen und Ohren für Elsie. Dabei war Rosie doch diejenige, die wirklich was geleistet hat. Sie hatte den Vorsitz im Frauenbund inne. Nach ihrer Pfeife wurde da getanzt – zum Wohle der Kirche. Hat Winzig Rosies Verdienste genügend honoriert? Wohl nicht, er war ja vollauf mit Elsie, dem armen Hascherl, beschäftigt.«

»Außerdem hat er in der Saller'schen Testamentssache lautstark zum Rückzug geblasen«, fügte Sprudel nachdenklich hinzu. »Elsie hat ihm natürlich sofort gehorcht. Fühlte sich Rosie da vielleicht im Stich gelassen?«

Fanni stützte den Kopf in die Hände. »Rosie Hübler hatte natürlich nicht vor, den Birkdorfer Pfarrer um die Ecke zu bringen«, sagte sie langsam. »Sie wollte nach der Beerdigung nur wie immer in der Friedhofskapelle die Topfpflanzen gießen. Beim Grab vom Bürgermeister wartete sie ab, bis alle Birkdorfer Bürger vorbeidefiliert waren, weil sie auf dem Weg zur Kapelle nicht gegen den Strom schwimmen mochte. Als sie endlich freie Bahn hatte, lief sie los. Plötzlich sah sie Winzig in Begleitung von jemandem daherkommen.«

»Rosie muss den Pfarrer von Weitem erkannt haben«, ergänzte Sprudel, »eine Kugel im Spitzenhemd.«

»Sie hat sich gefragt, wieso Winzig in vollem Ornat unterwegs war – im Schlepptau eines Unbekannten«, machte Fanni weiter.

»Und weil sie wissen wollte, was es damit auf sich hatte, versteckte sie sich hinter dem nächsten Grabstein und reckte den Hals«, führte Sprudel die Theorie fort.

»Sie konnte beobachten«, nahm Fanni den Faden wieder auf, »dass sich der Pfarrer hinkniete und wie bei einem Kotau die Stirn auf den Boden presste. Bald darauf sah sie den Unbekannten weggehen.«

»Rosie schlich sich näher«, sagte Sprudel.

»Neben dem Kreuz, direkt vor dem Böckl-Grab, blieb sie stehen«, sagte Fanni.

»Rosie schaute sich den knienden Pfarrer an und spürte, wie eine lang angestaute Wut hervorbrach«, mutmaßte Sprudel.

»Feigling, wird sie gedacht haben«, meinte Fanni, »Jammerlappen.«

»Hm«, machte Sprudel, »Rosie hat aber vielleicht auch Mistkerl gedacht und Kanaille.«

Fanni nickte. »Sie war auf einmal rasend wütend auf den Pfarrer. Er hatte ihr Elsie stets vorgezogen, er hatte ihr den Kampf ums Erbe vermasselt.«

Sie hielt inne und wiederholte erschrocken: »Den Kampf ums Erbe vermasselt.«

»Natürlich hat er das«, sagte Sprudel, »wollte Rosie nicht prozessieren, obwohl der Anwalt, den sie konsultierten, eher abriet?«

»Nicht nur Rosie«, entgegnete Fanni. »Auch Elsies Sohn hat Pfarrer Winzig den Kampf ums Erbe vermasselt. Der Junge muss eine Stinkwut gehabt haben. Warum haben wir ihn nie als Täter in Betracht gezogen?«

Sprudel winkte ab. »Marco hat ihn natürlich überprüft. Am Mittwoch, den 20. Februar, hat der Junge – wie auch an den Tagen davor und danach – in der Filiale seines Chefs in Schwandorf Ölfilter gereinigt und Lager abgeschmiert. Drei Mechaniker haben das bestätigt. Die Nacht, in der meine Scheune brannte, hat er in einer Disco in Straubing verbracht, dafür gibt es mindestens zwanzig Zeugen. Vergangenen Samstag hat ihn halb Birkdorf mit seiner Maschine mittags in Richtung Deggendorf knattern und erst gegen Mitternacht zurückkommen hören.« Sprudel holte Luft. »Du kannst Elsies Sohn also getrost außer Acht lassen und mit Rosie weitermachen.«

»Wo ...?«

»Rosie sah plötzlich rot«, half ihr Sprudel.

Fanni nickte. »Der auf den Knien liegende Winzig bot ihr – wie ein Verurteilter dem Henker – den ungeschützten Nacken dar. Rosie sah sich nach etwas zum Zuschlagen um. Aus dem Efeu am Böckl-Grab ragte eine Zinke. Rosie ergriff sie und ging auf den Pfarrer zu ...«

»Er rührte sich nicht«, vermutete Sprudel.

»Vielleicht wäre sie zur Besinnung gekommen«, mutmaßte Fanni, »wenn Winzig jetzt hochgeschaut hätte.«

»Das tat er aber nicht.«

»Da hat sie ihn erschlagen.«

»Und danach?«, fragte Sprudel.

»Rosie konnte keinen Unterschied zu davor erkennen«, antwortete Fanni. »Winzig verharrte noch immer im Kotau.«

»Da legte Rosie ihr Werkzeug dorthin zurück, woher sie es genommen hatte, und ging weg – ihren Pflichten nach«, beendete Sprudel die hypothetische Szene.

Fanni sah ihn an. »So könnte es sich abgespielt haben.«

Eine Weile war es still in der Hütte. Fanni grübelte vor sich hin. Sprudel wartete. Lange musste er sich nicht gedulden. Wie schon zuvor begann Fanni sehr bedächtig:

»Rosie hat das, was sie getan hat, nicht bereut. Im Gegenteil ...«

»Sie ist auf den Geschmack gekommen«, sagte Sprudel.

»Befriedigter Rachedurst fühlt sich gut an«, machte Fanni weiter. »Deshalb nahm Rosie jetzt den Erbschleicher ins Visier.«

»Etwas Entscheidendes hatte sich inzwischen verändert«, sagte Sprudel. »Der Damm war gebrochen. Rosie hatte erfahren, wie gut Vergeltung tut. Sie hatte sich selbst bewiesen, wie einfach es ist, seine Widersacher zu bestrafen. Nun begann sie zu planen.«

»Sie beabsichtigte den Erbschleicher auszuräuchern«, stimmte ihm Fanni zu, »und nebenbei tüftelte sie aus, wem sie ihre Taten in die Schuhe schieben könnte.«

»Sie beschloss, ein Feuer zu legen«, nahm Sprudel den Faden

auf, »weil sie dachte, dass auch der Erbschleicher dann mit nichts dastehen würde. Die Brandstiftung wollte sie jemandem anlasten, dem so etwas zuzutrauen war. Dennoch erstaunlich, dass sie auf Satanisten kam.«

»Moment mal«, wandte Fanni ein. »Wieso hat sie eigentlich Feuer gelegt? Gescheiter wäre es doch gewesen, den Erbschleicher umzubringen, um dann selbst zu erben.«

»Sie hätte nie und nimmer geerbt«, antwortete Sprudel. »Solange ein Testament nicht angefochten ist, gilt es. Das bedeutet, der Erbe bin zunächst ich. Wäre ich letzte Woche eines plötzlichen Todes gestorben, dann würde mein Vermögen einschließlich des Saller-Anwesens an *meine* nächsten Verwandten gehen. Wer immer das auch sein mag, der Besitz würde in der Saller-Linie verbleiben. Höchste Zeit, meinerseits ein Testament zu machen«, fügte er kaum hörbar hinzu.

»Rosie muss das klar gewesen sein«, sagte Fanni. »Sie wusste, dass es ihr nichts nützen würde, dich umzubringen. Aber das Saller-Anwesen solltest du auch nicht bekommen. Niemand sollte es bekommen, wenn sie es schon nicht bekam. Sie legte Feuer, und es war ihr egal, ob du dabei mit draufgehst oder nicht.«

»Rosie beschloss also, mein Erbe abzufackeln, und suchte sich die Satanisten als Sündenböcke aus«, resümierte Sprudel.

»Zwischendurch hat sie sich größte Mühe gegeben, auch die Tat am Friedhof jemandem anzuhängen«, ergänzte Fanni.

»Da fiel ihr doch als Erstes Fanni Rot ein«, feixte Sprudel, »die zwischen den Gräbern herumirrte. Rosie entdeckte sie, gleich nachdem sie den Pfarrer erschlagen und sich auf den Weg zur Kapelle gemacht hatte.«

»Rosie hat Elsie, Frau Praml, den gesamten Frauenbund benutzt und manipuliert«, sagte Fanni. »Wer weiß, wie es Togo-Franz ergangen wäre, hättest du ihm nicht dabei geholfen, alles richtigzustellen.«

»Schade, dass ihm der Bestatter so ein schönes Alibi gab«, meinte Sprudel sarkastisch. »Togo-Franz hätte einen hervorragenden Prügelknaben abgegeben.«

Fanni bemühte sich, den Gedanken zu vertreiben, der ihr bildhaft vor Augen führen wollte, was alles hätte geschehen können, wären Rosies Intrigen fruchtbar gewesen.

Sprudel zückte indessen seinen Stift und unterstrich den Namen »Rosie Hübler« auf seiner Liste mit einer fetten Doppellinie.

Fanni starrte eine Zeit lang darauf, dann begann sie noch langsamer als die ersten beiden Male zu sprechen: »Aus Wut darüber, dass sie auf dem Saller-Anwesen so wenig Schaden anrichten konnte, hat Rosie bei der Hütte Feuer gelegt. Sie dachte, die Hütte gehört dir, weil du nach dem Brand dort übernachtet hast.«

»Das hieße, sie hat mir nachspioniert«, murmelte Sprudel.

Fanni nickte, studierte den eingetrockneten braunen Ring in ihrer Kaffeetasse und schwieg.

»Lässt sich aus dem Kaffeesatz was Dienliches herauslesen?«, fragte Sprudel nach Minuten des Schweigens.

Fanni sah auf. Ihr Blick irrte über den Tisch zu Sprudels Liste, verweilte einen Moment lang auf der Doppellinie, die Sprudel unter den Namen »Rosie Hübler« gezogen hatte, wanderte weiter und fixierte schließlich Sprudels Augen.

»Rosie hat die Brandstiftungen nicht allein begangen«, sagte sie.

Sprudel schnappte nach Luft. »Sie hat Satanisten dafür engagiert? Nein, Fanni, nein!«

»Glaubst du etwa, Rosie hat sich ein Bündel schwarzer Kerzen unter den Arm geklemmt, hat eine Schachtel Streichhölzer in ihre Hosentasche geschoben und ist nachts um zwei mutterseelenallein von Birkdorf nach Birkenweiler gewandert?« Fanni schnaubte verächtlich. »Und dort angekommen hat sie ein Brecheisen hergezaubert und damit die Scheunentür aufgebrochen? Dann hat sie die Kerzen so aufgestellt, dass die Balken Feuer fangen mussten, und sie angezündet? Und daraufhin ist sie den ganzen Weg nach Birkdorf wieder zurückgelaufen?«

»Warum nicht«, entgegnete Sprudel. »Rosie kommt mir recht fit ... Moment mal, sie hatte es ja gar nicht weit. Sie war doch bei ihrem Verwandten in Buchenweiler zu Besuch. Zwischen den beiden Orten liegt nur der Weileracker. Der Feldweg, der ihn quert, bringt es auf keine zweihundert Meter.«

»Du hast recht«, gab Fanni zu. »Und die schwarzen Kerzen standen schon bereit – in dem Gesteck, das sie mitgebracht hatte.«

»Aber du hast auch recht«, erwiderte Sprudel. »Das Schloss an der Scheunentür war nicht so einfach zu knacken.«

»Vielleicht hatte Rosie einen Mechaniker dabei«, überlegte Fanni laut.

»Du meinst Elsies Sohn?«

Fanni nickte.

»Ach, Fanni, eben sprachen wir von seinen Alibis.«

»Alibi!« Fanni wedelte das Wort beiseite. »Der Junge war die ganze Nacht in der Disco. Zwanzig Zeugen bestätigen das. Was bestätigen sie denn? Dass er um elf da war, um zwölf, um eins, um halb zwei, um vier, um fünf?«

»Gekauft«, antwortete Sprudel.

Fanni lächelte zufrieden. »Als Rosie am nächsten Tag erfahren musste, dass alles umsonst gewesen war, und bald darauf einen neuen Plan ersann, hätte sie es noch schwerer gehabt, ihn allein auszuführen. Sie hätte mit einem ganzen Sack voll Stroh und Reisig auf dem Rücken zur Hütte laufen müssen.«

»Rosie hat ein Auto«, widersprach Sprudel. »Einen knallgelben VW-Käfer aus den Sechzigern. Man sieht und hört ihn von Weitem.«

»Eben«, sagte Fanni.

Sprudel seufzte. »Das Motorrad von Elsies Sohn hört man ebenfalls von Weitem. Am Samstag hat es halb Birkdorf in Richtung Deggendorf knattern und nicht vor Mitternacht zurückkommen gehört.«

Fanni blinzelte ihn an. »Hast du dir schon mal Gedanken darüber gemacht, Sprudel, wohin der Wirtschaftsweg, der nicht weit von meinem Hütterl verläuft, eigentlich führt?«

Sprudel schnappte nach Luft.

»Richtig«, lobte ihn Fanni. »Er überquert den Birkenweiler Hügel, umrundet Altfleck und mündet kurz vor Deggendorf wieder in die Hauptstraße.«

»Elsies Sohn hätte das Brennmaterial von dieser Seite hertransportieren können, während Rosie von der anderen zu Fuß hinaufspazierte«, kam Sprudels Einsicht.

»Elsie hat selbst erzählt, wie sehr es ihren Sohn aus der Bahn geworfen hat, als sich rausstellte, dass aus der Erbschaft nichts werden würde«, sagte Fanni. »Er war gelinde ausgedrückt in Rage. Es dürfte Rosie nicht besonders schwergefallen sein, ihren Neffen zu den Brandstiftungen zu überreden. Er soll ja schon eine ganze Menge Schandtaten auf dem Kerbholz haben.«

»Hm.« Sprudel klemmte sein linkes Ohrläppchen zwischen Daumen und Zeigefinger und zog daran, bis es schier seine Wangenfalten berührte.

Er denkt über etwas ganz Bestimmtes nach! Unübersehbar.

»Hm«, wiederholte Sprudel und sagte dann zögernd: »Unsere Theorie hat einen Haken. Denn Rosie wäre – selbst wenn kein Testament existiert hätte – zusammen mit Elsie nur Miterbin geworden. Was hätte sie davon gehabt?«

»Eine Stange Geld«, schlug Fanni vor. »Bestimmt genug, um den Hübler-Kasten zu retten. Rosie hat bereits einige Zeit vor Erna Sallers Tod mit einem Kaufinteressenten für das Anwesen verhandelt.« Sie stand auf. »Ende der Märchenstunde. Kein Fünkchen von unserer schönen Theorie lässt sich beweisen. Außerdem geht es schon auf fünf zu, höchste Zeit, in die Wirklichkeit zurückzukehren.«

»Du musst also gehen …« Sprudel sah Fanni mit einem Blick an, der sie wie ein Magnet zu sich hinüberzuziehen versuchte.

Sie trat hinter ihren Sessel und hielt sich an der Lehne fest. »Kommst du mit hinunter?«, fragte sie.

»Ich werde wohl noch ein, zwei Stündchen hämmern und sägen«, antwortete er. »Die Wand sollte besser fertig sein, bevor das Wetter wieder umschlägt.«

Fanni stieß sich vom Sessel ab und eilte zu dem Flickenteppich an der Tür, auf dem ihre Schuhe standen.

Sprudel stand ebenfalls auf. Während er auf sie zukam, sagte er: »Auch wenn sich nichts beweisen lässt, Marco interessiert sich bestimmt für unsere Theorie. Er wird sich Rosie vorknöpfen.«

Fanni hatte ihre Schuhe angezogen und richtete sich auf. »Rosie ist schlau«, meinte sie, »schlau und gerissen. Die lässt sich nicht aufs Glatteis führen. – Sie nicht, aber vielleicht ihr Neffe.«

Sprudel legte seine hohle Hand um Fannis Wange.

Er will dir sagen, wie sehr er dich mag, wie sehr er dich schätzt! Eine Sekunde noch, dann wirst du in seinen Armen liegen!

Fanni umklammerte die Türklinke, drückte sie hinunter. Sprudel atmete behutsam aus und ließ seine Hand sinken. Im nächsten Moment war Fanni verschwunden.

20

Heulst du?
Verdammt, ich mag ihn halt lieber, als gut ist.
Fanni begann zu laufen. Sie schlingerte den steilen Abhang hinab, landete am Ende auf dem Hintern. Blieb sitzen und hörte zu, wie hinter ihr Steine herunterpolterten.
Einer traf sie schmerzhaft an der Schulter.
Fanni drehte sich um, stützte sich auf Knie und Hände und sah hinauf. Über die obere Kante des Steilhanges wälzte sich ein ansehnlicher Felsbrocken. Fanni warf sich zur Seite, kugelte ein paar Meter schräg abwärts, wurde von einem Fichtenstamm gestoppt.
Der Felsbrocken rollte an ihr vorbei, fegte einen Ast zur Seite, prallte gegen einen Granitquader, der ihn zurücktaumeln ließ, und blieb in einer kleinen Mulde liegen.
Fanni kauerte vor ihrem Fichtenstamm und sah zu dem Felsbrocken hinunter, der dalag, als wäre er nie woanders gewesen. Sie starrte hin, bis es im Hang über ihr wieder lebendig wurde. Große und kleine Steine prasselten herunter.
Hastig wand sich Fanni hinter den Stamm und rollte sich zu einem Knäuel zusammen. Rechts und links schossen Steine vorbei. Einer traf den Stamm, hinter den Fanni gekrochen war, spritzte seitlich weg und kam neben Fannis Knöchel zu liegen.
Auf einmal war es still.
Fanni ließ die Arme sinken, die sie über ihrem Kopf verschränkt hatte, und blickte verstört um sich. Im selben Augenblick ging es schon wieder los. Ein Steinbrocken in der Größe eines Ghettoblasters donnerte herunter, riss Tannenzapfen, Zweige und schwarzen Waldboden mit sich. Fanni presste den Kopf zwischen die Knie.
Der Brocken traf die Fichte.
Der Baum erzitterte, warf Nadeln und Borkenbrösel ab.
Fanni rutschte weg von ihm, kroch ein Stückchen abwärts und rollte sich auf den Bauch, versuchte die Hände in den lockeren Erdboden zu krallen.
Sieh zu, dass du wegkommst von hier! Möglicherweise gerät der ganze Hang in Bewegung!

Etwas Schweres schlitterte herunter, ließ Zweige knacken und Kiesel knirschen.

Plötzlich war es wieder still.

Fanni hob den Kopf. Im Abhang bewegte sich nichts mehr. Steine, abgebrochene Äste, Tannenzapfen, entwurzelte Heidelbeerstauden, alles lag ruhig da.

Sie lauschte.

Ja, es war ganz still ringsum, sehr still.

Fanni atmete ein und langsam aus. Als der Atem aufhörte auszuströmen, vernahm sie das Rascheln.

Es kam von rechts oberhalb.

Fanni stützte den Oberkörper auf und legte den Kopf schräg.

Der Fichtenstamm, der den Steinbrocken abbekommen hatte, geriet in ihr Blickfeld und dahinter ein mahagonifarbener, zerzauster Haarschopf.

Rosie Hübler!

Diese verfilzte Mähne kann nicht zu Rosie Hübler gehören!

Sie tat es.

Aber die Fratze, die sich nun am Stamm vorbeischob, erinnerte nur vage an die ach so unerschütterliche Vorsitzende des Birkdorfer Frauenbundes.

Im nächsten Augenblick schoss Rosie auf Fanni zu. Die Fratze hing auf einmal direkt über Fannis Kopf.

Fanni stemmte sich noch ein Stückchen höher und sah ihr in die Augen.

Mordlust!

Fannis Armmuskeln begannen zu erschlaffen.

Renn weg, jetzt! Los!

»Du«, zischte Rosie Hübler, »du und dein Erbschleicher, ihr schwärzt mich nicht an bei der Polizei. Bevor ihr den Mund aufmachen könnt, seid ihr tot, tot ...«

Fanni sah, wie sich Rosies Hände hoben. Sie hielten einen armdicken Ast umklammert.

Weeeeeg!

Es war zu spät.

Der Knüppel kam mit Schwung herunter.

Fanni ließ sich auf den Waldboden zurückfallen, kniff die Augen zu und wartete darauf, dass ihr Schädel bersten würde.

Sie hörte einen Aufprall, empfand aber keinen Schmerz.

Wer tot ist, dem tut halt nichts mehr weh!

Und wieso quasseln die Gedanken immer noch?

»Fanni!«

Eine Hand strich zärtlich über ihre Haare – viele Male –, eine andere streichelte vorsichtig über ihren Rücken.

»Fanni, bitte!«

Fanni schob ihre Nase ein winziges Stückchen nach rechts, heraus aus der lockeren Erde, und blinzelte. Sie sah ein Knie auf dem Boden. Das Knie war in braunen Cordstoff gekleidet.

»Fanni, sag doch was!«

Die Hand schob sich von Fannis Rücken, zwängte sich zwischen Waldboden und rechte Schulter und hob sie ganz vorsichtig an. Das verschaffte Fannis rechtem Arm Bewegungsfreiheit. Er winkelte sich an, und sie stützte sich darauf. Als sie den Kopf hob, fand sie Sprudels besorgten Blick.

»Fanni!«

Sie saßen eng aneinander geschmiegt auf dem schwarzen Waldboden. Sprudel hielt Fanni ganz fest in den Armen.

»Sie wollte mich erschlagen«, flüsterte Fanni.

»Ich bin ihr zuvorgekommen«, sagte Sprudel.

»Aber …«, wollte Fanni widersprechen, als ihr aufging, was Sprudel gesagt hatte. »Du hast sie – erwischt?«, wisperte sie.

Sprudel nickte an ihrer Wange. Ein Ansatz von Bartstoppeln schabte auf ihrer Haut auf und ab.

»Wo …?«

Das Schaben kurvte nach links. Fanni konnte den Kopf nicht in die angegebene Richtung drehen, weil Sprudel seine Wange ganz fest an ihre gepresst hielt. Sie versuchte, um seinen Hinterkopf herumzuschielen, konnte aber nur Geäst und Gestein erkennen.

Plötzlich geschahen zwei Dinge gleichzeitig: Von schräg hinter Sprudel war ein Keuchen zu vernehmen, und im selben Moment sank er in sich zusammen.

Bevor Rosie Hübler mit dem Steinbrocken, den sie umklammert hielt, ein zweites Mal zuschlagen konnte, war Fanni aufgesprungen.

Du solltest dich nach einer Waffe umsehen, Fanni Rot!

Waffe!?

Und da fiel ihr ein, dass sie sehr wohl eine Waffe besaß. Eine wirksame Abwehrwaffe. Sie griff in die Tasche ihres Anoraks und drückte, schon während sie das Pfefferspray herauszog, auf den Spraykopf der Dose.

Rosie kam auf sie zu, zögerte jedoch, als sie den Zischlaut vernahm. Das verschaffte Fanni die halbe Sekunde, die nötig war, die Düse auf sie zu richten.

Fanni hielt den Spraykopf gedrückt, bis das Zischen verstummte. Ihre Augen brannten. Tränen strömten über ihre Wangen.

Rosie kniete zusammengekrümmt auf dem Boden, mit beiden Armen schützte sie ihr Gesicht.

»Wir müssen ihr die Hände fesseln«, murmelte eine Stimme hinter Fanni.

Sie fuhr herum.

Sprudel erhob sich stöhnend. Aus einer Platzwunde unterhalb seiner Schläfe sickerte Blut.

Rosie spuckte Gift und Galle.

Sprudel hatte ihr die Arme auf den Rücken gedreht und ihre Handgelenke mit Fannis Halstuch zusammengebunden. Rosies Augen waren rot und verquollen. Unter den zugeschwollenen Lidern liefen Tränen heraus.

Sprudel sprach in sein Handy.

Was er sagte, traf wie eine Brandung auf Fannis Ohren: »Sch – sch – sch.« Mit der Zeit kristallisierten sich einzelne Wörter heraus: »Wirtschaftsweg«, »dritte Rechtskurve«, »Eile geboten«, »nur leicht verletzt«.

Einmal verstand Fanni zwei komplette Sätze: »Ja, Marco, hinter der Kurve biegt ihr links in den Wald. Versucht geradewegs westlich zu laufen; nach ungefähr hundert Metern müsstet ihr auf uns treffen. Wir befinden uns unter dem Steilhang, auf Fannis Trampelpfad.«

Fanni bewachte indessen Rosie Hübler.

»Schlampe!«, schrie Rosie. »Wir werden ja sehen, ob du durchkommst mit den Lügen, die du dir da ausgedacht hast. Nichts davon lässt sich beweisen. Gar nichts.«

»Warum wolltest du mich dann umbringen, Rosie?«

Du hast sie geduzt!

Hat sie mich nicht auch geduzt?

»Bist du zum Hütterl heraufgekommen, um Sprudel und mich endgültig auszuräuchern?«, fragte Fanni. »Wolltest du eine Benzinbombe durchs Fenster werfen?«

»Dreckshure!«, kreischte Rosie Hübler. »Ich mach dich fertig.« Fanni ging vor dem Baumstumpf in die Hocke, neben dem Rosie am Boden saß. »Warum bist du zur Hütte heraufgekommen?«

Es gelang Rosie, das rechte Auge einen Spaltweit zu öffnen und Fanni damit anzustarren. »Du hast Elsie ausgehorcht, mit der Praml zusammengesteckt«, blaffte sie. »Glaubst du, das hab ich nicht mitgekriegt? Ich wollte wissen, was ihr ausheckt, du und Annas Bankert.«

»Du hast uns belauscht und erfahren, dass wir dir auf die Schliche gekommen sind«, stellte Fanni fest. »Warum hast du keinen Brandsatz durchs Fenster geworfen, um uns zu erledigen?«

»Wo hätte ich den denn hernehmen sollen, blöde Kuh?«, schrie Rosie.

Fanni dachte eine Weile nach. Dann sagte sie: »Vergangenen Samstag hat Elsies Sohn trockenes Reisig herauftransportiert. Ihr habt es vor dem Klohäuschen aufgeschichtet und angezündet. Der Junge ist vermutlich gleich wieder davongedüst. Aber du hast dir weiter oben am Hügel ein Plätzchen gesucht, von wo aus du zusehen wolltest, wie das Hütterl abbrennt. Leider wurde nichts draus. Du musstest mitansehen, wie zwei junge Leute mit Eimern löschten. Als dann die Feuerwehr anrückte, hast du dich nicht mehr heruntergetraut.«

Rosies Auge schloss sich.

Fanni sprach weiter: »Du musstest in deinem Versteck ausharren, bis alle wieder verschwunden waren. Doch das hat dir eine zweite Chance verschafft.«

Rosie nickte. »Sie hatten nicht abgeschlossen. Wenn ich nicht zufällig …« Ihre Stimme verlor sich.

»Du bist ins Hütterl getreten und hast entdeckt, dass im Herd noch ein Glutstock war. Das hat dich auf die Idee mit dem Geschirrtuch und der Kaffeekanne gebracht. Aber woher hattest du das Benzin? Das musst du dabeigehabt haben.«

Rosie lachte schrill. »Nichts hatte ich dabei. Es hat für mich bereitgestanden.«

»In dem Hütterl?«, fragte Fanni perplex.

»Natürlich nicht, dumme Ziege«, erwiderte Rosie. »Ich hab den fast halb vollen Kanister unterm Bauwagen der Forstarbeiter gefunden. Die Idioten hatten vergessen ihn hineinzustellen.«

Fanni erinnerte sich, dass sie in den Tagen bevor die Schnee- und Regenfälle einsetzten, ein-, zweimal Motorsägen gehört hatte. Der Bauwagen muss ein Stück hinterm Hütterl stehen, wo er vom Plateau aus nicht zu sehen ist, dachte sie.

Sprudel trat heran, bückte sich und prüfte, ob Rosies Handfesseln hielten.

Fanni starrte das Muster seines Flanellhemdes an – Karos: braun, grün, beige, braun, grün, beige … »Du hast Elsies Sohn beschwatzt, dir bei den Brandstiftungen zu helfen.«

Rosie versuchte die Augen zu öffnen, machte sie jedoch sofort wieder zu. »Als ob das nötig gewesen wäre.« Sie lehnte ihren Kopf an den Baumstumpf.

Wird sie mürbe?

»Er hat es von klein auf übel getrieben«, sprach Rosie weiter. »Mit zwölf hat er schon bei einer Schlägerbande mitgemacht. Mit sechzehn war er Neonazi. Mit achtzehn trug er schwarze Lederhosen mit Nieten, malte sich schwarze Ränder um die Augen und lungerte mit einer Straubinger Satanisten-Clique auf Friedhöfen herum.«

»Satanisten«, murmelte Fanni. »Das hat euch auf die Idee mit den schwarzen Kerzen gebracht.«

»Mich«, erwiderte Rosie selbstgefällig. »So schlau ist Elsies Brut nicht.«

»Elsies Sohn hat dir also deshalb geholfen, weil er Spaß daran findet, Schaden anzurichten?«, fragte Fanni. Sie sah Rosies Lider zucken. Nach kurzem Schweigen kam Rosies Antwort.

»Er hat sich eingebildet, Annas Bankert gibt Fersengeld, wenn seine Scheune brennt.«

»Aber das hätte doch überhaupt nichts ge…«, begann Fanni. Sie brach ab, weil sie merkte, dass Sprudel in den Wald horchte.

»Ich geh ihnen ein paar Schritte entgegen«, kündigte er an und wandte sich ab. Fanni sah ihm nach.

Im nächsten Augenblick traf Rosies Stiefelabsatz auf ihre Schläfe.

21

»Nein«, sagte Fanni. Sie legte alle Kraft, die sie aufbringen konnte, in ihre Stimme.

Sprudel drückte sie an sich. »Meinst du …?«

»Krieg ich hin«, unterbrach ihn Fanni, »zum Wagen gehen, einsteigen, nach Hause fahren. Krieg ich hin.«

Sprudel schob sie sanft auf den Trampelpfad, der durch das Waldstück weiter abwärts führte, flacher nun und leichter begehbar. Er nahm ihr Gesicht in die Hände, gab ihr einen Kuss, dann ließ er sie los.

Laufen! Schritt – Schritt – Schritt!

Fanni folgte dem Kommando, das von einem tief gelegenen Plätzchen in ihrem Hirn aus rief.

Fünfzehn Minuten später stand sie vor ihrem Wagen.

Öffnen!

Fanni fand den Schlüssel in ihrer Hosentasche, schloss auf und warf sich auf den Fahrersitz.

Der Zündschlüssel wollte verflucht noch mal nicht ins Zündschloss. Fanni atmete durch, zielte und stieß ihn hinein. Dann umklammerte sie das Steuerrad mit beiden Händen, krampfte die Finger um den Kunststoff, bis sie blutleer waren und nicht mehr zitterten.

Zündschlüssel drehen! Gang einlegen! Gas geben!

Fanni gehorchte.

Blinker! Links und rechts schauen! Abbiegen!

Die Ampel an der Birkdorfer Kreuzung nicht übersehen!

Fanni schaffte es, an der roten Ampel anzuhalten und bei Grün wieder loszufahren.

An der Abzweigung nach Erlenweiler ließ sie ganz nach Vorschrift einen entgegenkommenden Wagen vorbei, bevor sie links abbog.

Fanni fand ihre Zufahrt und traf in ihre Garage. Dort stellte sie den Motor ab, blieb sitzen und starrte durch die Windschutzscheibe auf die blaue Papiertonne, die an der Wand stand.

Aussteigen!

Hans Rot. Er wird mir ansehen, dass etwas passiert ist. Ich kann nicht …

Hans ist noch nicht zurück, sonst stünde sein Wagen in der Zufahrt!

Stimmt. Fanni ächzte, als sie sich aus dem Wagen hievte.

Fix jetzt, Frau Praml könnte lauern!

Fanni presste den Hausschlüssel zwischen Daumen und Zeigefinger, hastete zum Haus, zielte mit dem Schlüssel ins Schloss und drehte ihn so heftig, dass Metall aufkreischte.

Sobald die Tür aufsprang, hechtete Fanni über die Schwelle. Sie warf die Haustür mit einem Knall hinter sich zu. Der Luftzug ließ Fichtennadeln und Waldbodenkrümel aus ihrer Kleidung regnen.

Runter mit dem Zeug!

Fanni schlüpfte aus der Jacke, stieg aus der Hose, wickelte die Kleidungsstücke zu einem Knäuel und klemmte es unter den Arm. Mit einer Hand fegte sie die Nadeln und Erdbröckchen auf dem Boden grob zusammen. Das dabei entstandene Häufchen nahm sie mit.

Als sie in die Diele trat, sah sie, dass der Anrufbeantworter blinkte. Sie quetschte das Kleiderbündel fester unter den Arm und drückte auf die Abspieltaste.

Unter Rauschen und Surren gab Hans Rot bekannt, dass es später werden würde, sehr spät vermutlich. Einer der Kegelbrüder hatte …

Fanni hörte nicht mehr zu.

Sie ließ sich in den Sessel neben dem Telefon fallen. Unter ihrem linken Arm klemmte das Kleiderbündel, in der rechten Hand hielt sie mit Fichtennadeln gespickte Erde.

Rosie Hübler hatte sie umbringen wollen. Gerade eben, vorhin, keine halbe Stunde war inzwischen vergangen, oder doch?

Was zum Henker spielen ein paar Minuten hin oder her für eine Rolle?

Sprudel hatte ihr das Leben gerettet. Zweimal! Das erste Mal, als Rosie all die Steine im Abhang auf sie herunterprasseln ließ und, weil keiner traf, dann selbst herunterschlitterte, um Fanni mit einem Astknüppel zu erschlagen.

Sprudel muss den Krach gehört haben, sinnierte Fanni, das Poltern, das die Steine verursacht haben. Er ist dem Lärm nachgegangen und hat eben noch gesehen, wie Rosie mit ihrem Prügel den Abhang hinuntersprang.

Sprudel ist hinter Rosie her und hat sie eingeholt – in letzter Sekunde.

Das hätte ihn selbst beinahe das Leben gekostet.

Wenn dir Hans Rot damals das Pfefferspray nicht aufgedrängt …

Kurz darauf musste mich Sprudel ein zweites Mal vor Rosie retten. Sie hatte bereits wieder ausgeholt, mit ihrem Stiefel.

Fanni erhob sich matt. Sie schlurfte ins Badezimmer, warf das Dreckhäufchen, das sie die ganze Zeit in der Hand gehalten hatte, in den Mülleimer und klappte den Behälter für die Schmutzwäsche aus dem Badezimmerschrank. Jacke und Hose fielen hinein. Pullover, Socken, Unterwäsche folgten.

Dann drehte sie die Dusche auf.

Fanni schlief bereits, als Hans Rot nach Hause kam.

Jawohl, sie schlief.

Sie hatte sich eine Tasse voll Milch heiß aufgeschäumt, hatte Honig dazugegeben und einen kräftigen Schuss Cognac. Das Rezept für diesen Schlummer-Cocktail hatte sie von einem Psychopaten, der vor zwei Jahren im bayerischen Nationalpark ein junges Mädchen erschlagen hatte. Sie und Sprudel hatten damals dafür gesorgt, dass er hinter Gitter kam. So angeknackst der Psychopath auch war, sein Milchshake hatte sich immer bewährt, wenn Fanni fürchten musste, nicht einschlafen zu können.

Gegen halb sieben, kurz bevor der Wecker für Hans Rot klingelte, wachte Fanni auf.

Während sich ihr Mann fürs Büro zurechtmachte, richtete Fanni das Frühstück für ihn her: Kaffee mit Milchschaum, Butterbrot mit Zwetschgenmarmelade.

Hans setzte sich an den Tisch, mundfaul wie oft am Morgen.

»Sonnige Karwoche heuer«, brummte er nach dem dritten Schluck Kaffee. »Bin mal auf die Feiertage gespannt.« Er biss in sein Brot. »Die wirsch unsch verhagln.«

Er leerte seine Tasse und griff nach der Zeitung.

Fanni ging ins Schlafzimmer, holte frische Kleidung aus dem Schrank und verzog sich ins Bad.

Als sie sich mit dem Kamm durch die Haare fuhr, hörte sie ihren Mann wegfahren. Kurz darauf klingelte das Telefon.

Sprudel meldete sich. »Fanni, wie geht es dir?«

»Ich bin okay, wirklich«, versicherte ihm Fanni. »Wo ist Rosie?«

»Bestens untergebracht«, erwiderte Sprudel. »Vier Beamte haben sie eskortiert.«

»Hat sie ...?«, begann Fanni.

»Das weiß ich noch nicht«, sagte Sprudel. »Aber bald werde ich es erfahren. Ich bin so gut wie auf dem Weg zur Polizeidienststelle.«

Fanni dachte, er würde jetzt auflegen, da fügte Sprudel noch an: »Mach dir keine Sorgen, Fanni. Egal, was Rosie gestern gesagt oder nicht gesagt hat, sie bleibt in Gewahrsam, dafür habe ich mit meiner Zeugenaussage gesorgt. Sobald ich neue Informationen habe, melde ich mich.«

Dann legte er auf.

Fanni saß da und starrte das Telefon an.

Hast du Zeit dazu, hier zu sitzen und die Sprungfedern des Sessels zu bebrüten?

Fanni seufzte und stemmte sich hoch.

Auch heute würde sie tun müssen, was sie jeden Tag tat. Sie würde die Betten lüften, die Waschbecken wienern; sie würde im Flur und im Bad staubsaugen, vielleicht auch im Wohnzimmer. Außerdem musste sie ihre verdreckte Jacke und die versaute Hose in die Waschküche bringen und versuchen, die Flecken zu entfernen. Danach musste sie sich ums Mittagessen kümmern.

Was ist mit Frühstück?

Diese Frage, die gegen halb elf aus dem Hinterkopf kam, erwies sich als überflüssig. Der Magen hatte sich bereits gemeldet.

Fanni mischte Haferflocken mit Amarantpops und Braunhirse, löffelte Naturjoghurt darauf, schnippelte einen Apfel und zwei Kiwis darüber und setzte sich mit ihrem Müsli an den Küchentisch. Sie kaute eben ein Apfelstück, als das Telefon klingelte.

Fanni schluckte Apfelbröckchen hinunter, sprang vom Tisch auf, raste in die Diele und hob ab.

»Hi, Mami«, sagte Leni, »habt ihr schon Pläne für die Osterfeiertage, du und Papa?«

Fanni krächzte ein »Nein«.

»Bist du krank?«, fragte Leni alarmiert.

»Esse gerade Müsli«, antwortete Fanni.

Leni lachte und sagte dann: »Ich würde die Feiertage gern in Erlenweiler verbringen.«

»Mit Marco«, stellte Fanni fest.

»Ja, zusammen mit Marco«, gab Leni zu. »Er muss vor Ort bleiben, bis der Fall geklärt ist.«

»Natürlich«, sagte Fanni nüchtern und merkte sofort, wie seltsam ihre Antwort in Lenis Ohren klingen musste.

»Mama?«

»Marco muss erst mal Pfarrer Winzigs Mörder und die Brandstifter dingfest machen, bevor er seinen Hintern woanders hinbewegen darf«, bemühte sich Fanni um den lockeren Ton, der die Gespräche mit ihrer Tochter normalerweise kennzeichnete.

Nein, sie würde Leni am Telefon nichts von Rosie Hübler erzählen. Nichts von Rosies Anschlag auf ihr Leben und nichts davon, dass Marco vermutlich genau in diesem Augenblick mit der Vorsitzenden des Birkdorfer Frauenbundes in einem Vorhörraum saß. Leni würde alles früh genug erfahren. Blieb die Frage, ob sich Fanni salopp genug gegeben hatte.

Offensichtlich, denn Leni sprach mit einem Lächeln in der Stimme weiter: »Mama, ich weiß, es stört dich überhaupt nicht, wenn *ich* Ostern bei euch in Erlenweiler verbringe, aber es kommt noch dicker.«

Reiß dich zusammen! Leni wird es auffallen, wenn du den richtigen Ton nicht triffst!

Fanni atmete durch und sagte: »Will Marco bei uns einziehen?«

Leni kicherte.

Gut gemacht!

»Nicht Marco, aber Vera mit Familie«, ließ Leni die Katze aus dem Sack.

Fanni schnappte nach Luft, doch das hatte Leni erwartet.

»Max hat die ganze Sache ins Rollen gebracht«, erzählte Leni. »Er will neuerdings unbedingt Bauer werden. Und deshalb muss er dringend nach Erlenweiler, um auf dem Klein-Hof die Rindviecher zu füttern. Vera sagt, Max ist nicht davon abzubringen. Weil er absolut keine Ruhe gibt, hat sie mich gefragt, ob ich ihn Ostern mit zu euch nehmen könnte.«

Leni zögerte, und Fanni wartete, bis sie fortfuhr. »Ich hab das deshalb für keine so gute Idee gehalten, weil doch Sprudel da ist. Wenn ich Max herbringe, dann sitzt du fest. Du würdest an den Feiertagen mit Sprudel keine einzige Silbe wechseln können.«
Die liebe, gute, kluge Leni!
»Und da hab ich mir gedacht«, sprach Leni bereits weiter, »gescheiter wäre es, die ganze Familie käme. Das würde zwar eine Menge Arbeit machen, aber ich kann dir ja helfen. Dafür sind dann auch Vera und Bernhard da und tragen die Verantwortung für Max – und Minna natürlich. Du könntest dir ab und zu ein wenig Zeit stehlen, während die anderen herumsitzen und palavern – mit Papa, mit den Nachbarn, mit jedem, der sich auf den Erlenweiler Ring verirrt.«
Fanni nickte vor sich hin. Ja, Leni hatte recht.
Fanni müsste nur ein wenig Vorarbeit leisten: den Kühlschrank bis zum Bersten füllen, in der Speisekammer Kuchen, Chips und etliche Kilo Schokoladeneier bereitstellen, die Betten beziehen, Klopapier nachfüllen. An den Feiertagen müsste sie dann dafür sorgen, dass Frühstück, Mittagessen und Abendbrot für sieben Personen auf den Tisch kamen. Das würde sie gerne tun, dachte Fanni, wenn zum Ausgleich dafür gemeinsame Nachmittagsstunden mit Sprudel winkten.
»Wir zählen also darauf«, sagte sie zu Leni, »dass weder Vera noch Bernhard – und Papa schon gar nicht – mitkommen wollen, wenn ich jeweils nach dem Mittagessen sage, ich gehe joggen oder langlaufen oder einfach spazieren?«
Leni lachte. »Darauf können wir genauso zählen, Mama, wie darauf, dass sie nicht mal fragen werden, wo du gejoggt hast, langgelaufen oder spazieren gegangen bist.«
Das kluge Töchterchen hat aber so was von recht!
»Du bist echt genial, Leni.«
»Ich weiß, Mama. Meine Genialität bewahrt dich davor, an den Feiertagen wie Julia nach Romeo seufzen zu müssen.«
»Ein vorlautes Gör bist du auch.«
Leni ignorierte Fannis Einwurf. »Vera ist in wahre Begeisterungsstürme ausgebrochen, als ich ihr den Vorschlag für dieses österliche Familientreffen in Erlenweiler gemacht habe. Sie fand, Leo sollte auch kommen.«

»Und wo, denkt sie, soll er schlafen? In Leos Zimmer müssen Max und Minna untergebracht werden.«

»Wie kommst du darauf, dass Vera auf einmal denken könnte?«, fragte Leni.

Fanni seufzte. Ja, wie kam sie darauf?

»Der Nachteil an der ganzen Sache ist«, sagte Leni, »dass du am Ostermontagabend, wenn alle wieder abgereist sind, in einem Schlachtfeld stehen wirst. Ich versuche, den Dienstag freizunehmen, dann kann ich dir beim Aufräumen und Putzen helfen.«

Fanni lehnte vehement ab. »Nein, Leni. Das wirst du auf gar keinen Fall tun. Ich kann doch die Arbeit auf mehrere Tage verteilen. Die Zimmer im ersten Stock müssen ja nicht alle auf einmal sauber gemacht werden. Die betritt doch sowieso keiner, wenn Hans und ich alleine sind.«

Leni ließ sich darauf ein. Sie gab zu, dass ihr im Labor ein etwas zerstreuter Doktorand zugeteilt worden war, den sie eine vor dem Abschluss stehende Versuchsreihe nicht gern allein auswerten lassen wollte.

»Dann marsch wieder an die Zellkultur, mein tapferer Pionier!«, verabschiedete sich Fanni.

»Zu Befehl, General – und tschüss!« Leni legte auf.

Ab an die Front! Betten beziehen, Handtücher bereitlegen! Und morgen: Großeinkauf!

Fanni rannte mit einem Stapel Bettwäsche die Treppe hinauf. Sie musste sich beeilen, wenn sie alles bis zum Mittagessen bezogen haben wollte.

Gut so, das lenkt vom Grübeln über Rosie Hübler ab.

Hans Rot mampfte mürrisch sein Kartoffelgratin. Er hasste vegetarische Gerichte, hatte aber Fanni schon vor Jahren darin zugestimmt, dass es der Gesundheit zuliebe auch manchmal fleischlose Kost sein musste.

In Birkdorf ist noch kein Sterbenswörtchen über Rosie Hüblers Verhaftung laut geworden, sonst wüsste Hans davon, dachte Fanni.

Rosies Familie wird sich hüten, es an die große Glocke zu hängen!

So was lässt sich nicht lang verheimlichen. Außer …

Außer sie ist schon wieder freigelassen worden. Du solltest dich einschließen, Fanni!

»Haben die Kinder von sich hören lassen?«, fragte Hans brummig.
»Sie kommen über die Feiertage«, antwortete Fanni. »Vera mit
der ganzen Familie und Leni.«
Hans Rot wurde lebendig. »Und Leo?«
Fanni seufzte. »Kein Platz mehr für ihn«, murmelte sie.
»So weit kommt's noch«, schrie Hans, »dass wir keinen Platz hätten für eins der Kinder! Leo kann ja im Wohnzimmer auf der Couch
schlafen oder in deinem Arbeitszimmer, das benutzt du doch sowieso nie.«
Fanni musste sich zwingen, nicht laut zu lachen, als sie sich vorstellte, was Leo für ein Gesicht ziehen würde, käme ihm einer mit
dem Ansinnen, im Wohnzimmer auf einer Klappmatratze zu cam-
pieren oder im Arbeitszimmer zwischen Leitzordnern, alten Zeit-
schriften, Fotoalben und Kästen mit Diapositiven.
Hin und wieder, wenn sich Leo dazu durchringen konnte, ein
Wochenende in Erlenweiler zu verbringen, dann wollte er zumindest in seinem alten Zimmer wohnen und online eine ständige Verbindung zu World of Warcraft halten.
»Gut«, antwortete Fanni, weil sie wusste, dass Gegenargumente
bei Hans nicht fruchteten. Wenn es um seine Prinzipien ging, dann
war Fannis Mann stur wie ein Erdrutsch. »Gut, gut, ruf du ihn heute Abend an.«
»Der Leo kommt, das garantier ich dir«, verkündete Hans und
gewann zusehends an guter Laune. Geschäftig schob er den leeren
Teller zurück und stand auf. »Wir sollten heute ein bisschen später
Abendbrot essen. So gegen sieben vielleicht. Dann kann ich vorher
noch zum Getränkemarkt fahren.« Er begann, an den Fingern aufzuzählen: »Weißbier, Krombacher Pils für mich, Beck's für Bernhard, Cola für Vera …«
Fanni fing an, den Tisch abzuräumen.

Gegen halb zwei klingelte das Telefon. Hans war eine Viertelstunde zuvor mit einer langen Getränkeliste in der Hosentasche zurück
ins Büro gefahren.
Fanni kniete vor dem Schlafzimmerschrank und suchte die
Handtücher mit den Schlümpfen für Max und Minna heraus, blau
für Max, rosa für Minna. Sie sprang auf, rannte in den Flur und hob
ab. Sprudels Stimme klang abgehackt. Rauschen, Motorgeräusche.

Er telefoniert vom Wagen aus!
»Fanni!«, rief er. »Ich bin unterwegs. Komme vom Polizeipräsidium in Straubing. Können wir uns treffen? In zwanzig Minuten? An der Kreuzung bei der Martinskirche? Auf dem kleinen Parkplatz gegenüber von diesem Chinarestaurant?«

»Ja«, rief Fanni zurück. »Ja, Sprudel. Ecke Eggerstraße. Zwanzig Minuten.«

22

Fanni ließ ihren Wagen vor dem Chinarestaurant stehen und stieg in Sprudels Mietwagen um. Sprudel reiste von Genua aus immer mit dem Flugzeug an und mietete sich in München einen Wagen, den er bei seiner Abreise dort wieder zurückgab.

Was wenn Sprudel das Saller-Anwesen behält und monatelang hierbleibt?

Das Mietwagen-Problem wird sich dann wohl am leichtesten lösen lassen.

Bevor Sprudel losfuhr, bedachte er Fanni mit einem Lächeln, das ihre Körpertemperatur bedenklich nahe an die Fiebergrenze trieb.

»Wollen wir ein Stück laufen?«, fragte sie.

Sprudel bog in die Ruselstraße ein, kreuzte die Graflinger und lenkte auf die linke Spur hinüber, die auf den Ulrichsberg zuführte.

»Dreitannenriegel?«, schlug er vor.

Fanni nickte. »Von Rohrmünz aus.«

Die Wanderung würde eine gute Stunde dauern. Zeit genug, um alles über das Verhör von Rosie Hübler zu erfahren. Zwischen Rohrmünz und dem Dreitannenriegel würde heute niemand unterwegs sein, denn in den höheren Lagen um Deggendorf gab es noch immer ein paar Schneefelder. Die hielten Spaziergänger und Radfahrer ab, für die Langläufer waren sie nicht mehr groß genug.

Während Sprudel die Straße nach Rohrmünz hinaufkurvte, sagte er: »Ich soll dir beste Grüße von Marco übermitteln – und seine Hochachtung.«

Fanni wurde rot. »Hat Rosie …?«

Sprudel lächelte kryptisch. Er bog in den Feldweg hinter dem Dorfwirtshaus ein und stellte den Wagen auf dem dafür ausgewiesenen Schotterplatz neben dem Weg ab.

Er stieg aus, öffnete den Kofferraum und nahm seine Wanderschuhe heraus. Fanni wartete schweigend, bis er die Schuhe gewechselt hatte. Sie selbst trug bereits Wanderstiefel und hatte einen kleinen Rucksack umgeschnallt, in dem Regenjacke und Mütze verstaut waren. Treffen mit Sprudel hießen meist Stock und Stein und lange Strecke.

»Jetzt sag schon«, verlangte Fanni, als sie losmarschierten.

»Marco sagt, die Hübler ist echt taff!«, begann Sprudel.

»Taff«, schluckte Fanni. »Meint er zäh?«

Sprudel nickte. »Rosie hat gestern Abend eiskalt behauptet, sie wüsste von nichts. Sie hätte einen Waldspaziergang gemacht, hätte plötzlich einen Schlag von hinten bekommen und wäre daraufhin bewusstlos zusammengebrochen. Als sie zu sich kam, wurde sie mit Pfefferspray außer Gefecht gesetzt und gefesselt. War es nicht ihr gutes Recht, sich zu wehren?«

»Sie hat sich herausgeredet«, stöhnte Fanni.

»Sie hat es versucht«, verbesserte sie Sprudel. »Aber Marco hatte ja meine Aussage, und an der kam sie nicht vorbei.«

Er schüttelte ungläubig den Kopf. »Klein beigegeben hat Rosie allerdings nicht. Marco will sie schmoren zu lassen. Es war kein Problem, vom Richter einen Haftbefehl für sie zu kriegen.«

Sprudel schwieg ein paar Schritte lang, dann fuhr er fort: »Durch meine Aussage wusste Marco inzwischen auch, welche Rolle Elsies Sohn vermutlich bei den Brandstiftungen gespielt hat. Er ließ ihn gleich am Morgen auf die Dienststelle bringen.«

Sprudel hörte auf zu reden, weil er ein Bächlein queren musste, das wegen der Schneeschmelze über die Trittsteine schäumte. Am jenseitigen Ufer blieb er stehen und streckte Fanni die Hand entgegen. Sie ergriff sie, sprang und landete knapp vor seinen Füßen. Er nahm sie in den Arm und drückte sie kurz an sich, bevor er ihre Hand wieder losließ und weiterging.

»Ich könnte mir vorstellen«, sagte Fanni, »dass Elsies Sohn im Verhör nicht so gut standhielt wie seine Tante.«

Sprudel schüttelte den Kopf. »Er hat sofort zugegeben, dass er seiner Tante geholfen hatte, die Brände zu legen, um den Erbschleicher zu vertreiben. ›Annas Bankert wär schon noch abgezogen – aber mit Karacho‹, sagte er wohl.«

Sprudel musste kurz pausieren, weil sich der Weg verengte und steil anstieg. Als sie flacheres Gelände erreicht hatten, atmete er ein paarmal tief durch. »Er glaubte allen Ernstes, der rechtmäßige Erbe des Saller-Anwesens würde aus Angst vor Anschlägen auf sein Erbe verzichten und er könnte doch noch davon profitieren.«

»Rosie muss ihm diesen Floh ins Ohr gesetzt haben«, meinte

Fanni. »Aber ist denn dem Jungen nicht in den Sinn gekommen, dass das gesamte Anwesen hätte abbrennen können?«

»Das hat Marco auch gefragt«, antwortete Sprudel. »Aber der Junge hat bloß lachend abgewunken: ›Die Leut von Birkenweiler hätten schon gelöscht.‹«

»Als ob das so einfach wäre.«

Sprudel nickte. »Nach dem Brand der Scheune ist ihm, so scheint es, aber doch der Gedanke gekommen, es könnte seinem vermeintlichen Erbe schaden, noch mal Feuer dranzulegen. Rosie war klug genug, ihm nicht zu widersprechen. Sie hat wohl nur gesagt, dann müssten sie eben einen anderen Weg finden, um dem Erbschleicher einen gehörigen Schrecken einzujagen. Daraufhin hat mich Elsies Sohn beschattet. Und er fand heraus, dass ich in der ehemaligen Forsthütte übernachtete.«

Fanni und Sprudel hatten ein flaches, lichtes Waldstück durchquert. Sie erreichten die Stelle, wo der Pfad einen Knick machte und dann über Felsen steil nach oben zum Gipfel des Dreitannenriegel führte.

Zwanzig Minuten später standen sie unterm Gipfelkreuz. Die Luft war so klar, dass man die Alpen sehen konnte.

Anhand der Orientierungstafeln, für deren Vorhandensein der Deggendorfer Stadtrat gesorgt hatte, dem man von Zeit zu Zeit falsche Wortwahl ankreidete, identifizierten sie die Loferer Steinberge, die Zugspitze und mit etwas Phantasie den Watzmann.

Nach einem kurzen Rundblick begannen Fanni und Sprudel den Abstieg. Den felsigen Steilhang brachten sie schweigend hinter sich. Danach sagte Sprudel:

»Durch die Aussage von Elsies Sohn hat sich deine Theorie weitgehend bestätigt, Fanni.«

»Und was sagt nun Rosie dazu?«, wollte Fanni wissen.

Sprudel seufzte. »Marco hat Elsies Sohn noch am Vormittag den Kollegen übergeben, dann hat er Rosie in den Verhörraum führen lassen.«

Er seufzte noch mal und schwieg dann.

»Rosie sagt, dass sie mit den Brandstiftungen nicht das Geringste zu tun habe«, riet Fanni. »Vielleicht habe ihr Neffe gezündelt, vielleicht auch nicht, sie jedenfalls wüsste nichts davon.«

Sprudel nickte.

»Wie soll Marco sie festnageln können«, klagte Fanni, »wenn Rosie rein gar nichts zugibt?«

»Mit Geschick«, antwortete Sprudel. »Marco hat das Zeug dazu, glaub mir. Er nimmt jedes Wort, das sie sagt, unter die Lupe. Rosies Alibis werden noch mal genauestens überprüft. Und einen Schnitzer hat Rosie bereits gemacht.«

Fanni hob erstaunt den Blick vom holprigen Weg und sah Sprudel an.

»Sie ist heute Vormittag plötzlich ärgerlich geworden. Sie würde sich, hat sie gekreischt, von niemandem was ans Zeug flicken lassen. Von ihrem Neffen nicht, von dem Erbschleicher nicht und von einer verrückten Erlenweilerin, die dafür bekannt ist, dass sie den ganzen lieben langen Tag nichts tut als Kriminalromane zu lesen –

Von Frau Praml in Umlauf gebracht?

– schon gar nicht. Vor Fanni Rots Verdächtigungen sei doch niemand sicher, behauptet Rosie.«

Fanni schnappte nach Luft. »Damit hat sie verraten, dass sie uns belauscht hat – in der Hütte, gestern, als wir darüber geredet haben, dass sie es war.«

Sprudel legte den Arm um ihre Schultern. »Ja, das hat sie«, sagte er ruhig und nahm Fanni fester in den Arm. »Marco lässt Rosie Hübler keine Ruhe mehr«, versicherte er ihr. »Rosie wird einen Fehler nach dem anderen machen, und dann schnappt die Falle zu. Besonders im Fall Winzig wird die Sache mit dem Alibi ein Übriges tun. Rosie war zur Tatzeit auf dem Friedhof, das kann Togo-Franz bezeugen. Dass sie zu spät zum Leichentrunk kam, wird sich zudem nachweisen lassen.«

Sie blieben auf dem kleinen Parkplatz in Rohrmünz vor Sprudels Wagen stehen.

»Marco klopft die Hübler weich, du wirst sehen.«

23

Am Gründonnerstag um fünf vor zwölf gab Rosie Hübler zu, Pfarrer Winzig getötet zu haben.

Marco hatte ihr mit der Originaltatwaffe – dem Engel vom Böckl-Grab – vorgeführt, wie sie dem Pfarrer den Schädel einschlug.

Er hielt die Figur am linken Flügel gepackt und zielte auf den Hinterkopf eines am Boden knienden Menschen. Als Opfer hatte einer seiner Kollegen einspringen müssen.

Während Pfarrer Winzigs Double – von Marco inzwischen für tot erklärt – noch im Kotau auf dem Boden des Vernehmungszimmers kauerte, brach Rosies Widerstand zusammen.

Sie begann zu reden und hörte bis drei Uhr nachmittags nicht mehr auf damit.

Rosie hatte eine Menge zu berichten: über die Undankbarkeit von Pfarrer Winzig, über die Dummheit von Elsie, über die Beschränktheit von Elsies Sohn, über die Frechheit des Erbschleichers, über die Begriffsstutzigkeit von Togo-Franz, über die Hochnäsigkeit von Fanni Rot, über alles und jeden.

Nach und nach bestätigte sie all das, was Fanni und Sprudel herausgefunden hatten.

Um Viertel nach drei drückte der Haftrichter Marco die Hand, wünschte ihm frohe Ostern und ließ Rosie Hübler in eine Zelle sperren.

Am Mittwoch nach Ostern wurde Pfarrer Winzig beerdigt. Rosies Geständnis hatte bewirkt, dass seine Leiche freigegeben und nach Birkdorf überführt werden konnte.

Die Trauerfeier hielt der neue Seelsorger der Gemeinde. Pünktlich zu den Feiertagen hatte er sein Amt angetreten, und kurz darauf war Togo-Franz abgereist. Fanni fragte sich, ob die Zeit des Gastpriesters in Birkdorf abgelaufen war oder ob Togo-Franz einfach genug hatte von Niederbayern.

Fanni stand zwischen Leni und Hans Rot auf dem Friedhof inmitten der Trauergäste.

Leni und Marco hatten tags zuvor an ihren Arbeitsstellen um Urlaub nachgesucht. Leni war dann noch bis Mitternacht im Labor geblieben, um ihre Versuchsreihe abzuschließen. Frühmorgens war sie nach Erlenweiler gefahren. Und morgen wollte sie mit Marco verreisen – Madrid, Barcelona, Sevilla.

»Du musst doch nicht mit zur Beerdigung kommen«, hatte Fanni zu ihr gesagt. »Es reicht, wenn Papa *mich* dazu zwingt.«

Aber Leni hatte geantwortet, dass sie sich diese Veranstaltung auf keinen Fall entgehen lassen wollte.

Sie kam voll auf ihre Kosten. Soeben hielt ein Stadtrat aus Deggendorf (der mit dem Hang zur Stilblüte) seine Rede. Er dankte dem neuen Birkdorfer Pfarrer und dem »heruntergekommenen Pfarrer von Greising« für die Gestaltung des Trauergottesdienstes.

Leni presste beide Fäuste auf den Mund und lief dunkelrot an. Hans Rot trat einen Schritt hinter Fanni und flüsterte über ihre Schulter in Lenis Ohr. Fanni konnte hören, was er sagte: »Der Stadtrat will sagen, dass der Greisinger Pfarrer extra zur Beerdigung nach Birkdorf heruntergekommen ist.«

Leni hatte die Augen zugekniffen. Unter ihren Fäusten drang ein Schnorchellaut hervor.

Fanni trat ihr auf den Fuß.

Und dann konnte Fanni nicht mehr anders, sie musste schräg nach rechts über zwei Grabsteine hinweg schielen, musste einen Blick dorthin werfen, wo Marco Liebig und Sprudel standen. Beide hatten die Kiefer aufeinandergepresst, und Fanni kam es so vor, als hielten sie die Luft an.

Nach der Ansprache des Stadtrates wünschten sämtliche Vereinsvorstände dem Verblichenen ein sanftes Ruhen, und dann sang Elsie endlich »Jesus lebt«.

Der gesamte Frauenbund hielt – wie ein Trupp der Schweizer Garde in Habachtstellung – links und rechts des offenen Grabes von Pfarrer Winzig Wache, während ganz Birkdorf und der halbe Landkreis vorbeidefilierten.

Diesem und jenem sandten die Wächterinnen ein grüßendes Lidflattern, Fanni würdigte keine eines Blickes. Wusste denn jede von ihnen, wie viel sie dazu beigetragen hatte, dass der Frauenbund jetzt ohne Vorsitzende dastand, ohne Rosie Hübler, die das Steuer stets so sicher in der Hand gehalten hatte?

Die Birkdorfer einschließlich des Frauenbundes eilten vom Grab geschlossen ins Dorfwirtshaus. Fanni ließ Hans Rot im Kreis seiner Schützenbrüder ziehen und ging mit Leni nach Hause.

Kaum hatte sie ihren schwarzen Mantel im »Schrank für in Misskredit geratene Kleidung« verstaut, rief Sprudel bei Fanni an und fragte, ob sie zur Hütte kommen könne.

»Ja«, antwortete Fanni. »Hans wird nicht so bald zu Hause sein. Es muss doch ziemlich lang dauern, Pfarrer Winzig Kilo für Kilo unter die Erde zu trinken.«

»Zeit genug, um einen neuen Fall zu lösen?«, fragte Sprudel lachend.

Fanni schnappte nach Luft. »Du hast doch nicht etwa …?«

Sprudel gluckste. »Das ist dein Privileg. Aber vielleicht solltest du eine Weile warten, bevor du über die nächste Leiche stolperst.«

Fanni versprach es ihm.

Eine knappe Stunde später saßen sie sich in den Polstersesseln gegenüber.

Sprudel sieht zufrieden aus, dachte Fanni.

Zufrieden! Er könnte glücklich aussehen! Zwei Schritte, Fanni Rot, und er sieht glücklich aus!

Fanni lächelte Sprudel an, und jetzt sah er *beinahe* glücklich aus.

Na, was will man denn mehr?

Fannis Blick wanderte über Großmutters dezimiertes Silberservice (die Kanne hatten sie entsorgen müssen) zur Fensterbank, wo Tulpen in einer Vase standen, und glitt weiter zum Herd, wo ein Feuer prasselte, weil es wieder kalt geworden war in diesen letzten Märztagen.

Fannis Augen ruhten einen Moment lang

– Täuscht es oder liegt ein Hauch von Wehmut in ihnen? –

auf der Patchworkdecke, die über der Matratze auf der Liege ausgebreitet war, und spazierten dann weiter über die Borde: über Bücher, Geschirr, gerahmte Fotos.

In der Hütte sah es aus wie immer.

Draußen sieht es auch aus wie immer!

Am Karsamstag hatten sich Fanni und Leni gleich nach dem Mittagessen aus dem Haus der Rots verdrückt und waren erst gegen sieben Uhr abends zurückgekommen. Sie hatten den ganzen Nachmittag bei der Waldhütte verbracht, wo Marco und Sprudel schon seit dem Morgen dabei waren, an die Nordwand ein neues Klohäuschen anzubauen.

Ihr Aufbruch war zu Hause kaum zur Kenntnis genommen worden.

Caro hatte Minna schon abgeschleppt, da saßen die übrigen Rots noch beim Essen. Max war sogar schon nach dem Frühstück zum Klein-Hof hinaufgerannt. So gegen elf war er – zusammen mit Ivo – noch mal vorstellig geworden. Er hatte so lange herumgedruckst, bis Ivo der Geduldsfaden riss. Er wandte sich an Fanni und fragte artig:

»Bitte, Frau Rot, darf der Max bei uns zu Mittag essen? Meine Mutter hat extra gesagt, dass sie sich freut, wenn er mit uns isst. Und – Sie müssen sich keine Sorgen machen, Frau Rot, wir dürfen uns nur mit sauberen Händen an den Tisch setzen.«

Fanni hatte gelacht und ihre Erlaubnis gegeben, ohne erst Vera zu fragen.

Dieser Ivo, hatte sie gedacht, der ist auf Draht, richtig pfiffig ist der.

Lächelnd hatte sie Nudelwasser aufgesetzt, während sie das kantige Gesicht des alten Klein vor sich sah. »Bauer«, hatte sie gemurmelt, »jetzt kriegst du einen Nachfolger, wie du ihn dir nie hättest träumen lassen. Dass dein eigener Sohn nicht weiter vorausplanen kann als vom Kuheuter zum Milchstrahl, spielt keine Rolle mehr. Wenn du Glück hast, Bauer, dann macht der Ivo aus dem Klein-Hof einen Vorzeigebetrieb. Ach was, Glück, die Sache ist längst geritzt.«

Die anderen – Hans, Vera und Bernhard – waren nach dem Essen die paar Schritte zu der Ausbuchtung am Erlenweiler Ring gegangen, wo Bernhard seinen Wagen geparkt hatte. Sie wollten ihn einer gründlichen Inspektion unterziehen, weil er verkauft werden sollte. Fanni hatte damit gerechnet, dass sich zu der Besichtigung etliche Nachbarn einfinden würden, und so war es auch gewesen.

Als Fanni und Leni bei der Hütte angekommen waren, klebte das Skelett des neuen Klohäuschens bereits an der frisch vertäfelten Nordwand. Leni hatte die Ärmel aufgekrempelt und Marco die

Dachbalken entgegengestemmt. Fanni hatte im Hütterl die Borde neu bespannt und ansonsten Handlangerdienste verrichtet: Kaffee gekocht, Werkzeug zugereicht, Geschirr gespült, Böden gefegt, Holzverschnitt weggeräumt, und sie hatte abwechselnd Leni, Marco und Sprudel zugelächelt.

Fanni und Leni waren mit Fannis Wagen über den Wirtschaftsweg bis an die Hütte herangefahren, einerseits um Zeit zu sparen, andererseits weil sie noch Stahlklammern und Dachpappe aus dem Baumarkt mitbringen mussten. Alles übrige Material hatte Marco frühmorgens in einem Anhänger hertransportiert.

Von der Minute an, in der Fanni und Leni aus dem Wagen gestiegen waren, hatten sie mit Sprudel und Marco zusammengearbeitet wie ein seit Langem eingespieltes Team.

Und gegen halb sechs war das Klohäuschen fertig gewesen.

Fanni war ein letztes Mal zu der Pumpe am Brunnen hinübergegangen, um Wasser zu holen. Während Schwall um Schwall in den Eimer platschte, war ihr Blick auf den Trampelpfad gefallen, der zum Steilhang führte.

Töricht furchtsam hatte sich Fanni gefragt, wann sie es wieder wagen würde, dort hinunterzulaufen.

»Du hast dich also fest dazu entschlossen?«, fragte Fanni jetzt, beugte sich in ihrem Sessel vor und sah Sprudel in die Augen.

»Ja«, nickte Sprudel, »ich behalte es. Den Sommer über wird renoviert.«

»Und was soll dann aus deinem Haus in Levanto werden?«, wandte Fanni ein.

Sprudel grinste. »Meinst du, ich könnte in meiner Steuererklärung eine Pendlerpauschale geltend machen?«

Fanni versuchte ein Lächeln als Antwort, doch dieses Lächeln huschte vorbei und löste sich auf.

Sie schwiegen lange Zeit. Fanni fragte sich, wie es werden würde, wenn Sprudel Woche um Woche in Birkenweiler verbrachte.

Sie werden dahinterkommen, die Birkdorfer, hinter diese Tête-à-Têtes in der Waldhütte. Eher heute als morgen werden sie dahinterkommen.

Ja.

Dann knallt es.

Ja.

Als es draußen zu dunkeln begann, stand Fanni auf und setzte sich zu Sprudel in seinen Sessel. Er legte den Arm um ihre Schultern, hielt sie fest und drückte seine faltige Wange sanft an ihre Schläfe. Seine freie Hand fand die ihre und schloss sie ein. So saßen sie da, bis alle Konturen verschwunden waren. Fanni strich leise mit dem Daumen über Sprudels Handballen.

»Ich weiß«, sagte Sprudel und erhob sich.

Sie schnürten ihre Wanderschuhe, schalteten ihre Taschenlampen ein und schlenderten gemächlich Hand in Hand auf den Steilabhang zu.

Am Donnerstag, den 27. März, frühstückten Leni, Hans Rot und Fanni morgens um sieben gemeinsam.

Hans musste ins Büro. Fanni sollte Leni und Marco nach Plattling zum Bahnhof bringen, wo sie in den Zug nach Freising steigen wollten, um von dort den Shuttlebus zum Flughafen zu nehmen.

Leni trank ihren Kaffee aus, dem Fanni eine dicke Mütze geschäumter Milch aufgesetzt hatte (nicht nur Frau Praml nährte eine Vorliebe dafür), brachte Teller und Tasse in die Küche, sagte: »Komme gleich, nur noch schnell Zähne putzen«, und tanzte durch den Flur.

»Was ist denn das für einer, mit dem sie da wegfährt?«, brummte Hans Rot. »Sie schwebt ja schier als Wölkchen herum, flockig wie …«

»Milchschaum«, half ihm Fanni.

Als Fanni gegen halb neun aus Plattling zurückkehrte, stürzte Frau Praml aus ihrer Terrassentür. »Sie haben es sicher noch nicht gehört, Frau Rot«, rief sie und strahlte.

Fanni ging erstaunt auf sie zu.

»Gestern Abend ist die neue Vorsitzende vom Frauenbund gewählt worden«, kreissägte Frau Praml. »Raten Sie mal, Frau Rot, wie die heißt.«

Fanni sah, dass Frau Praml vor Stolz schier platzte, und riet richtig.

»Ich komm nachher auf ein Stündchen und einen Latte macchiato zu Ihnen rüber, Frau Rot«, sagte Frau Praml, »und erzähle Ihnen ganz genau, wie der gestrige Abend verlaufen ist. Und, Frau Rot, ich bringe Ihnen eins von den Hühnchen aus Silberdraht mit, die der Frauenbund für den Osterbasar gebastelt hat – sie sind einfach goldig.«

Fanni nickte irritiert und ging ins Haus.

Jetzt stehst du wieder hoch im Kurs bei der Praml. Du hast ihr schließlich den Stuhl der Vorsitzenden freigeräumt!

Fanni seufzte und fragte sich, ob sie es nicht vorgezogen hätte – so wertvoll Frau Pramls Informationen für die Aufklärung der Verbrechen auch gewesen sein mochten –, künftig von ihr ignoriert zu werden.

Klar doch. Und weißt du, warum? Weil du eine Soziopathin bist, Fanni!

Jutta Mehler
MOLDAUKIND
Gebunden, 304 Seiten
ISBN 978-3-89705-452-3

»*Ein äußerst lesenswertes und spannendes
Stück Zeitgeschichte.*« Donau-Anzeiger

»*Eine eindrucksvolle Familiensaga.*« Süddeutsche Zeitung

Jutta Mehler
AM SEIDENEN FADEN
Gebunden, 240 Seiten
ISBN 978-3-89705-504-9

»*Ein außergewöhnliches, mutmachendes
Buch über eine intensive Mutter-Tochter-
Geschichte.*« Donau-Anzeiger

»*Das Schicksal eines todkranken Teenagers, frei von Weiner-
lichkeit und voller Humor.*« Buchmarkt

Jutta Mehler
SCHADENFEUER
Gebunden, 288 Seiten
ISBN 978-3-89705-580-3

»*Jutta Mehler schafft eine verblüffende Har-
monie von bitterer Realität und mystischer
Spiritualiät.*« Passauer Neue Presse

»*Wohltuend karg, realistisch und pointiert.*« Unser Bayern

Jutta Mehler
SAURE MILCH
Broschur, 208 Seiten
ISBN 978-3-89705-688-6

»Jutta Mehler hat einen Volltreffer gelandet. Aus dem Leben gegriffen, bisweilen schreiend komisch sind ihre Beobachtungen und Detailschilderungen.« Deggendorfer Zeitung

»Ein ebenso spannend wie durchaus humorvoll geschriebener Krimi.« Bayern im Buch

Jutta Mehler
HONIGMILCH
Broschur, 208 Seiten
ISBN 978-3-89705-784-5

»Düsterer Wald, eine Frauenleiche und eine neugierige Hausfrau – mit Jutta Mehlers ›Honigmilch‹ um die Hobbyermittlerin Fanni Rot gibt es nun einen weiteren spannenden Krimi mit Lokalkolorit – nicht nur für Niederbayern lesenswert.« BR, Abendschau

»Ein munterer, rasanter, ironisch gefärbter Krimi.«
Passauer Neue Presse

Jutta Mehler
MAGERMILCH
Broschur, 208 Seiten
ISBN 978-3-89705-898-9

»Eine fesselnde Lektüre mit allen Zutaten für spannendes Lesevergnügen«
Brikada

Jutta Mehler
MILCHRAHMSTRUDEL
Broschur, 208 Seiten
ISBN 978-3-89705-963-4

»Spannend. Sehr gern empfohlen.«
ekz

Jutta Mehler
ESELSMILCH
Broschur, 224 Seiten
ISBN 978-3-95451-006-1

Erscheint im September